JULIE LEUZE
Der Duft von Apfeltarte

Buch

Als ihre Mutter erkrankt, muss die junge Pariserin Camille auf den elterlichen Apfelhof in der Normandie zurückkehren. Dort heißt es kräftig mitanpacken – es ist ja nur für sechs Wochen, wie Camille sich sagt. Doch die Arbeit bereitet ihr unerwartet Freude. Schließlich hat sie sogar die Idee, wieder eigenen Cidre herzustellen wie zu Lebzeiten ihres Vaters. Und dann ist da noch dieser attraktive Feriengast aus Paris: Antoine sieht nicht nur gut aus, er kann auch gut zuhören! Doch als der wahre Grund für Antoines einfühlsames Interesse herauskommt, fühlt sich Camille verraten und ist zutiefst enttäuscht. Ist ihre Liebe stark genug, um Antoine diesen Vertrauensbruch zu verzeihen?

Informationen zu Julie Leuze
sowie zu lieferbaren Titeln der Autorin
finden Sie am Ende des Buches.

Julie Leuze
Der Duft von Apfeltarte

Roman

GOLDMANN

Sollte diese Publikation Links auf Webseiten Dritter enthalten,
so übernehmen wir für deren Inhalte keine Haftung,
da wir uns diese nicht zu eigen machen, sondern lediglich
auf deren Stand zum Zeitpunkt der Erstveröffentlichung verweisen.

Dieses Buch ist auch als E-Book erhältlich.

Verlagsgruppe Random House FSC® N001967

1. Auflage
Originalausgabe August 2019
Copyright © 2019 by Wilhelm Goldmann Verlag, München,
in der Verlagsgruppe Random House GmbH,
Neumarkter Str. 28, 81673 München
Umschlaggestaltung: UNO Werbeagentur, München
Umschlagmotiv: Schild, Landschaft, Himmel (1/3 U1): FinePic®, München
Baum unten + Leiter (1/3 U1): Gettyimages / Publisher Mix / Anna Kern
Baum oben (1/3 U1): Gettyimages / Westend61
Redaktion: Ilse Wagner
BH · Herstellung: ik
Satz: KompetenzCenter, Mönchengladbach
Druck und Bindung: GGP Media GmbH, Pößneck
Printed in Germany
ISBN: 978-3-442-48915-2
www.goldmann-verlag.de

Besuchen Sie den Goldmann Verlag im Netz

Für Petra

Camille

Camille Rosière wischte sich über die Stirn. Die Tür des Reisebüros stand weit offen, doch trotz der abendlichen Stunde herrschten drinnen wie draußen noch immer vierunddreißig Grad Celsius.

Sie warf einen verstohlenen Blick auf die Uhr. Eigentlich hätte sie längst Feierabend, und sie sehnte sich nach einer kalten Dusche, einem Glas Cidre und einem Stück Obst. Aber noch standen zwischen Camille und diesen Genüssen ihre beiden letzten Kunden, und Monsieur und Madame machten nicht den Eindruck, als wollten sie in absehbarer Zeit das Feld räumen. Seit geschlagenen anderthalb Stunden saßen sie vor Camilles Schreibtisch und trieben sie langsam, aber sicher zur Verzweiflung.

Gerade sagte Madame, ein mageres Wesen im dunkelblauen Kostüm, mit missbilligendem Blick: »Ich verstehe wirklich nicht, wo das Problem liegt! Im Oktober will doch kein Mensch in den Urlaub fahren ... außer uns, natürlich. Weshalb also können Sie uns kein vernünftiges Hotel anbieten? Ein einfaches, aber gepflegtes Haus, etwas, das unseren Wünschen entspricht und für das man *nicht* im

Lotto gewonnen haben muss. Ich verstehe das nicht, ich verstehe das *wirklich* nicht!«

»Nun, Madame, ich habe Ihnen bereits über zwanzig Vorschläge unterbreitet.« Camille zwang sich zu einem Lächeln. »Und es war schon einiges dabei, das Ihren Wünschen sehr nahekam, wenn ich das bemerken darf.«

»Nahekam, nahekam!«, knurrte Monsieur. »Wir geben unser gutes Geld doch nicht aus, um Abstriche zu machen! Hören Sie, es ist ganz einfach: Wir möchten ein ruhiges Hotel, in dem dennoch ein bisschen was geboten wird, zum Beispiel, äh, Ausflüge. Oder Shows. Ja, genau, Show-Abende! Die würden mir gefallen.« Monsieur lockerte verwegen seine Krawatte. Dann fuhr er fort: »Das Ganze sollte selbstverständlich am Meer liegen...«

»Aber nein, Chéri, auf dem Land«, unterbrach Madame ihn pikiert. »Darüber waren wir uns doch einig!«

»Nicht auf dem Land. In einer ländlichen *Gegend*!« Monsieur warf seiner Frau einen ärgerlichen Blick zu. »Und eine ländliche Gegend kann sehr wohl am Meer liegen. Oder willst du das etwa leugnen?«

Madame verdrehte die Augen. »Sie haben es gehört«, wandte sie sich barsch an Camille, »wir möchten ans Meer, aber in eine ländliche Gegend. Am liebsten würden wir in eine Ecke reisen, in der wir noch Ursprünglichkeit finden, Wildnis, unberührte Natur...«

»Aber auch Unterhaltung«, beharrte Monsieur. »Ich möcht mich in meinem hart verdienten Urlaub nicht in irgendeinem Kaff zu Tode langweilen, damit das mal ganz klar ist!«

»Können Sie uns denn nun *endlich* etwas in dieser Richtung zeigen?«, fragte Madame mit einem gereizten Blick auf Camille. »Wir haben nicht ewig Zeit, wissen Sie?«

Ich auch nicht, dachte Camille erschöpft. Und ihr zwei bleibt am besten zu Hause.

Bilder von Hotels zogen ihr durch den Kopf, unzählige schöne, preiswerte Häuser, die sie ihren anspruchsvollen Kunden in den letzten anderthalb Stunden präsentiert hatte und die allesamt für untauglich befunden worden waren. Hier war das Bad nicht groß genug, dort die Anreise zu lang. Einmal sagte die Farbe der Sonnenschirme nicht zu, ein andermal gefielen die Tapeten des Frühstücksraumes nicht. Camille war mit ihrem Latein am Ende.

Monsieur und Madame starrten sie erwartungsvoll an. Von draußen wehte ein Luftzug herein, heiß wie Wüstenwind, mit dem Geruch von Smog. Hinter Camilles Stirn begann es zu pochen. Abrupt erhob sie sich.

»Wissen Sie, was?« Sie schenkte dem unzufriedenen Ehepaar ein strahlendes Lächeln. »Ich gebe Ihnen diese schönen Kataloge einfach mit! Dann können Sie sich ganz in Ruhe überlegen, was für Sie infrage kommt, und sobald Sie sich entschieden haben, kommen Sie wieder hierher. Alles Weitere erledige dann ich für Sie. Einverstanden?«

Madame schnappte nach Luft. Monsieur zog finster die Augenbrauen zusammen. Camille lächelte eisern weiter und packte die Kataloge in eine mit Palmen bedruckte Plastiktüte, auf der eine lachende Sonne »Bon voyage« wünschte. Keine drei Minuten später hatte sie Monsieur und Madame mit sanfter Gewalt hinauskomplimentiert.

Camille atmete auf.

Da sie heute die Letzte war – ihre Kolleginnen und der Chef waren schon vor einer guten Stunde gegangen –, räumte sie noch das Büro auf, zog die Jalousien herunter und schaltete den Anrufbeantworter ein. Dann trat sie in den schwülen Abend hinaus. Sie schloss die Tür des Reisebüros hinter sich ab und machte sich müde auf den Heimweg.

Es war Mitte August. Paris lag seit Wochen unter einer abgasgeschwängerten Hitzeglocke, die Luft war dick und fühlte sich klebrig an. In der schwülen Wärme hatte die sonst so hektische Stadt ihren Lebensrhythmus auffällig verlangsamt, und auch Camille ging sehr gemächlich nach Hause. Unter staubigen Pappeln schlenderte sie die Uferpromenade des Canal Saint-Martin entlang.

Das zehnte Arrondissement mochte nicht das schönste Viertel von Paris sein, ohne Zweifel gab es schickere, glamourösere Stadtteile. Doch das Zehnte bot den unschätzbaren Vorteil, dass Camille sich trotz ihres bescheidenen Gehalts hier eine Wohnung leisten konnte. Zwar nur ein winziges Appartement unter dem Dach – zwanzig Quadratmeter mit Schrägen und Sitzbadewanne –, aber dafür günstig gelegen: Camille konnte nicht nur ihr Reisebüro problemlos zu Fuß erreichen, sondern auch einen Bäcker, zwei tunesische Gemüsehändler und drei indische Imbisse. Vor allem aber lag gleich um die Ecke die *Epicerie fine du Dixième*, und dieses wunderbare Feinkostgeschäft versöhnte Camille mit vielem. Vielleicht sogar mit dem Aufzug in ihrem Haus, der in den vierzehn Jahren, die Camille nun schon in ihrer Dachwohnung lebte, kaum sechs Monate lang funktionstüchtig gewesen war.

Beim Gedanken an die *Epicerie fine du Dixième* wurden Camilles Schritte sofort beschwingter. Sie verließ die Uferpromenade und bog in die unscheinbare Seitenstraße ein, an deren Ende sich die *Epicerie* zwischen einen afrikanischen Friseursalon und ein ehemaliges, mit Brettern verrammeltes Yogastudio quetschte.

Als Camille durch die Tür in den Laden trat, bimmelte eine gusseiserne Glocke. Es roch nach exotischen Gewürzen, nach Käse und reifen Äpfeln, und wie so oft, wenn Camille sich den Luxus gönnte, hier einzukaufen statt im günstigeren Supermarkt, wurde sie von einem bittersüßen Gefühl übermannt, einer merkwürdigen Mischung aus Heimweh, Glück und Appetit. Unwillkürlich fragte sie sich, ob sie deshalb immer wieder zu Madame Dubois kam. Leisten konnte sie es sich nämlich eigentlich nicht: Paris war verflucht teuer! Allein die Miete für die Dachwohnung verschlang nahezu ihr ganzes Gehalt.

»Guten Abend.« Die Ladeninhaberin, eine runzelige alte Dame, blickte Camille freundlich an. »Sie haben Glück, ich wollte gerade schließen. Womit kann ich Ihnen denn heute eine Freude machen, Mademoiselle?«

Camille verkniff sich ein Grinsen. Dass sie mit ihren zweiunddreißig Jahren längst keine »Mademoiselle« mehr war, nahm Madame Dubois ebenso wenig zur Kenntnis wie den in ihren Augen neumodischen Unsinn, auch unverheiratete Frauen grundsätzlich »Madame« zu nennen.

»Eine Tüte Obst hätte ich gern«, sagte Camille. »Egal, was. Nur reif und süß muss es sein!«

»Verstehe. Es war wohl ein unangenehmer Arbeitstag?« Madame Dubois kam hinter der Theke hervor und trippelte zu den Obststeigen. Im Vorübergehen tätschelte sie mitfühlend Camilles Arm. »Verzagen Sie nicht, Mademoiselle! Solche Tage gibt es eben. Ich stelle Ihnen jetzt eine schöne Mischung aus Feigen, Birnen und Aprikosen zusammen, und dann geht es Ihnen gleich besser.«

»Danke, das klingt gut.«

»Und zu dem frischen Obst vielleicht noch eine Handvoll getrockneter Apfelringe?«, schlug Madame Dubois vor. »Glauben Sie mir, es gibt nichts Besseres als getrocknete Apfelringe, um nach einem anstrengenden Tag zu entspannen! Ich selbst esse manchmal eine ganze Tüte davon.«

Getrocknete Apfelringe statt Sport oder Meditation? Warum nicht, dachte Camille amüsiert.

»Gern, packen Sie mir die Apfelringe bitte ein. Apropos Äpfel, ich brauche für heute Abend unbedingt noch einen Cidre!«

Eine leuchtend gelbe Birne in der Hand, hielt die alte Dame inne. Sie warf Camille über den Rand ihrer Brille hinweg einen besorgten Blick zu, und man brauchte kein Hellseher zu sein, um zu erkennen, was sie dachte: *Aber junge Frau, Alkohol ist doch keine Lösung!*

»Keine Sorge, Madame.« Camille überflog mehrere Etiketten, dann nahm sie eine dickwandige Flasche aus dem Regal und trug sie zur Kasse. »Mein Vater hat auf unserem Hof jahrelang Cidre produziert. Er sagte immer: ›Wer sich mit Cidre betrinkt, der hat ihn nicht verstanden!‹ Und das hat sich mir eingeprägt.«

Erleichtert folgte Madame Dubois ihr mit der Obsttüte zur Kasse. »Ein kluger Mann, Ihr Vater.«

Sie wies auf die Flasche in Camilles Hand und schmunzelte. »Sie haben übrigens gut gewählt, wenn ich mir die Bemerkung erlauben darf. Zielsicher nach dem besten Tropfen gegriffen!«

Camille lächelte schwach.

Alles, fuhr es ihr durch den Kopf, habe ich eben doch noch nicht vergessen.

Der Gedanke tat weh.

Mit Cidre, Obst und Apfelringen bepackt, stieg Camille die fünf Stockwerke zu ihrer Dachwohnung hinauf. Schwer atmend schloss sie die Tür auf, trat ein und stand sogleich in der Wohnküche, denn für einen Flur wurde bei zwanzig Quadratmetern Gesamtfläche kein Platz verschwendet. Immerhin: Nach dem Essen konnte Camille theoretisch direkt vom Stuhl in das neben dem Tisch stehende Bett fallen! Auch eine Art von Luxus. Das jedenfalls pflegte Camille sich tapfer zu versichern, wenn sie in ihrem Wohnklo wieder einmal unter akuter Platzangst litt.

Sie hievte ihre Einkäufe auf die Arbeitsplatte neben der Spüle, warf einen Blick in den Spiegel und stöhnte. Du lieber Himmel, wie sie aussah! Das halblange karamellbraune Haar ein einziges Durcheinander, die Bluse verschwitzt und zerknittert. Als käme sie nicht aus dem Reisebüro, sondern geradewegs vom Apfelpressen. Zu allem

Übel waren zwei Knöpfe aufgesprungen, und nun gewährte die Bluse peinlich tiefe Einblicke auf Camilles üppige Oberweite. So hatte die alte Madame Dubois sie also gerade gesehen ... und ihre mäkeligen Kunden im Reisebüro natürlich auch. Camille verzog das Gesicht.

Am besten nahm sie auf der Stelle eine kalte Dusche in der Sitzbadewanne, und danach würde sie etwas essen und trinken und diesen blöden Tag ganz einfach vergessen! Nur vorher noch rasch den Anrufbeantworter abhören. Camille griff nach dem Telefon.

Sie bereute es sofort.

»Ich bin's, ma puce«, hörte sie die resolute Stimme ihrer Mutter. »Es tut mir schrecklich leid, aber du musst nach Hause kommen. Kannst du dir freinehmen? Es müsste allerdings für mehrere Wochen sein, mindestens für sechs, sagt der Arzt. Sicher ist es furchtbar schwierig für dich, so lange Urlaub zu nehmen, noch dazu spontan, aber ich habe einen Bandscheibenvorfall und schreckliche Rückenschmerzen und weiß beim besten Willen nicht, wie ich das alles hier schaffen soll! Die Bäume und die Wiesen und der Markt und die Katzen und das Gemüse ... ach, Camille, es hilft nichts, du *musst* nach Hause kommen! So schnell wie möglich. Ruf mich bitte an, ja? Küsschen.«

Camille starrte auf das Telefon.

Freundlich verkündete der Anrufbeantworter: »Keine weiteren Nachrichten.«

Sechs Wochen, hallte es in Camille nach. Sechs Wochen, mindestens.

Sie stellte das Telefon zurück auf die Station, ging die

drei Schritte bis zum Fenster und öffnete es. Wie betäubt blickte sie über die Dächer von Paris, ein graublaues Meer aus Kaminen, Zink und Schiefer. Gerade erst setzte die Dämmerung ein, doch schon vertrieben funkelnde Lichter die Schatten. Die erhitzte Stadt bereitete sich auf eine weitere ruhelose Nacht vor, auf unermüdliche Touristen, trinkfeste Studenten und schlaflose Büroangestellte. Das war Paris. Das war die Stadt, in der seit vierzehn Jahren Camilles Leben stattfand.

Zu Hause, in der Welten entfernten Normandie, wurden um diese Uhrzeit die Bürgersteige hochgeklappt.

Camille schloss die Augen. Ihr Chef würde ganz und gar nicht begeistert sein von ihrem Ansinnen – wenn er ihr überhaupt so lange unbezahlten Urlaub gab und sie nicht kurzerhand rauswarf. Sechs Wochen, verdammt!

Sechs Wochen in Vert-le-Coin.

Sechs Wochen auf dem elterlichen Hof.

Sechs Wochen mit Maman!

Es würden die längsten sechs Wochen ihres Lebens werden.

Jeanne

Vor Jahrhunderten war der Bauernhof ein Manoir gewesen, ein Herrenhaus, und trotz vieler Generationen von Menschen, Katzen und Schwalben hatte der Hof seine Schönheit nicht verloren. Inmitten weitläufiger Apfelplantagen gelegen, war er immer noch der Mittelpunkt von allem.

Im Viereck gebaut, schloss er einen sonnigen, windgeschützten Innenhof ein, um den sich das Wohnhaus, diverse Scheunen und Stallungen sowie die ehemalige Cidrerie gruppierten. Auf der Wiese hinter dem Wohnhaus stand der alte Taubenturm, hinter einer der Scheunen erstreckte sich ein großer Beeren- und Gemüsegarten. Die Gebäude selbst waren dekorativ im Schachbrettmuster gemauert, sandfarbener Kalkstein wechselte sich ab mit dunkelroten Ziegeln.

Und überall um den Hof herum, so weit das Auge reichte, standen Apfelbäume.

Jeanne hatte diesen Hof auf den ersten Blick geliebt.

Wenn auch natürlich nicht so innig wie Régis, den hübschen Sohn des Hauses, ihren späteren Mann. Seufzend schüttelte sie den Kopf. Wie schrecklich lang waren diese ersten verliebten Blicke nun schon her! Vierzig Jahre, war das denn zu glauben? Vierzig Jahre, und an Jeannes Liebe hatte sich nicht das Geringste verändert.

Trotz der heftigen Schmerzen, die durch ihren Rücken schossen, überquerte sie mit festen Schritten den Innenhof, in dessen Mitte ein großer, alter Birnbaum stand, der einzige seiner Art weit und breit. An den Zweigen dieses Birnbaumes hatte früher Camilles Schaukel gehangen. Jeanne musste lächeln. Die wilde, fröhliche Camille! Hoch und höher war sie geflogen, dem sommerblauen Himmel entgegen ...

So lange her auch das.

Kurz blieb Jeanne stehen, blickte durch den Rundbogen des Torhauses auf den Schotterweg, der durch die Wiesen zur Landstraße führte. Schon morgen würde Camilles altes Auto auf diesem Schotterweg auftauchen; gegen Mittag, hatte sie am Telefon gesagt. Freude breitete sich in Jeannes Herz aus, gemischt mit leisem Ärger. Das Mädchen war viel zu selten zu Hause!

Tja. Mit Paris konnte Vert-le-Coin es eben nicht aufnehmen.

Jeanne riss ihren Blick von der Schaukel los, ging die letzten Schritte zum Wohnhaus und stieg hinauf in den ersten Stock, wo das ehemalige Kinderzimmer ihrer Tochter lag. Sie wollte das Zimmer schon einmal herrichten, frische Luft hereinlassen, das Bett hübsch beziehen und einen Strauß Wiesenblumen aufs Fensterbrett stellen. Selten zu Hause oder nicht, es war lieb von Camille, dass sie noch gestern Abend zurückgerufen hatte, und vor allem: dass sie alles stehen und liegen ließ, um Jeanne aus der Bredouille zu helfen.

Nicht, dass Jeanne die Hilfe ihrer Tochter bisher oft in Anspruch genommen hätte. Um genau zu sein, war dies sogar das allererste Mal, denn bis vor drei Jahren war ja Régis an Jeannes Seite gewesen, und danach ... ach, es war immer irgendwie gegangen! Sie hatte stets alles geschafft, was zu tun gewesen war.

Nur die Freude an der Arbeit, die war seit drei Jahren fort.

Die hatte Régis, wo auch immer er nun sein mochte, einfach mitgenommen.

»So ganz verzeihe ich dir das nicht, Régis«, grummelte Jeanne, »nur damit du's weißt!«

Sie trat an Camilles alten Schreibtisch, über dem ein gerahmtes Foto hing. Es zeigte die sechzehnjährige Camille zwischen Jeanne und Régis, eine kleine, glückliche Familie.

»Nein«, wiederholte Jeanne leise, »so ganz kann ich dir das nicht verzeihen. Ich hatte mir mein Alter nämlich anders vorgestellt, hörst du?«

Natürlich hörte Régis nicht. Wie sollte er auch. Doch Jeanne konnte nicht anders, als ihn sich an ihrer Seite vorzustellen; sie musste mit ihm sprechen, als sei er noch da, denn nur so konnte sie es ertragen, ihn verloren zu haben. Vierzig Jahre Liebe, davon siebenunddreißig Jahre Ehe. Eine Zeit, die so wunderbar lang gewesen war und doch zu kurz, eine Zeit, in der Régis sich untrennbar mit ihr verwoben hatte, in der er hineingewachsen war in Jeannes Herz, so fest, dass ihn herauszureißen bedeutet hätte zu sterben.

Aber Jeanne wollte leben, trotz allem.

Sie mochte das Dorf, ihren Hof, die Katzen. Sie mochte die Apfelblüte und den warmen Geruch von Heu. Den Duft eines guten, starken Kaffees, ganz früh am Morgen, wenn alle Welt noch schlief. Den spontanen Plausch mit ihrer Nachbarin Valérie, deren Ziegenweiden an Jeannes Apfelplantagen grenzten.

Nein, Régis nachzufolgen war keine Option.

Unverwandt ruhte ihr Blick auf der Fotografie. Als die Aufnahme gemacht worden war, war Camille erst halb so alt gewesen wie jetzt, doch in Jeannes Augen hatte sie sich seither kaum verändert. Auch heute noch hatte ihre Tochter das gleiche schöne Haar, karamellfarben und sanft gewellt, und sie hatte die gleichen vollen, lachenden Lippen. Die gleichen braunen Augen mit den goldenen Sprenkeln. Sogar die gleiche Figur hatte die jugendliche Camille bereits gehabt. Von Jeanne, die klein und schmal war, hatte Camille ihre Kurven allerdings nicht geerbt; die kamen eher aus Régis' Familie, in der die Männer groß waren und die Frauen üppig.

Warum ihre hübsche Camille immer noch Single war, konnte Jeanne sich beim besten Willen nicht erklären.

Vielleicht war das der Einfluss dieser flatterhaften Freundinnen? Camille hatte ihr nicht allzu viel von Geneviève und Céline erzählt, doch *was* sie erzählt hatte – polyamor die eine, mit dreißig schon zweimal geschieden die andere –, war für Jeanne genug gewesen, um sich ein Urteil zu bilden. Und es fiel nicht günstig für die beiden Pariserinnen aus.

Nun, Camilles Liebesleben ging Jeanne nichts an! Die jungen Frauen legten sich heutzutage eben später fest, und noch bestand ja durchaus Hoffnung. Hätte die Liebe sie selbst damals nicht wie ein Blitzschlag getroffen, so hätte wohl auch Jeanne nicht bereits mit zwanzig Jahren geheiratet.

Wobei es schon gut wäre, dachte Jeanne, wenn meine kleine Camille *endlich* ihr Glück finden ...

Schluss damit! Streng verbot sich Jeanne ihre fruchtlosen Grübeleien. Sie hatte das Zimmer für Camilles Besuch herrichten wollen, und genau das würde sie jetzt tun. Mit ihrem lädierten Rücken dauerte das Beziehen des Betts sowieso eine kleine Ewigkeit, und die Katzen warteten bereits ungeduldig auf ihr Futter. Das Abendessen war auch noch nicht gekocht, und die Himbeermarmelade, die sie auf dem Markt nicht hatte verkaufen können, stand immer noch im Auto. Die vom Mehltau befallenen Apfelbaumzweige waren noch nicht verbrannt, und die Auberginen, Tomaten und Zucchini für die Ratatouille noch nicht geerntet, geschweige denn gekocht, und am nächsten Markttag wollte sie die Ratatouille doch verkaufen ... lieber Himmel, wie sollte sie das bloß alles schaffen?!

Die Last der Arbeit, die Jeanne früher so mühelos gestemmt hatte, schlug über ihr zusammen, und sie war heilfroh, dass sie zumindest keinen Cidre mehr produzierte!

Obwohl Régis sich im Grab umdrehen würde, wenn er davon wüsste.

Denn seit seinem Tod verkaufte Jeanne die gesamten Äpfel an eine große Cidrerie, etwas, das für Régis niemals infrage gekommen wäre. Wie oft hatte er über den Fabrik-Cidre, wie er ihn genannt hatte, gespottet! Aber was nützte Jeanne der bäuerliche Hochmut? Wenn sie die Äpfel verkaufte, statt sie selbst zu verarbeiten, wurden sie gleich nach der Ernte abgeholt, und Jeanne hatte keine Arbeit mehr mit ihnen. Und dies, fand sie, war von unschätzbarem Wert.

Ein unangenehmer Gedanke durchzuckte sie: Sie war faul geworden, faul und lustlos. Mit Régis war das anders gewesen. Zusammen hatte ihnen beiden alles Freude bereitet – der Baumschnitt, das Mähen, die Ernte, das Pressen der Äpfel. Die Arbeit im Gemüsegarten, das Einkochen für den Markt, das Verkaufen selbst. Nicht einmal die Buchhaltung und den Haushalt hatten sie beide als Last empfunden, nichts war ihnen je zu viel geworden, denn es war ihr Leben gewesen, ihr gemeinsames, buntes, wundervolles Leben.

Bis Régis' Herz aufgehört hatte zu schlagen, ohne Vorwarnung, mit noch nicht einmal sechzig Jahren.

Draußen, zwischen den Apfelbäumen, hatte Jeanne ihn gefunden.

Es hatte ausgesehen, als mache er ein Nickerchen im Gras.

Camille

Schon elf Uhr vorbei, und Camille hatte es immer noch nicht gewagt, ihren Chef um die sechs Wochen unbezahlten Urlaub zu bitten.

Vielleicht, weil sie so unglaublich wenig Lust auf diesen »Urlaub« hatte?

Schlecht gelaunt verabschiedete sie sich in die Mittagspause. Immerhin würde sie sich zum Essen mit ihren Freundinnen treffen. Diese Aussicht heiterte Camille ein wenig auf.

Beide, die kühle Geneviève und die quirlige Céline, hatten während ihres Studiums im zehnten Arrondissement gewohnt, und obwohl sie, was Viertel und Status betraf, längst aufgestiegen waren, kamen sie gern regelmäßig ins Zehnte zurück. Geneviève arbeitete mittlerweile als freie Architektin, Céline als Redakteurin bei einem Promi-Magazin, doch keine von beiden war sich zu schade dafür, wie früher mit Camille am Ufer des Canal Saint-Martin zu sitzen und indisches Curry vom Imbiss zu essen. Normalerweise plauderten sie dann über alles und nichts, über Luxushotels mit Schimmel hinter den Schränken, über vermessene Kunden, die sich von Geneviève ein Pseudo-Schlösschen mitten in Paris wünschten, oder über eine gewisse Schauspielerin, von der Céline extrem genervt war, weil sie zum wiederholten Mal das Interview mit Céline für ihre Zeitschrift hatte platzen lassen.

Heute jedoch war die Stimmung gedämpft. Camille hatte ihren Freundinnen erzählt, dass sie schon morgen abreisen musste, um der bandscheibengeplagten Mutter zur Hand zu gehen, und sowohl Geneviève als auch Céline spürten, wie ungern sie Paris verließ.

»Vielleicht werden es ja gar keine vollen sechs Wochen«, versuchte Céline, Camille zu trösten. »Es gibt doch auch Wunderheilungen, Spontanheilungen, dann ist deine Mutter in drei Tagen wieder gesund, so etwas passiert immer wieder! Wir haben mal über einen Sänger berichtet, der war todkrank, Krebs, glaube ich, und nachdem er dieses Urwald-Kraut genommen hatte ...«

»Du lieber Himmel, Céline«, rügte Geneviève. »Du kannst doch Krebs nicht mit einem Bandscheibenvorfall vergleichen! Wir sollten ein bisschen sachlich bleiben, meinst du nicht?« Geneviève steckte sich eine vorwitzige Strähne ihres dunklen Haars fest, das auf dem Hinterkopf zu einer festen Banane gedreht war. Sie hasste es, wenn ihr lose Strähnen ums Gesicht fielen, denn sie hatte erklärtermaßen alles gern unter Kontrolle – ihre Frisur, ihre Baupläne und auch ihre drei Liebhaber.

An der selbstbewussten Céline jedoch perlte Genevièves Kritik ab wie Regen auf Wachs. Sie zuckte bloß die Schultern.

»Ich meine ja nur. Es muss nicht so schlimm werden, wie es im Moment aussieht. Natürlich *kann* es schlimm werden, sogar *noch* schlimmer, als …«

»Céline!«, stöhnte Geneviève.

»Schon gut, ihr beiden«, mischte Camille sich ein. »Ich werde die Zeit in der Normandie überleben, ob nun sechs Wochen oder drei Tage oder drei Monate. Schließlich muss ich ja nicht in den Knast.«

»Nein, aber fast.« Mitleidig verzog Céline die knallrot geschminkten Lippen.

»Du könntest eine Geschichte für deine Zeitschrift daraus machen, Céline«, witzelte Geneviève. »*Verbannt aufs Land – ein Star zwischen Misthaufen und Schweinestall!*«

»Fehlt nur noch der Star.« Céline grinste.

»Und die Schweine«, sagte Camille. »In der Normandie gibt es bloß Kühe und ein paar Ziegen.«

»Okay, vielleicht lassen wir das mit der Geschichte doch lieber bleiben.«

Sie lachten alle drei, und in diesem Moment war Camille sehr froh, ihre Freundinnen zu haben. Zwar änderte diese Mittagspause nichts daran, dass das unangenehme Gespräch mit ihrem Chef nach wie vor bevorstand; dass sie Paris verlassen musste; dass sie wünschte, sie hätte den blöden Anrufbeantworter einfach nicht abgehört. Aber mit ihren Freundinnen zu lachen machte das Herz gleich ein wenig leichter.

Camille mochte sie beide, und sie hätte nicht sagen können, wer ihr lieber war: die zweifach geschiedene Céline mit ihrem flippigen Outfit, dem platinblonden Pixie-Cut zu roten Lippen, der nie versiegenden Energie. Oder Geneviève, die ihre Stöckelschuhe ausgezogen und neben sich ans Ufer gelegt hatte, während sie im Tausend-Euro-Kostüm ganz selbstverständlich indisches Curry aus der Plastikschale aß.

Eigentlich, fuhr es Camille durch den Kopf, passe ich gar nicht zu ihnen. Zu keiner von beiden.

Das altbekannte Gefühl der Unterlegenheit stieg in ihr auf.

Sie unterdrückte es energisch. Dieses Gefühl war albern, und es gab überhaupt keinen Grund dafür! Bis auf sehr seltene Sticheleien wegen Camilles Herkunft oder ihres Gewichts – anders als ihre Freundinnen war Camille nun mal nicht in Paris geboren, und sie passte beim besten Willen nicht in Größe 34 –, ließen weder Céline noch Geneviève sie spüren, dass sie und Camille eigentlich zu verschiedenen Kreisen gehörten. Sie kannten sich seit mehr als einem Jahrzehnt, und irgendwie hatten sie es geschafft, ihre Dreier-Freundschaft über alle Unterschiede und Veränderungen hinweg aufrechtzuerhalten.

Camille wandte den Kopf ab und blickte über den Kanal. Eine lange Freundschaft, in der Tat.

Und doch ahnten weder Geneviève noch Céline, welch immense Überwindung Camille diese Heimreise kostete.

Denn die Freundinnen wussten zwar, dass sie ihre Mutter kaum je besuchte, was auch nicht anders gewesen war, als ihr Vater noch gelebt hatte. Aber dass hinter ihrer Entscheidung etwas anderes steckte als eine schlichte Abneigung gegen das langweilige Landleben, das wussten sie nicht.

Weil niemand es wusste, nur Sandrine, und die hatte Camille seit Jahren nicht mehr gesehen. Es gab Dinge, die blieben besser dort, wo sie hingehörten: in der Vergangenheit.

»Vergesst mich nicht in den nächsten sechs Wochen«, sagte Camille und stand auf. Die Mittagspause war vorüber, sie musste zurück in die Höhle des Löwen und sich endlich ihrem Chef stellen.

»Dich vergessen, du spinnst wohl!«, rief Céline und umarmte sie.

Geneviève verdrehte die Augen. »So lange sind sechs Wochen nun auch wieder nicht. Pierre sehe ich manchmal über zwei Monate nicht!«

»Ist doch gut, dann hast du mehr Zeit für die beiden anderen.« Céline grinste.

Sie klopften sich alle drei den Staub von den Röcken, begutachteten sich gegenseitig, ob sie weder Schweiß- noch Curryflecken aufwiesen und somit weiterhin büro- und kundentauglich waren, und verabschiedeten sich voneinander.

Ob es inzwischen auch in Vert-le-Coin indisches Essen zu kaufen gab?, fragte sich Camille, während sie langsam zurück zu ihrem Arbeitsplatz ging. Wahrscheinlich nicht. Aber das war nun wirklich ihr geringstes Problem.

Sie seufzte.

Dann straffte sie die Schultern, zog die Tür zum Reisebüro auf und machte sich bereit, ihrem Chef gegenüberzutreten.

Jeanne

Früh am nächsten Morgen ging Jeanne zum Bäcker. Sie wollte Brot und Petits Fours kaufen, eine süße Köstlichkeit, die sie sich nicht oft gönnte. Aber heute kam ja Camille! Außerdem war Pascal Varin ein Meister seines Fachs, und sich sein süßes Gebäck *niemals* zu gönnen, das wäre eine Sünde gewesen, davon war Jeanne überzeugt. Nicht umsonst war man in Vert-le-Coin der einhelligen Meinung: Bessere Backwaren als bei Pascal konnte man nicht einmal in Paris bekommen! Unter den Händen dieses Bäckers verbanden sich blassrosa Zuckerguss und luftiger Biskuit, zarte Marzipanschichten und sommersüße Aprikosenkonfitüre zu wahren Kunstwerken, verführerisch anzusehen und auf der Zunge ein Fest. Von Zeit zu Zeit fragte sich Jeanne, warum er nicht in die Stadt gegangen war, dieser mehr als begabte Mann; bestimmt hätte er dort Karriere gemacht, viel Geld verdient mit seinen klitzekleinen Kuchen, seinen knusprigen Broten, seinen verführerischen Törtchen. Vielleicht hätte Pascal sogar in Paris Filialen eröffnen können.

Aber solcher Ehrgeiz schien ihm fremd zu sein. Selbst

nachdem seine Frau ihn verlassen hatte, zehn Jahre war das nun schon her, hatte Pascal sich nach einem kurzen Absturz wieder aufgerappelt. Er hatte die Hände im Teig versenkt und weitergemacht. Pascal schien schlichtweg zufrieden zu sein mit sich und der Welt. Ob seine Brote, Brioches und Petits Fours deshalb so gut schmeckten – weil er seine heitere Gelassenheit auf alles übertrug, was er anfasste?

Jeanne lachte in sich hinein. Heiteres Gebäck, also wirklich! Man konnte schon auf seltsame Gedanken kommen, wenn einem der Duft von Hefe und warmem Obst entgegenschlug.

»Guten Morgen, Madame Rosière.«

Claire, Pascals neue Angestellte, strich sich die rot-weiß gestreifte Schürze glatt. Sie war erst achtzehn Jahre alt und immer etwas nervös, wenn Pascal in der Backstube war und sie ohne ihn verkaufen sollte. Jeanne spürte, wie sich mütterliche Gefühle in ihr regten, und sie lächelte das junge Mädchen beruhigend an.

»Guten Morgen, Claire. Wie geht es Chouchou?«

Chouchou war Claires Hündchen, ein schneeweißes Geschöpf, das sich vor allem durch anhaltendes Kläffen auszeichnete. Claire liebte den kleinen Rüden abgöttisch, und ihr Gesicht hellte sich bei der Frage nach ihm augenblicklich auf.

»Danke, Madame, mit Chouchou ist alles in Ordnung. Er hat gestern einen Hasen gejagt, der größer war als er selbst. Können Sie sich das vorstellen?«

Sie lachte, und Jeanne lachte höflich mit.

In diesem Moment kam Pascal aus der Backstube in den

Laden. Er war Ende fünfzig, hatte ein kleines Bäuchlein und freundliche blaue Augen.

»Habe ich mich doch nicht verhört!«, sagte er erfreut. »Du bist das, Jeanne.«

Er klopfte sich das Mehl von den Händen. »Ist gut, Claire, ich bediene Madame Rosière. Holst du bitte die Macarons?«

Claire nickte und huschte davon, und während Pascal ein Kürbiskernbrot in ein Blatt Papier einschlug – Jeanne wählte stets sein Kürbiskernbrot –, erkundigte er sich: »Na, wie geht es deinem Rücken? Tut er noch sehr weh?«

»Ja, leider«, antwortete Jeanne. »Aber das Schlimmste ist, ich kann nicht anständig arbeiten mit den Schmerzen, und das ist wirklich unpraktisch! Gott sei Dank kommt heute Camille, um mir zu helfen. Sie wird bleiben, bis ich wieder ganz auf dem Damm bin.«

»Das ist sehr nett von ihr. Kann deine Tochter sich denn so lange Urlaub nehmen?«

»Nun ... offensichtlich.« In Jeanne regte sich das schlechte Gewissen. »Ich wollte sie eigentlich gar nicht fragen, es ist furchtbar umständlich für sie, aber es geht eben nicht anders. Die Äpfel und das Gemüse reifen nicht langsamer, nur weil ich diesen dummen Bandscheibenvorfall habe. Wie auch immer, ich möchte Camille einen schönen Empfang bereiten, ein gutes Essen, danach Petits Fours ...«

Um Pascals Augen bildete sich ein dichter Kranz aus Lachfältchen. »Ein gut gefüllter Magen soll also ihren Ärger darüber vertreiben, dass sie kommen musste?«

Jeanne lächelte schief. »So könnte man es ausdrücken.«

»Na denn, tun wir unser Bestes! Ich erinnere mich, dass deine Tochter Johannisbeergelee mochte ... wie wäre es also mit denen hier?« Pascal deutete auf cremeweiße Kuchenwürfel, auf denen rote Marzipanblumen thronten. »Die sind mit Johannisbeergelee und weißer Schokolade.«

»Wunderbar! Ich nehme acht. Oder nein, lieber gleich zehn.«

Pascal packte die winzigen Johannisbeerküchlein in eine flache Schachtel und verschnürte diese sorgfältig mit einem hellblauen Band.

»Es ist gut, dass Camille dir hilft«, sagte er. »Ich habe gehört, du wirst demnächst für längere Zeit einen Feriengast aufnehmen, dann hast du ja noch mehr Arbeit. Dabei solltest du dich schonen.«

Jeanne hob eine Braue. »Du warst wohl in der *Boule d'Or*?«

Pascal grinste nur. Die *Boule d'Or* war zugleich Tabakladen, Bar, Bistro und Café, doch vor allem war sie der unangefochtene Umschlagplatz für Neuigkeiten und Tratsch. Claude, der Besitzer der *Boule d'Or*, war ein netter Kerl. Aber er war auch eine unverbesserliche Plaudertasche.

»Es stimmt, was du gehört hast. Ich bekomme einen Feriengast«, sagte Jeanne, während sie bezahlte. »Für ganze vier Wochen, Pascal!«

»Und, freust du dich?«

»Ich weiß nicht. Einerseits passt es mir gar nicht mit diesen Schmerzen, andererseits bin ich sehr froh über das Geld. Du weißt ja selbst, wie selten Touristen nach Vert-le-

Coin kommen ... es gibt eben nichts zu sehen bei uns.«
Jeanne griff nach ihren Einkäufen. »Aber ich habe keine Lust zu jammern. Heute freue ich mich auf meine Tochter! Und mit diesem Gast aus Paris werde ich auch noch fertig, Bandscheibenvorfall hin oder her. Vielleicht ist er ja gar nicht so anspruchsvoll.«

»Wenn er aus Paris ist? *Alle* Pariser sind anspruchsvoll, meine liebe Jeanne.«

»Und *du* hast Vorurteile, mein lieber Pascal.«

Sein gutmütiges Lachen klang ihr noch in den Ohren, als sie schmunzelnd nach Hause lief.

Das freundschaftliche Geplänkel mit Pascal hatte Jeanne gutgetan. Alles war eine Spur leichter zu ertragen, wenn man ein bisschen gelacht hatte; die Geldsorgen, die viele Arbeit, sogar die Trauer, die einfach nicht vergehen wollte, auch nach drei Jahren nicht.

Es gibt vielleicht nichts zu sehen in Vert-le-Coin, dachte Jeanne, aber es gibt an jeder Ecke einen alten, verlässlichen Freund! Ist das etwa nichts?

Und deshalb würde sie für immer hierbleiben, in Vert-le-Coin, auf ihrem Apfelhof. Denn hier hatte sie gelebt, die meiste Zeit davon glücklich, und hier würde sie auch sterben.

Genau wie du, Régis, dachte Jeanne und blickte in den klaren Morgenhimmel.

Wie du, mein Liebster.

Camille

Zuerst hatte sie Paris hinter sich gelassen. Dann die Banlieue, die tristen Vororte und Schlafstädte, die um die Metropole herum wucherten wie Geschwüre. Schließlich die Autobahn.

Nun fuhr Camille, die Zähne zusammengebissen, auf der Landstraße durch die Normandie. Gerade mal zwei, drei Stunden von der Hauptstadt entfernt, war das hier bereits tiefste Provinz.

Reglos lag das hügelige Land in der Spätsommersonne. Auf abgemähten Wiesen trocknete das Heu; an knorrigen Bäumen reiften Äpfel und Birnen. Kühe auf fetten Weiden glotzten dem vorbeifahrenden Auto nach. Ein Schild am Straßenrand lockte mit »Calvados ab Hof«, wenig später wies ein anderes den Weg zu Eiern, Sahne und Käse. Und mit jedem Kilometer wurde die Landschaft noch grüner, noch üppiger, noch stiller.

Camille ließ die Fenster nach unten gleiten und den Fahrtwind ins Auto strömen, und augenblicklich roch es nach frisch gemähtem Gras. Sie musste an den alten Spruch denken, den ihr Vater gern zitiert hatte, wenn sie zusammen durch die Apfelplantagen gegangen waren: Im Pays d'Auge sei ein Stock, der abends in der Wiese liegen geblieben war, schon am Morgen von Gras überwachsen.

Sie lächelte schwach. Das Pays d'Auge, ihre Heimat, das sanfte, fruchtbare Herz der Normandie. Camille fand es immer noch schön hier, in diesem Bauernland, auch nach vierzehn Jahren in Paris. Doch das änderte nichts daran, dass sie nicht auf dieser Landstraße sein sollte, sondern in ihrem Reisebüro in der Stadt.

Ihre Finger trommelten auf das Lenkrad. Wie erwartet war ihr Chef stinksauer gewesen. Sie konnte ihn sogar verstehen: Eine Angestellte, die sich für ganze sechs Wochen verabschiedete, von heute auf morgen... das ging gar nicht! Nur gut, dass er ihr nicht auf der Stelle gekündigt hatte und sie nun ohne Arbeit dastand.

Aber was nicht war, konnte ja noch werden.

Nach einer weiteren halben Stunde auf gewundenen Straßen kam endlich Vert-le-Coin in Sicht. Zuerst der Kirchturm mit seinem Schieferdach, die Wipfel der Eiben auf dem Friedhof, dann, nach einer letzten Kurve, das Dorf selbst. Die meisten Häuser in Vert-le-Coin bestanden aus Fachwerk, rotbraun oder hellblau gestrichenes Holz, weißer Putz, dunkelgraues Dach. Kein Gebäude hatte mehr als zwei Geschosse.

Paris und Vert-le-Coin, ging es Camille durch den Kopf, sind zwei vollkommen verschiedene Welten.

Langsam fuhr sie die Hauptstraße entlang. Da war das kleine Postamt, bei dem sie früher Mamans Briefe abgegeben hatte, dort das Rathaus mit seinem Kriegerdenkmal, vor dem Camille sich als Kind so gegruselt hatte. Der kleine Lebensmittelladen. Die mittelalterliche Kirche – nicht aus Fachwerk, sondern aus hellem Kalkstein –, die Camille schon von der Landstraße aus gesehen hatte. Schließlich die Bäckerei. Ob es wohl immer noch Pascal Varin war, der dort backte?

Camille fiel auf, dass sie rein gar nichts mehr wusste über das Dorf, in dem sie aufgewachsen war. Bei ihren letzten Besuchen war sie nur so kurz geblieben, dass es nicht einmal für eine Stippvisite bei den Nachbarn, der Familie Grenier mit den Kindern Damien und Lilou, gereicht hatte.

Natürlich, vor drei Jahren ... da war sie länger geblieben, für mehrere Tage.

Aber da musste sie ja auch ihren Vater beerdigen.

Damals hatte der Kummer sie für alle anderen Menschen blind gemacht. An den Tag der Beerdigung, den sie wie betäubt durchgestanden hatte, konnte sich Camille kaum mehr erinnern. Erst in Paris hatte sich der Nebel aus Trauer allmählich wieder gelichtet.

»Eh, ist das nicht die kleine Camille dort im Auto? Guten Tag, Camille, guten Tag!«

Gerade passierte sie die *Boule d'Or,* und an den Tischen auf der Terrasse des Bistros hoben sich mehrere Hände. Drei ältere Männer und eine uralte Frau winkten ihr zu und lächelten, und verwirrt winkte Camille aus dem offenen Autofenster zurück. Wer, zur Hölle, waren diese Leute?! Das war der Beweis: Sie war viel zu lang nicht mehr hier gewesen! Richtig hier gewesen, mit genügend Zeit, mit ihren Gedanken, ihrem Herzen, ihren Sinnen.

Aber diesmal wird es ja anders sein, dachte Camille, als sie das Dorf verließ, um auf der Landstraße das letzte Stückchen bis zum elterlichen Hof zu fahren. Wenn ich schon gezwungen bin, für sechs verdammte Wochen hier zu leben und zu arbeiten, dann kann ich diese Zeit auch nutzen!

Vielleicht wohnte sogar ihre alte Schulfreundin Sandrine noch im Dorf?

Sie hörte das ferne Meckern einer Ziege – bestimmt eines der Tiere der Greniers –, und überrascht erkannte Camille, dass sie sich fast ein bisschen auf Zuhause freute.

Schon als sie auf den Schotterweg einbog, konnte sie durch den Rundbogen des Torhauses den alten Birnbaum sehen, und während das Auto die letzten Meter bis zum Hof rumpelte, stiegen halb vergessene Bilder in Camille auf. Sie selbst als kleines Mädchen auf der Schaukel. Ihre Eltern, die Arm in Arm dastanden und ihr zusahen: die zierliche Jeanne mit den großen braunen Augen und dem kurz geschnittenen Haar, und daneben der hünenhafte Régis, der sie trotz seiner starken Arme und der kräftigen, an harte Arbeit gewöhnten Hände nie anders als sanft und zart umfasste. Camille schluckte. In Augenblicken wie diesen war die Welt vollkommen gewesen, für sie alle drei.

Dass ausgerechnet ihr Vater, ein Fels in der Brandung, vor seinem sechzigsten Lebensjahr hatte sterben müssen, kam ihr auch jetzt noch seltsam unwirklich vor.

Sie parkte das Auto im Innenhof neben einer der Scheunen. Hier würde es ihre Mutter nicht stören, und den Feriengast, von dem Jeanne ihr am Telefon erzählt hatte, hoffentlich auch nicht. Aber der Mann kam ja sowieso erst in ein paar Tagen hier an.

Camille stieg aus und reckte sich. War es in der Normandie weniger heiß als in Paris, oder kam ihr das nur so vor, weil die Luft frischer war? Sauberer, duftender, würziger und ... Camille grinste. Was da gerade zu ihr herüberwehte, war nicht nur der Geruch nach sonnendurchfluteten Apfelplantagen, sondern eindeutig auch der von den Nachbarsziegen.

»Camille!« Ihre Mutter kam aus dem Haus gelaufen. Ihre Miene war vor Schmerzen angespannt, doch das hinderte sie nicht daran, Camille fest zu umarmen. »Das passt gut, in zehn Minuten ist das Mittagessen fertig. Wie war die Fahrt? Möchtest du einen Aperitif?«

Camille küsste sie auf die Wange. »Fang nicht schon in den ersten Minuten damit an, mich zu bedienen, Maman. Ich bin nicht gekommen, um Urlaub zu machen, sondern um dir zu helfen.«

»Ich weiß, ich weiß! Aber lass mich dich zumindest heute Mittag ein wenig verwöhnen, hm?«

Camille hievte ihr Gepäck aus dem Kofferraum, und ihre Mutter ging vor ihr her zum Haus. Jeanne trug Jeans, ein blassblaues T-Shirt und darüber eine Kochschürze. Ihr hellbraunes Haar war von grauen Strähnen durchzogen, und Camille fragte sich, ob ihre Mutter wohl je auf den Gedanken käme, sich die Haare zu färben. Wahrscheinlich nicht. Jeanne hatte sich nie darum bemüht, anziehend zu wirken, sie war es einfach, von Natur aus; selbst jetzt noch, mit sechzig Jahren, grauen Strähnen und Falten.

»Wie geht es eigentlich den Katzen?«, fragte Camille unvermittelt.

»Tic und Tac?« Jeanne warf ihr über die Schulter ein Lächeln zu. »Sie sind frech wie eh und je!«

Jeanne hatte gut und reichhaltig gekocht. Als Vorspeise gab es ausgebackene Austern mit selbst gemachter Mayonnaise, als Hauptgang Hühnerbrüste in einer goldgelben Soße aus Crème fraîche, Cidre und Calvados. Nur den Käse und das Dessert hatte Jeanne gekauft, und während Camille sich die kleinen Johannisbeerküchlein schmecken ließ, erfuhr sie, dass es tatsächlich immer noch Pascal Varin war, der die Bäckerei im Dorf führte.

Satt wie schon lang nicht mehr, schickte Camille ihre Mutter nach dem Essen aus der Küche hinaus, um zu spülen und aufzuräumen. Während sie den verkrusteten Kochtopf schrubbte, staunte sie, wie wenig sich auf dem elterlichen Hof über die Jahre verändert hatte. Kaufte Jeanne je etwas Neues, entschied sie sich je für eine andere Ordnung? Tassen, Teller, Besteck, Töpfe: Alle Dinge hatten noch genau den Platz, den sie in ihrer Kindheit gehabt hatten, und Camille wusste nicht recht, ob sie das beruhigend finden sollte oder doch eher beklemmend.

Als die Küche fertig war, ging Camille die Katzen begrüßen. Sie fand Tic im Salon und Tac in der Scheune, doch beide ignorierten sie hochmütig. Kein Wunder, dachte

Camille, sie kennen mich ja kaum! Vielleicht werden sie im Laufe der nächsten Wochen zutraulicher.

Ein wenig ernüchtert beschloss sie, einen ausgiebigen Rundgang durch die Apfelplantagen zu machen. Als Jugendliche hatte Camille ihren Eltern zwar regelmäßig geholfen, und so hatte sie die Arbeit mit Bäumen und Äpfeln von der Pike auf gelernt, doch das war lang her. Camille fand, es konnte nicht schaden, sich bei einem ruhigen Spaziergang zu vergegenwärtigen, was ihr in den nächsten Wochen bevorstand.

Sie überquerte den Hof, wobei sie die aufgegebene Cidrerie links liegen ließ und direkt die Plantagen ansteuerte. Sie ging durch das Torhaus, verließ den Schotterweg und tauchte ins Grün der Apfelbäume ein. In langen Reihen standen die dicht belaubten Bäume da, ihre Blätter raschelten leise im Wind.

Aufmerksam schritt Camille die erste Reihe ab. Hier wuchsen Äpfel einer bitteren Varietät, die erst im Oktober erntereif sein würden. Camilles Blick schweifte über den Boden. Im Gras lagen etliche grüne Äpfelchen; sie würde sie aufsammeln und entsorgen müssen. Zu früh abgefallene Früchte waren immer beschädigt und konnten nicht verwendet werden, und es war wichtig, dass sie sich später nicht mit den vollreifen Äpfeln vermischten, die nach und nach von den Bäumen fallen würden. Camille verzog das Gesicht, als sie sich an die Rückenschmerzen erinnerte, die ihr das Aufklauben der Äpfel stets beschert hatte, wurden Cidre-Äpfel doch nicht gepflückt, sondern vom Boden aufgelesen. Wahrscheinlich würde nach dieser Lese auch sie einen Bandscheibenvorfall haben oder zumindest einen ordentlichen Hexenschuss.

Doch dann fiel ihr ein, dass sie zur Zeit der Lese wahrscheinlich gar nicht mehr hier sein würde.

Sie schlüpfte zwischen zwei Bäumen hindurch und stand in der nächsten Reihe, in der sich ihr ein ähnliches Bild bot: gesunde Bäume, aber viel zu viele Äpfelchen auf dem Boden, die Jeanne nicht aufgesammelt hatte. Wieder schlüpfte Camille zwischen zwei Bäumen hindurch. In dieser Reihe wuchs eine saure Varietät, und die kämpfte offensichtlich mit Mehltau-Befall, denn überall entdeckte Camille Zweige, die ihre Mutter geschnitten, aber noch nicht verbrannt hatte. Es juckte Camille in den Fingern, sofort damit anzufangen, wusste sie doch, dass mit Mehltau nicht zu spaßen war. Ob Jeanne das Verbrennen der Zweige nach dem Schnitt schlichtweg vergessen hatte, ebenso wie das Aufklauben der Äpfel? Hatte sie es mit ihren Rückenschmerzen nicht geschafft? Oder war es ihr zu riskant gewesen, mit eingeschränkter Beweglichkeit ein Feuer zu entfachen? Egal, jedenfalls musste dies das Erste sein, das Camille in Angriff nahm. Und danach wäre wohl der Beeren- und Gemüsegarten dran, damit Jeanne ihre Erzeugnisse weiterhin auf dem Markt verkaufen konnte.

Offensichtlich, dachte Camille, erwartet mich tatsächlich eine ganze Menge Arbeit!

Sie spürte ihr Gewissen zwicken. Seit drei Jahren war ihre Mutter für all das allein zuständig, denn die Arbeit und auch die Verantwortung, die vormals auf zwei Paar Schultern verteilt gewesen waren, lasteten nun komplett auf Jeanne. Ihre Mutter war zäh, dominant, voller Energie, so war sie schon immer gewesen. Und doch ... ob es ihr nicht manchmal zu viel wurde? Schließlich war Jeanne schon sechzig Jahre alt, und abgesehen von den Saisonarbeitern zur Zeit der Apfellese hatte sie keinerlei Hilfe. Kein Wunder, dass dieser Bandscheibenvorfall sie niedergestreckt hatte! Eigentlich war es sogar erstaunlich, dass so etwas nicht schon viel früher passiert war.

Aber ihre Mutter hatte es ja nicht anders gewollt.

In Gedanken versunken, war Camille langsamer gegangen und zuckte zusammen, als sie einen heftigen Stoß in die Kniekehlen bekam. Rasch hielt sie sich an einem Baumstamm fest, um nicht hinzufallen. Wer oder was, zum Teufel ...?

»Mähähähä«, meckerte es fröhlich.

Eine schneeweiße Ziege starrte sie neugierig an.

»Na hör mal, du kleine Ausreißerin!« Camille musste lachen. »Überfällst du die Leute gern von hinten, ist das dein Hobby?«

Die Ziege legte den Kopf schief.

Camille beugte sich hinab und kraulte ihr das Kinn. »Wie bringe ich dich denn jetzt zurück, hm? Ich bin nämlich ziemlich sicher, dass du nicht hier sein solltest, sondern bei deiner Herde. Du gehörst den Greniers, oder?«

»Möhö«, machte die Ziege, und Camille wertete das als Zustimmung.

»Dann komm.« Probeweise lief Camille los, und zu ihrer Überraschung folgte ihr die Ziege brav. »Ich wollte deinen Besitzern sowieso einen Antrittsbesuch abstatten!«

Sie musste nicht lang suchen: Valérie und Bruno Grenier waren auf der Weide beschäftigt, die an Jeannes Apfelplantagen grenzte. Gemeinsam besserten sie einen Zaun aus – offensichtlich war die Ziege durch eben jenes Loch entwischt.

Camille begrüßte ihre Nachbarn, und Valérie bedankte sich überschwänglich dafür, dass sie das Tier zurückgebracht hatte.

»Mouchette ist unsere Ausreißer-Königin«, Valérie seufzte, »sie kann sogar Gatter öffnen! Wir müssen alles doppelt und dreifach sichern.«

»Ist ein kluges Mädchen«, sagte Bruno mit einem Augenzwinkern. Er war ein Bär von einem Mann, groß, gemütlich und mit rabenschwarzem Haar. »Aber sag, Camille, wie geht es dir? Wir haben dich ja schon ewig nicht mehr gesehen!«

Camille lächelte gezwungen. Diese Aussage würde sie wahrscheinlich von jedem einzelnen Menschen hören, mit dem sie sich in den nächsten Wochen unterhielte. Da sie aber weder Lust hatte, sich zu rechtfertigen, noch über ihren faden Job im Reisebüro reden wollte, antwortete sie mit einer unverbindlichen Phrase und lenkte das Gespräch dann rasch auf Brunos und Valéries Kinder.

»Kinder? Kinder ist gut.« Bruno grinste. »Wenn du Damien wiedersiehst, wirst du erstaunt sein, Camille!«

Valérie nickte eifrig. »Er ist dieses Jahr achtzehn geworden, kannst du dir das vorstellen? Mein kleiner Kindskopf, achtzehn Jahre alt! War es nicht erst gestern, dass ich ihn in den Armen gewiegt habe?« Sie lachte, doch ihre veilchenblauen Augen blieben ernst.

Trennungsschmerz, nahm Camille an. Oder machte Damien seinen Eltern etwa Sorgen?

Das konnte Camille sich nicht vorstellen. Der Kleine war immer so ruhig und freundlich gewesen und dazu ausnehmend hübsch, sogar schon als Säugling. Viel geweint hatte er auch nicht. Ganz anders als seine Schwester, die zwei Jahre später auf die Welt gekommen war. Die kleine Lilou war ein Schreibaby gewesen, und sie war es viele, viele Monate lang geblieben. Obwohl zwischen dem Hof der Greniers und dem der Rosières sowohl Apfelplantagen als auch Ziegenweiden lagen, hatte man ihr Gebrüll bis in Camilles Zimmer gehört, und in so mancher Nacht hatte in beiden Familien keiner ein Auge zugetan.

»Und wie geht es Lilou?«, fragte Camille. »Sie muss inzwischen sechzehn sein, nicht wahr?«

»Ach, Lilou.« Bruno kratzte sich hinterm Ohr. »Sie ist ... nun ja, mitten in der Pubertät, sagen wir's mal so.«

»Immerhin ist sie gut in der Schule«, verteidigte Valérie ihre Tochter, bevor sie zugab: »Aber sie ist ununterbrochen schlecht gelaunt, das stimmt schon. Besonders jetzt, in den Ferien. Aber wahrscheinlich ist das normal, sie langweilt sich eben, ihre Freundinnen fehlen ihr und ...«

»Das ist doch keine Entschuldigung!« Bruno zog die Brauen zusammen. »Sie *könnte* sich beschäftigen, wenn sie wollte. Habe ich ihr nicht erst gestern einen sehr guten Vorschlag gemacht?«

Valérie blickte ihn mit nachsichtigem Spott an. »Du wolltest sie in die Kunst der Herstellung des Ziegenkäses einführen, Bruno.«

»Na eben! Andere Töchter würden sich glücklich schätzen, wenn ihr Vater ihnen erklärt, wie man Käse mit dem gewissen Etwas herstellt.«

Doch statt zu antworten, fing seine Frau an zu fluchen. »Verdammt, Mouchette, die ganze Wiese ist voller Gras und Kräuter, und was frisst du? Einen Schal!«

Camilles Blick flog zu der Ziege. Tatsächlich, sie hatte den Seidenschal im Maul, der gerade noch um Camilles Hals gelegen hatte. Er musste unbemerkt heruntergefallen sein, und die neugierige Mouchette hatte natürlich sofort ihre Chance auf ein neues Spielzeug gewittert. Um zu verhindern, dass die Ziege mitsamt ihrer Beute das Weite suchte, packte Valérie sie rasch bei den Hörnern. Camille entrang der Ziege ihren Schal, doch es war zu spät: Er war zerrissen.

»O nein, das tut mir so leid«, jammerte Valérie. »Der schöne Schal! War er sehr teuer?«

Camille betrachtete die zerrissene Seide. Wenn sie ehrlich war, hatte sie den Schal sowieso nur getragen, um ihr Bäuchlein zu kaschieren … doch dieser Grund kam ihr plötzlich sehr albern vor. Wer konnte sie hier denn schon sehen?

»Ach was.« Sie winkte ab. »War ein Sonderangebot. Eigentlich mochte ich das grelle Ding noch nie.«

Und es stimmte, der Schal war ihr gleichgültig. Sie musste ihre Kurven hier nicht kaschieren; keiner achtete auf ihr Aussehen, keiner kritisierte ihre drei Kilo zu viel. Es gab keinen Mann, der seinen Sportshake schlürfte, während Camille mit schlechtem Gewissen das zweite Erdbeertörtchen aß, und es gab auch keine Sticheleien von Geneviève oder Céline, Witzchen, die zwar nie ernst gemeint waren, die aber trotzdem wehtaten.

Hier in Vert-le-Coin gab es nur Menschen, die Camille schon ein Leben lang kannte, außerdem zwei arrogante Katzen und eine Herde schneeweißer Ziegen, und absolut niemandem fiel es auf, ob ein Schal über ihrem Bäuchlein hing oder nicht.

Camille lächelte. Es war nicht alles schlecht in diesem Dorf.

Lilou

Andere Töchter würden sich glücklich schätzen, wenn ihr Vater ihnen erklärt, wie man Käse mit dem gewissen Etwas herstellt.

Pah!

Wütend kickte Lilou einen Apfel über das Gras. Der Apfel war grün und mickrig, mickrig wie ihr Scheiß-Leben, mickrig wie dieses Scheiß-Kaff, in dem Lilou sich fühlte, als wohne sie am Ende der Welt. Käse mit dem gewissen Etwas? Dieser Käse ging ihr doch am Arsch vorbei! Warum dachten Eltern eigentlich immer, dass ihre Kinder sich für dasselbe öde Zeug interessierten wie sie selbst?

Die Worte ihres Vaters klangen ihr in den Ohren: »Sie *könnte* sich beschäftigen, wenn sie wollte.« Aber womit denn, verdammt noch mal? Was gab es schon zu tun in Vert-le-Coin? Nichts, das einem vor Langeweile nicht die Tränen in die Augen trieb. Ihr Vater mit seinen blöden Vorschlägen konnte ihr gestohlen bleiben, und ihre Mutter ...

Lilou musste zugeben, dass ihre Mutter sie verteidigt hatte.

Aber nur ein bisschen.

Auch sie hatte mit leidendem Unterton gesagt, Lilou sei ständig schlecht gelaunt. Ihr Vater hatte alles auf die Pubertät geschoben, klar, das war ja auch einfach! Dabei war Lilou schon sechzehn Jahre alt und längst über die Pubertät hinaus, und ihre schlechte Laune kam einzig und allein daher, dass sie dazu verdammt war, auf diesem stinkenden Ziegenhof zu versauern!

Zwar mochte sie auch die Schule nicht besonders. Aber alles, wirklich alles war besser als diese endlosen, trostlosen, freudlosen zwei Monate, die sich Sommerferien schimpften. Zwei Monate mit Eltern, die *nicht* mit ihr in den Urlaub fuhren, weil sie Bauern waren und somit 365 Tage im Jahr mit ihrem Hof beschäftigt. O nein, das waren keine Sommerferien! Das war Isolationshaft.

Lilou ballte die Hand zur Faust und versetzte dem nächstbesten Baum einen kräftigen Hieb. Es tat weh; ihr wohl mehr als dem Baum. Sie vergrub die Hände in den Taschen ihrer Shorts, lief weiter durch die langen Reihen der Rosière'schen Obstbäume, hinter denen sie sich versteckt hatte, erst, um Camille zu beobachten, dann, um zu lauschen.

Ich werde es machen wie sie, dachte Lilou düster, ich werde abhauen und in Paris neu anfangen. Ich *hasse* mein langweiliges Leben!

Lilou hatte den Teich erreicht. Grün und still lag er zwischen den Apfelplantagen der Rosières und dem Wald. Früher war dieser Teich ihr Lieblingsplatz gewesen – bis Damien sie zum Spaß ins Wasser geschubst hatte und Lilou um ein Haar ertrunken wäre. Zwar hatte Damien sie im letzten Moment herausgezogen, aber danach wollte Lilou nie mehr zum Spielen hierherkommen.

Dabei hatte ihr Bruder es noch nicht einmal böse gemeint, das wusste Lilou. Er war einfach nur dämlich und hatte, wie so oft, nicht mitgedacht. Dachte Damien überhaupt jemals? Lilou war sich da nicht so sicher.

Sie seufzte, blickte über die glatte, spiegelnde Oberfläche des Teichs, schaute schließlich hinein. Ein algengrünes Gesicht starrte ihr entgegen, und sie biss die Zähne zusammen. Das Leben war so ungerecht! Damien war zwar dumm, aber unfassbar schön, während sie selbst intelligent war, aber leider ... unscheinbar, wenn man es nett ausdrücken wollte.

Hässlich, wenn man ehrlich war.

Schmutzigbraune Augen, mausbraunes Haar, unreine Haut und ein spitzes Kinn. Und dazu ein schlaksiger Körper, der keine Spur von Po oder Hüften aufwies, geschweige denn von einem Busen, der diesen Namen verdient hätte.

Verbittert wandte Lilou den Blick von ihrem Algengesicht ab.

Sie musste an Camille denken. Ja, *die* sah gut aus! Die blöde Kuh hatte nicht nur den Absprung in die Großstadt geschafft, sondern sie war auch noch hübsch, und das war ungerecht! Von Kurven wie den ihren konnte Lilou nur träumen, von goldgesprenkelten Iriden und einem karamellfarbenen Schimmer im Haar ebenso. Missmutig verzog sie den Mund.

Eine Sache allerdings hatte sie Camille voraus, und dieser

Gedanke heiterte sie ein kleines bisschen auf, denn stets unbeachtet danebenzustehen, das konnte auch seine Vorteile haben: Wenn sie wollte, wurde Lilou unsichtbar! Und eine lange Kindheit im Schatten ihres gut aussehenden Bruders hatte sie gelehrt, diese Unsichtbarkeit nach Bedarf einzusetzen.

Zum Beispiel konnte sie sich bei Langeweile einfach davonschleichen, ohne dass es irgendjemandem auffiel.

Oder die Gespräche der Erwachsenen belauschen, ohne dass es diesen bewusst war.

Und so hatte Lilou schon als Kind ziemlich interessante Dinge erfahren – etwa über die merkwürdigen sexuellen Neigungen der Friseurin oder über die außerehelichen Aktivitäten des Bürgermeisters (den seine Frau nach einem kleinen, anonymen Tipp dann in flagranti erwischt hatte). O ja, es konnte sich tatsächlich lohnen, ein unscheinbares Kind zu sein, und Lilou war im Belauschen anderer täglich besser geworden. Irgendwann begann sie, es als Hobby anzusehen, als eine Fertigkeit, die man verfeinern und vervollkommnen konnte, wenn man nur fleißig genug übte, und so tat sie dies, wann immer sich die Gelegenheit bot. Lilou bekam richtig Spaß daran, nicht nur zu lauschen, sondern auch zu schleichen; nicht nur unauffällig zu sein, sondern unsichtbar. Lautlos gehen, bewegungslos stehen, mit ihrer Umgebung verschmelzen: Darin wurde Lilou zur Meisterin.

Weshalb es eine ihrer leichtesten Übungen gewesen war, still zwischen den Apfelbäumen zu verharren, als Camille

Lilous Eltern getroffen hatte. Lilou war weit genug weg gewesen, um hinter Stämmen, Laub und Gras nicht gesehen zu werden, aber nahe genug dran, um alles zu hören.

»Vielleicht«, sagte Lilou nachdenklich zu ihrem grünen Spiegelbild, »sollte ich demnächst einen Ausflug auf den Apfelhof unternehmen.«

Schließlich wurde es höchste Zeit, in diese beschissenen Ferien ein bisschen Spannung zu bringen.

Sie wandte sich vom Teich ab und ging durch die Apfelbaumreihen zurück auf den Ziegenhof, und da sie ihr hässliches grünes Gesicht nicht mehr sehen musste und außerdem ein Spionage-Ausflug vor ihr lag, hob sich ihre Stimmung. Nach einigen Schritten begann Lilou sogar zu pfeifen. Denn jeder Mensch hatte irgendetwas zu verbergen, oder nicht? Camille würde da keine Ausnahme sein.

Camille

Die erste Nacht, die mit dem viel zu frühen Klingeln des Weckers endete.

Das prüfende Durchschreiten weiterer Baumreihen in der Morgendämmerung, während ihre Mutter im Haus die Katzen fütterte und dann ins Dorf ging, um Croissants und Brot zu kaufen.

Das Füllen mehrerer Körbe mit beschädigten Äpfeln.

Das erste Entfachen eines Feuers aus Apfelbaumzweigen.

Und danach, endlich – das Frühstück!

Gierig trank Camille den ersten Milchkaffee des Tages. Normalerweise genoss sie ihren Kaffee direkt nach dem Aufstehen, heute jedoch hatte sie bereits zwei Stunden körperlicher Arbeit hinter sich, und sie saß mit Gummistiefeln am Tisch statt mit Hausschuhen. Gott, sie hatte ganz vergessen, wie es sich anfühlte, so richtig hungrig in ein Croissant zu beißen! Camille lächelte schwach.

Nebenher checkte sie ihr Handy. Céline hatte geschrieben, ein neckendes: »Langweilst du dich schon in der Pampa?«, garniert mit einem zwinkernden Smiley.

»Keine Zeit«, tippte Camille zurück und steckte sich das

letzte Stück Croissant in den Mund. »Zu viel Arbeit, um sich zu langweilen!«

»Nun leg doch mal das Telefon weg«, drang die tadelnde Stimme ihrer Mutter in ihre Gedanken. »Beim Frühstücken solltest du dich aufs Essen konzentrieren, nicht auf irgendein technisches Gerät!«

Camille sah Jeanne an und hob die Brauen. Betont langsam legte sie das Handy auf den Tisch. Wie alt war sie, dreizehn?

»Ich wollte dich bitten, nach dem Frühstück ins Dorf zu gehen, um dort vier Honigmelonen zu kaufen«, fuhr Jeanne ungerührt fort. »Ich habe sie vergessen, als ich vorgestern im Supermarkt war.«

»Du kaufst im Supermarkt ein? Seit wann denn das?«

Camille erinnerte sich dunkel, dass der Supermarkt fünfzehn Kilometer entfernt war und ihre Mutter sich früher strikt geweigert hatte, dorthin zu fahren.

»Es war dir doch immer so wichtig, die kleinen Läden im Dorf zu unterstützen.«

»Das ist es nach wie vor«, antwortete Jeanne brüsk. »Aber der Supermarkt liefert mir alles nach Hause, bis an diesen Küchentisch hier, und die Läden im Dorf nicht! Wie hätte ich denn mit meinen Schmerzen die ganzen Tüten tragen sollen, kannst du mir das sagen? Sobald ich wieder völlig hergestellt bin, kaufe ich selbstverständlich ...«

»Schon gut, schon gut.« Camille hob die Hände. »Ich wollte dir keinen Vorwurf machen, okay? Es hat mich einfach nur interessiert, ob du mittlerweile ein Fan von großen Läden bist. Das ist alles.«

»Wenn du öfter zu Hause wärst, wüsstest du es!«

»Ich bin *jetzt* zu Hause«, sagte Camille gereizt.

Sie stand auf, die Lust auf einen zweiten Milchkaffee war ihr vergangen.

»Und da ich hier bin, um zu arbeiten, schaue ich jetzt nach den Zäunen. Der eine erscheint mir ein bisschen wackelig, vielleicht sollte ich den ausbessern. Sonst hast du demnächst sämtliche Ziegen der Greniers unter deinen Bäumen, und so kurz vor der Lese sollten deren Hinterlassenschaften besser nicht im Gras …«

»Ja, kannst du das denn noch?«, unterbrach Jeanne sie.

»Was, einen Zaun ausbessern? Wieso sollte ich das nicht mehr können?«

»Nun, nach all den Jahren in der Stadt …« Jeanne brach ab und schwieg beredt.

»Wenn du mir nichts mehr zutraust, Maman«, fragte Camille mit erzwungener Ruhe, »warum hast du mich dann angerufen?«

»Wir wollen nicht streiten.« Jeanne winkte ab. »Es wäre mir einfach lieb, wenn du zuerst das tust, worum ich dich gebeten habe, also die Melonen kaufst. Nur darum geht es mir. Der Zaun kann doch warten.«

»Wie du willst.« Camille atmete tief durch. »Kaufe ich eben zuerst die blöden Melonen! Aber wenn die Ziegen dir dann die Apfelwiesen vollkacken, sag nicht, ich hätte dich nicht gewarnt.«

Sie schnappte sich ihr Handy, dann den Einkaufsbeutel, der an einem Haken neben der Tür hing, und stapfte aus der Küche, aus dem Wohnhaus, über den Hof zu ihrem

Auto. In Gedanken hörte sie die kritische Stimme ihrer Mutter: *Es ist doch nicht weit bis ins Dorf, ma puce, willst du nicht lieber zu Fuß gehen?* Camille presste die Lippen zusammen und stieg ins Auto. Mit quietschenden Reifen fuhr sie durch das Torhaus vom Hof.

Erst als sie auf der Straße nach Vert-le-Coin war, schlug ihr Herz wieder ruhiger. Es nervte sie fürchterlich, dass ihre Mutter und sie keine zwei Tage zusammen sein konnten, ohne sich in die Haare zu kriegen! Melonen waren nun wirklich kein Grund zu streiten, und marode Zäune auch nicht. Eigentlich.

Sie beschloss, das Ganze mit Humor zu nehmen, schüttelte ihren Ärger ab, drehte die Musik auf und sang lauthals mit. Sofort ging es ihr besser. Doch als sie das Ortsschild von Vert-le-Coin erreicht hatte, fiel ihr auf, dass sie ihr Portemonnaie vergessen hatte, und zähneknirschend wendete sie und fuhr zurück zum Hof.

Obwohl sie viel lieber auf dem schnellsten Weg zurück nach Paris gefahren wäre.

Eine Stunde später hatte Camille ihre Sehnsucht nach der Stadt wieder im Griff. Einige SMS mit ihren Freundinnen hatten ihr das tröstliche Gefühl vermittelt, dass sie immer noch eine Städterin war, auch wenn sie sich im Moment wegen Melonen und Zäunen mit ihrer Mutter herumstritt. Dass man sie in Paris noch nicht vergessen hatte, obwohl sie nun, statt am Canal Saint-Martin entlangzuspazieren, durch das kleine Vert-le-Coin lief. Dass bald, bald, alles wieder werden würde wie zuvor.

Nachdem sie zurückgefahren war, um ihr Geld zu holen, war es Camille plötzlich kindisch vorgekommen, aus reinem Trotz das Auto zu nehmen, und so hatte sie sich beim zweiten Mal tatsächlich zu Fuß auf den Weg ins Dorf gemacht. Doch nun bereute sie diese Entscheidung von Herzen. So eine Tüte voller Melonen war ganz schön schwer! Sie seufzte. Das hätte sie sich auch denken können.

Als sie ihre Tüte an der *Boule d'Or* vorbeischleppte, zögerte sie nur kurz. Eigentlich hatte sie keine Zeit für einen Kaffee auf der sonnigen Terrasse des Bistros, denn auf dem Hof wartete eine Unmenge an Arbeit auf sie. Andererseits, fand Camille, hatte sie sich nach diesem unerquicklichen Morgen eine kleine Aufmunterung verdient! Fünf Minuten, höchstens zehn.

Sie trat auf die Terrasse und setzte sich.

Aufatmend lehnte Camille sich auf ihrem Stuhl zurück. Ein Lächeln schlich sich auf ihr Gesicht, als sie die vertraute Fassade des Bistros betrachtete: die alten Fenster mit den rot gestrichenen Sprossen. Das schiefe Fachwerk. Die Schiefertafel neben der offen stehenden Tür, auf der mit Kreide normannisches Bier, Apfel- und Birnensaft angepriesen wurden. Gerade als Camille dachte, dass sich auch hier, genau wie zu Hause, in den letzten vierzehn Jahren absolut nichts verändert hatte, trat die Bedienung heraus... und Camille klappte der Mund auf.

Denn etwas *hatte* sich verändert.

»Sandrine?!«

Als Teenager hatte Camille mit ihrer besten Freundin

müßig auf eben dieser Terrasse gesessen. Sie hatten Orangina geschlürft und kichernd den Jungs nachgeschaut.

Jetzt war Camille zweiunddreißig Jahre alt und saß erneut müßig hier herum – doch sie selbst hatte nun wegen eines schnellen Kaffees ein schlechtes Gewissen, und ihre Freundin von damals trug eine lange Kellnerschürze.

»Meine Güte, Camille? Du bist es wirklich.« Sandrine starrte sie an. »Ich hab zwar vom Chef gehört, dass du kommen würdest, aber dich leibhaftig vor mir zu sehen ... das ist schon ... puh!«

Dass Sandrine in Camilles Gegenwart herumstotterte, war noch nie vorgekommen. Früher war sie anders gewesen, schlagfertig und selbstbewusst. Aber es war viel Zeit vergangen, und Sandrines Unsicherheit zeigte Camille unmissverständlich, dass sie ihre ehemals beste Freundin nicht mehr kannte.

Sie fühlte einen Stich in der Brust, gleich darauf ärgerte sie sich über sich selbst. Schließlich war sie es gewesen, die gegangen war und in all den Jahren nichts dafür getan hatte, den Kontakt zu ihrer alten Freundin aufrechtzuerhalten. Wie konnte sie da erwarten, dass Sandrine sich ebenso wenig verändert hatte wie der Apfelhof oder die *Boule d'Or*? Albern war das!

»Du ... du arbeitest hier?«

Es war eine dämliche Frage, doch eine andere fiel Camille nicht ein. Plötzlich schämte sie sich, weil sie nicht einmal gewusst hatte, dass Sandrine jetzt Kellnerin war. Verdammt. Wie überbrückte man vierzehn sprachlose Jahre?

Sandrine strich sich eine lose Strähne aus der Stirn.

»Ich kellnere schon seit Ewigkeiten. Irgendwie habe ich nichts Besseres gefunden, deshalb ...« Sie zuckte die Schultern. »Aber Claude Formon ist ein netter Chef, also ist es schon okay. Du weißt ja, die Arbeitsplätze wachsen hier nicht gerade auf den Bäumen! Und in die Landwirtschaft, wie meine Eltern, wollte ich auf keinen Fall.«

»Das verstehe ich.«

»Klar verstehst du das, du hast es ja genauso gemacht. Nur dass *du* gleich die große Welt gewählt hast statt Claudes Bistro!« Sandrine schluckte. »Tja. Vielleicht hätte ich das auch tun sollen.«

War Sandrine nicht zufrieden mit ihrem Leben? Camille fühlte sich unwohl. Sie wusste nicht, wie viel sie fragen durfte, wie viel Sandrine ihr erzählen wollte, ob doch noch etwas da war von ihrer alten Vertrautheit oder ob sie über Nichtigkeiten sprechen sollten, als wären sie Fremde.

Camille gab sich einen Ruck. »Sag mal, willst du dich nicht zu mir setzen? Dann können wir ein bisschen plaudern. Natürlich nur, wenn du keinen Ärger mit Claude deswegen bekommst.«

Zum ersten Mal, seit sie miteinander sprachen, lächelte Sandrine.

»Keine Sorge, Claude ist da lässig, und im Moment ist außer dir ja kein anderer Gast hier. Was möchtest du trinken? Lass uns darauf anstoßen, dass du wieder da bist!«

Ich bin aber schon bald wieder weg, lag es Camille auf der Zunge. Sie schluckte die Bemerkung hinunter.

»Sehr gern!«, sagte sie stattdessen. »Habt ihr Poiré?«

Wenig später war die Befangenheit zwischen ihnen auf ein erträgliches Maß geschrumpft. Zum Teil lag das wohl am Poiré, dem normannischen Champagner, mehr noch aber an den gemeinsamen Erinnerungen, die sie beide eifrig herauskramten.

Im Gegensatz zu Camille war ihre Freundin seit mehreren Jahren verheiratet. Camille kannte Yves Moulin noch von der Schule. Sandrine hatte schon mit vierzehn Jahren von seinen schönen grauen Augen geschwärmt, und seit sie fünfzehn war, waren Yves und sie ein Paar. Inzwischen arbeitete Yves als Postbote, und die beiden lebten in ihrem eigenen kleinen Haus am Ortsrand.

Eigenartig nur, dass Sandrine nicht glücklich zu sein schien.

Camille betrachtete ihre Freundin, während diese am Poiré nippte und leise erzählte. Sandrine war auf eine sympathische, unaufdringliche Art hübsch, mittelgroß und schlank, mit einem warmen Lächeln, moosgrünen Augen und Sommersprossen auf der Nase. Ihr aschblondes Haar hatte sie zu einem lockeren Knoten zusammengefasst. Man konnte es mit den Gaben der Natur wirklich schlechter treffen; trotzdem wirkte Sandrine sehr unsicher. Das wunderte Camille, denn früher war ihre Freundin nicht weniger temperamentvoll gewesen als sie selbst.

Sie folgte Sandrines Blick, der immer wieder zur offenen Tür der *Boule d'Or* glitt, und fragte sich, ob Sandrine entgegen ihrer Aussage vielleicht Angst vor ihrem Chef hatte. Dabei war Claude sehr nett gewesen, als er Camille vorhin kurz guten Tag gesagt hatte; aber sie war ja auch ein Gast.

Camille warf einen Blick auf die Uhr. Oje, aus dem schnellen Kaffee war eine ganze Stunde geworden. Jeanne fragte sich bestimmt schon, wo sie blieb.

»Tut mir leid, ich muss gehen«, sagte sie zu Sandrine, obwohl sie gern noch geblieben wäre. »Schließlich bin ich zum Helfen nach Hause gekommen, da kann ich nicht den ganzen Vormittag in der *Boule d'Or* vertrödeln.«

Sandrine wackelte mahnend mit dem Zeigefinger. »Du versteckst dich aber nicht sechs Wochen lang auf eurem Hof, oder?«

»Natürlich nicht! Wir müssen uns unbedingt wieder treffen, das ist doch klar.«

Sie lächelten einander an, und in diesem Moment sah Sandrine beinahe aus wie früher, unbeschwert und verschmitzt. Das freute Camille. Sie beide waren vielleicht keine Freundinnen mehr – aber möglicherweise konnten sie wieder welche werden.

Als Camille ging, warf sie Claude durch die offene Tür der *Boule d'Or* einen kurzen Abschiedsgruß zu. Der Chef polierte gerade Gläser und starrte dabei gebannt auf den Fernseher, der oben an der Wand angebracht war.

Amüsiert warf auch Camille einen Blick auf die Flimmerkiste, um zu sehen, was Claude so sehr faszinierte. Ah, ein Film mit Delphine Durange! Gerade kämpfte diese sich schmutzig und verzweifelt durch einen Morast und sah absolut hinreißend dabei aus.

Das war nicht verwunderlich. Delphine Durange sah in jeder Rolle hinreißend aus. Mit ihren hüftlangen, weizenblonden Locken, den dunkelblauen Augen und dem wohlgeformten Körper galt die Durange derzeit als schönste und auch als begabteste Schauspielerin Frankreichs. Unbestritten war sie die erfolgreichste; selbst Hollywood hatte schon angeklopft. Doch Delphine Durange hatte dieser Versuchung bisher widerstanden. Nach eigener Aussage blieb sie im Land, um die französische Filmindustrie zu unterstützen, und das rechneten ihr sowohl ihre zahlreichen Fans als auch die Klatschpresse hoch an.

Nur Céline nicht, fiel es Camille ein, und sie musste grinsen. Denn es war die Durange, die ständig ihre Interview-Termine platzen ließ und die arme Céline damit zur Weißglut trieb.

Das restliche Frankreich jedoch liebte Delphine Durange.

Außer Sandrine, die schien eher Célines Lager anzugehören.

»Männer!«, schnaubte sie abfällig und stemmte die Hände in die Hüften. »Kaum läuft irgendwo ein Film mit dieser großbusigen Schnepfe, haben sie für nichts anderes mehr Augen.«

Camille ging ein Licht auf. »Ach. Dahin hast du also die ganze Zeit geguckt? Auf den Fernseher?«

»Unsinn. Warum sollte ich diesen doofen Film sehen wollen?« Sandrine wandte der schlammverkrusteten Durange abrupt den Rücken zu, um mit zusammengekniffenen Augen über die Terrasse und die Dorfstraße zu starren.

Doch mit einem Mal verzogen sich ihre Lippen zu einem Lächeln.

»Perfekte Schönheit? Dafür braucht man keinen Fernseher«, sagte sie, und es klang traurig und triumphierend zugleich. »Die gibt es auch in Vert-le-Coin. Aber in der männlichen Variante!«

Ihr Blick war auf etwas gerichtet, das sich in unmittelbarer Nähe befinden musste, und verwundert drehte Camille sich um.

Ihre Augen wurden groß.

Keine fünf Meter von ihr entfernt befand sich ein griechischer Gott, und er kam geradewegs auf sie zu.

Sandrine

Gedankenverloren wischte Sandrine am Abend den Tresen ab. Sie lächelte in sich hinein. Wie Camille geguckt hatte, als sie Damien erkannte! Ihr waren fast die Augen aus dem Kopf gefallen.

Nun, man konnte ihr die Verblüffung nicht verdenken. Aus dem kleinen Nachbarsjungen der Rosières war der attraktivste junge Mann geworden, den Vert-le-Coin je gesehen hatte. Ein Profil wie gemeißelt, dazu melancholische dunkle Augen, schwarze Locken, und dann erst dieser Körper ... Man musste Damien einfach anstarren, es ging gar nicht anders! Alle Frauen im Dorf, junge wie alte, ledige wie verheiratete, drehten sich gleichermaßen nach ihm um, immer und überall. Egal, ob Damien nun von der Bushaltestelle nach Hause schlurfte oder ob er, wie vorhin, kurz in der *Boule d'Or* vorbeischaute, um sich ein Päckchen Zigaretten zu kaufen.

Natürlich riskierte auch Sandrine ab und zu einen Blick. Trotzdem blieb Damien für sie irgendwie ... nun, Damien eben! Der niedliche kleine Hohlkopf der Greniers.

Camille schien ähnlich zu empfinden, denn nachdem sie

sich von ihrer Überraschung erholt hatte, hatte sie gelacht und ihn kurzerhand umarmt.

»Hey, Damien! Ich bin's, Camille, erinnerst du dich an mich? Ich habe auf dich aufgepasst, als du noch ein Kindergartenkind warst.«

Damien hatte verlegen gegrinst. »Klar erinnere ich mich. Hab schon von Lilou gehört, dass du zurück bist. Wie isses denn so in Paris?«

»Nicht so schön wie hier«, hatte Camille mit einem Blick auf Sandrine geantwortet. »Ich habe nämlich meine beste Freundin wiedergetroffen.«

Sandrine war es bei diesen Worten ganz warm geworden.

Sie hatten geredet und gelacht, alle drei, und für einige Minuten konnte Sandrine jeden Kummer vergessen. Doch dann hatte Damien bei Claude seine Zigaretten gekauft, und er und Camille verabschiedeten sich von ihr, um gemeinsam nach Hause zu gehen, schließlich hatten sie den gleichen Weg. Sandrine hatte ihnen nachgeblickt, und mit jedem Meter, den Camille und Damien sich einträchtig plaudernd von ihr entfernten, war ihr Gefühl, wie im Zeitraffer wieder älter, deprimierter, schuldbeladener und enttäuschter zu werden, stärker geworden. Und da waren Sandrine zwei Dinge klar geworden.

Erstens: Sie war erst dreiunddreißig Jahre alt, aber sie fühlte sich, als sei sie hundert Jahre älter als die fröhliche Camille.

Das war nicht gut.

Zweitens: Erst jetzt, wo Camille und sie sich wiedergesehen hatten, stellte Sandrine fest, wie sehr sie ihre Freundin vermisst hatte – und dass sie nach Camilles Wegzug nie wieder eine wie sie gefunden hatte.

Und auch das war nicht gut.

Sandrine hatte Freundinnen gehabt in den letzten Jahren, das natürlich schon, aber ihre Kontakte waren eingeschlafen, einer nach dem anderen. Weil niemand wirklich verstehen konnte, wie schlecht es ihr ging, wenn es wieder einmal passiert war, und mittlerweile sogar dann, wenn nichts passierte.

Ihr Leid war ihren sogenannten Freundinnen lästig gewesen.

Verbittert verzog sie den Mund.

Aber womöglich war es ja normal, dass sie nur noch Bekannte hatte statt echter Freundinnen, grübelte sie, während sie die letzten klebrigen Bierreste vom Tresen abwischte. Sie war verheiratet, da hatte man eben keine Zeit mehr für innige Frauenfreundschaften, für stundenlanges Gequatsche, für Gekicher und ins Ohr geflüsterte Geheimnisse. Das war etwas für unbeschwerte Kinder, nicht für sorgenvolle Erwachsene! Sandrine hatte Yves, und alle Zuwendung, die sie brauchte, bekam sie von ihm.

Theoretisch.

Sie spülte den Lappen aus, stützte müde die Hände auf den Tresen und ließ den Kopf hängen.

Camille hatte eigenartig geguckt, als Sandrine ihr von sich und Yves erzählte. Hätte sie mehr lächeln, mehr Zärtlichkeit in ihre Stimme legen sollen? Schließlich hatte sie von der Ehe mit ebenjenem Mann geredet, in den sie bereits als junges Mädchen unsterblich verliebt gewesen war.

Und den sie immer noch liebte wie keinen sonst.
Sie wünschte voller Inbrunst, sie täte es nicht.

»Findest du die hübsch? Also, ich finde, sie sieht irgendwie billig aus.«

Sandrine war fünfzehn Jahre alt gewesen und beschwipst. Missmutig beobachtete sie die schwarzhaarige junge Frau, die sich gerade mit Yves unterhielt. Sie mochte Anfang zwanzig sein, hatte große dunkelgrüne Augen und eine zierliche Figur.

Es war Oktober, Zeit der Apfellese, und auf dem Hof der Rosières logierten mehrere Erntehelfer – und leider auch Erntehelferinnen wie die hübsche Schwarzhaarige. Sie schliefen alle zusammen in einem provisorischen Bettenlager in einer der Scheunen, sammelten tagsüber die Äpfel der jeweiligen Sorte ein, die gerade den perfekten Reifezustand erreicht hatte, und wurden abends von Madame Rosière mit deftiger Hausmannskost versorgt. Zum Essen waren unter freiem Himmel lange Holztische und Bänke im Innenhof aufgestellt worden. Im großen Birnbaum hingen Lampions, und gegen die herbstliche Kühle halfen grobe Wolldecken. Müde, aber zufrieden pflegten die jungen Leute an ihrem wohlverdienten Feierabend noch ein Glas zu trinken; sie plauderten und lachten und gingen schließlich zu Bett, damit das Ganze früh am nächsten Morgen von vorn beginnen konnte. Denn die Lese erstreckte sich über mehrere Wochen, von Ende September bis zu den ersten Frösten.

An den Wochenenden musste auch Camille mit anpacken, und da die Rosières jede helfende Hand gebrauchen konnten, tauchte Sandrine ebenfalls ab und zu in den Apfelplantagen auf. Heute, am Samstag, hatten die beiden Mädchen besonders hart gearbeitet, weshalb Camilles Eltern ihnen ausnahmsweise erlaubten, am Abend mit den Erntehelfern zusammen ein bisschen zu feiern – unter der Voraussetzung, dass sie keinen Alkohol tranken.

Camille hatte sich daran gehalten.

Sandrine nicht.

Sie standen nebeneinander gegen ein Scheunentor gelehnt, und die Welt wackelte ein wenig, als Sandrine ihr Haar zurückwarf und einem der Erntehelfer, einem jungen Studenten mit hübschen Oberarmmuskeln, zublinzelte. Sie hoffte, dass Yves es sah. Aber nein, natürlich sah er es nicht. Er hing ja an den Lippen dieser dämlichen Schwarzhaarigen!

»He, bist du etwa eifersüchtig? Sie unterhalten sich doch bloß.« Camille stieß sie mit dem Ellbogen in die Seite. »Ich kenne Aurore, sie ist Studentin. Sie ist echt nett! Hilft uns schon seit Jahren bei der Lese, unser Hof hat es ihr wohl irgendwie angetan.«

»Soll diese Aurore doch woanders helfen«, grummelte Sandrine, und Camille verdrehte die Augen.

»Jetzt krieg dich mal wieder ein. Aurore ist doch viel zu alt für Yves!« Camille trank einen Schluck von ihrer Cola. »Was macht Yves überhaupt hier? Er hat doch gar nicht bei der Lese geholfen.«

»Schau nur, wie sie flirten«, sagte Sandrine verschnupft. »Wie diese Aurore ihn anlächelt!«

»Aber Yves reagiert doch gar nicht darauf, Sandrine. Er guckt sich ständig um. Vielleicht ist er ja hier, weil er jemanden sucht?« Camille griff nach Sandrines Hand. »Komm mit. Wir gehen hin und erlösen ihn.«

Sandrine riss die Augen auf. »Nein, nein, nein! Am Ende denkt er noch, ich sei …«

»Eifersüchtig!« Camille grinste. »Sag ich doch.«

Zielstrebig ging ihre Freundin auf Yves und das schwarze Gift zu und zog Sandrine unerbittlich hinter sich her. Schon hatten sie die beiden erreicht, und während Sandrine sich noch vor Verlegenheit wand und gleichzeitig nicht umhinkam, die süßen Haarwirbel an Yves' Hinterkopf zu bewundern, tippte Camille dem Schulkameraden auf die Schulter.

»Hallo«, sagte sie unschuldig, »das ist ja eine Überraschung. Was machst du denn hier?«

Yves drehte sich um. »Oh, hallo! Gut, dass ich dich treffe, ich suche nämlich …«

Seine wunderschönen grauen Augen glitten über Camille hinweg.

Trafen Sandrines Blick.

Und die Welt hörte auf, sich zu drehen.

»… Sandrine«, sagte Yves und lächelte.

Der Rest des Abends ging golden funkelnd in Sandrines und Yves' Geschichte ein.

Yves war bei ihr zu Hause gewesen, um sie spontan ins Kino einzuladen, denn seine Eltern waren übers Wochenende verreist, und sein großer Bruder hatte sich angeboten, den Chauffeur zum Kino zu spielen (in Vert-le-Coin gab es solche Vergnügungen natürlich nicht). Sandrines Eltern hatten Yves allerdings streng erklärt, in die Zweiundzwanzig-Uhr-Vorstellung würden sie ihre Tochter ganz bestimmt nicht lassen! Wenn er unbedingt wolle, könne er Sandrine jedoch auf dem Apfelhof finden. Dann wäre es nett von ihm, wenn er ihre Tochter auch gleich nach Hause begleiten würde.

Ins Kino gingen sie an jenem Abend also nicht. Aber als Yves die vor Aufregung atemlose Sandrine von den Lampions im Innenhof fortzog... als er im dunklen Gemüsegarten der Rosières zum ersten Mal seine Lippen auf ihre drückte... als er ihr zwischen Kürbissen und Sellerie ins Ohr hauchte, dass er von diesem Kuss schon seit Monaten träume, da erlebten sie ihren eigenen Film, und Sandrine fand ihn so unendlich romantisch, wie kein Leinwandabenteuer es je hätte sein können. Später brachte Yves sie wie versprochen nach Hause, doch sie küssten sich auf der einsamen Straße so oft, dass sie für den Weg über anderthalb Stunden brauchten und Sandrine von ihren erbosten Eltern Hausarrest bekam.

Zehn Minuten später klopfte Yves heimlich an Sandrines Fenster, und als sie sich leise lachend ein weiteres Mal küssten, wollte Sandrines Herz vor Glück schier zerspringen.

Zehn Tage später wusste auch der Letzte in ihrer Schule, dass Yves und Sandrine nun ein Paar waren.

Zehn Wochen später sagte Yves ihr zum ersten Mal, dass er sie liebe und immer lieben werde.

Zehn Monate später hatten sie zum ersten Mal Sex, und es war sanft und süß und berauschend schön.

Zehn Jahre später heirateten sie, Sandrine in strahlend weißem Kleid, Yves in Frack und Zylinder.

Doch anders als im Film kam nach der Hochzeit nicht der mit Geigenmusik unterlegte Abspann, sondern das Leben mit seinem grausamen Humor, seinen tückischen Überraschungen, und so gab es kein Happy End für Yves und Sandrine.

Obwohl es so wunderbar und verheißungsvoll begonnen hatte, damals, im dunklen Gemüsegarten der Rosières.

Sandrine hob den Kopf und nahm die Hände vom Tresen, und in einer gewaltigen Anstrengung riss sie sich zusammen. Nicht weinen, nicht trauern. Nicht daran denken, was sie verloren hatte.

Sie schaute sich nach ihrem Chef um; er stellte gerade die Stühle hoch. Gut so, dann konnte sie rasch den Boden wischen und danach heimgehen.

Sie *könnte* sich aber auch ausnahmsweise einmal Zeit lassen.

Sie *könnte* ihrem Chef anbieten, heute gründlicher sauber zu machen als sonst – vielleicht noch die Fenster putzen oder alles abstauben.

Könnte eine Stunde länger bleiben, ein bisschen mehr Geld verdienen, obwohl das eigentlich nicht nötig war.

Könnte die Begegnung mit ihrem Mann hinauszögern, so lange, bis er sich fragte, fragen *musste,* wo Sandrine blieb und warum sie nicht zu ihm nach Hause kam.

»Du, Claude«, rief sie durch den Schankraum und hoffte, dass ihre Stimme so unbeschwert klang, wie sie sich schon seit ewigen Zeiten nicht mehr gefühlt hatte, »hast du irgendeine Extraarbeit für mich? Ich hab's heute nicht eilig.«

Camille

Ganz allmählich ließ die Augusthitze nach, und Camille war dankbar dafür. Das tägliche Aufklauben der vorzeitig abgefallenen Äpfelchen war auch ohne Rekordtemperaturen schweißtreibend genug, zumindest für jemanden wie sie, die an einen Stuhl und an Arbeit vor dem Computer gewohnt war. Erledigte ihre Mutter das alles sonst wirklich allein? Unvorstellbar! Und doch war es so.

Das Hacken und Gießen des Gemüsegartens. Das vorsichtige Schneiden der Spinatblätter für den Markt. Das Entsaften der violettschwarzen Holunderbeeren. Das Verarbeiten und Einkochen von allem, was in den nächsten Wochen nach und nach verkauft werden sollte – als Marmelade, Chutney, Soße oder fermentiertes Gemüse. Eine Arbeit, die nie ein Ende fand. Aber vielleicht war das Ganze ja auch schlichtweg eine Sache der Gewöhnung? Schließlich hatte auch Camille als Jugendliche regelmäßig mitgeholfen, abends nach der Schule, an den Wochenenden und manchmal sogar schon frühmorgens, bevor sie sich auf den Weg zum Schulbus gemacht hatte. Und sie hatte dies damals keineswegs als kräftezehrende Arbeit empfunden, im Gegenteil: Sie hatte davon geträumt, für immer auf dem Apfelhof zu bleiben.

Bis zu jenen schwarzen Minuten hinter der Tür des Salons, die alles verändert hatten.

Camille biss die Zähne zusammen. Das Ganze war vierzehn Jahre her, ihr Leben längst ein anderes und sie selbst hoffentlich über diese uralte Verletzung hinweg!

Und was die harte Hofarbeit betraf, so schlug sie sich doch eigentlich ganz gut. Immerhin hatte sie das Gefühl, dass ihr Körper bereits kräftiger geworden war; vor allem ihre Oberarme wurden täglich stärker vom Tragen der vollen Apfelkörbe, dem Schaufeln der Asche und dem Schwingen des Hammers, denn es mussten tatsächlich etliche Zäune ausgebessert werden. Dem Muskelkater nach zu urteilen, der Camille abends in ihrem Bett überfiel, wurden dank des stundenlangen Herumlaufens in den Plantagen auch ihre Beine kräftiger, und sogar in den Fingern spürte Camille die ungewohnten Tätigkeiten.

Doch zu ihrer eigenen Überraschung machte Camille der Muskelkater wenig aus, bewies er ihr doch, dass sie tagsüber etwas geleistet hatte, und das war ein gutes Gefühl. Denn auf dem Apfelhof zu schuften war zwar anstrengend, aber es war nicht stressig.

Ganz anders als ihre Arbeit im Reisebüro.

Camille hatte eine SMS von Geneviève bekommen und wusste nicht recht, was sie darauf antworten sollte. Es war Vormittag, und sie saß für eine kurze Kaffeepause in der Küche, das Handy vor sich auf dem Tisch.

»Vernissage von P. am Samstag«, hatte die Freundin geschrieben, »im *Le Romain*. Kannst du dir nicht übers Wochenende von deiner Landarbeit freinehmen? P. würde sich bestimmt schrecklich freuen!«

P. war Paulette, eine gemeinsame Bekannte. Sie war Malerin und in bestimmten Kreisen durchaus berühmt, allerdings weniger für ihre Kunst als für die extravaganten Partys, die sie nach ihren Vernissagen zu veranstalten pflegte. Camille hatte sich auf diesen Partys meistens ganz gut amüsiert; manchmal hatte sie sogar einen interessanten Mann dort kennengelernt. Zugegeben, die Männer hatten sich irgendwann allesamt als Frösche entpuppt, ein Prinz war definitiv nicht dabei gewesen. Aber Camille hatte die Hoffnung, irgendwann den Richtigen zu treffen, noch nicht vollständig begraben – wobei die Wahrscheinlichkeit, auf Paulettes wilder Party den Einen für immer kennenzulernen, vermutlich nicht besonders hoch war.

Nachdenklich stützte Camille das Kinn auf die Faust. Ihre Eltern hatten großes Glück gehabt: Sie hatten sich gesucht und gefunden, und ihre Ehe war die glücklichste gewesen, die man sich nur vorstellen konnte. Aber eine solch harmonische Verbindung gab es nicht oft, das war Camille klar. Vielleicht legte sie die Messlatte für ihre eigenen Beziehungen ja von vornherein zu hoch an? Geneviève jedenfalls hatte ihr das schon oft genug vorgeworfen.

Allerdings lag deren Messlatte auch extrem niedrig, zumindest was Treue und Verlässlichkeit anging. Geneviève erwartete von ihren Liebhabern, dass sie kultiviert und witzig waren und gut aussahen; der Rest war ihr egal.

Camille hingegen – die perfekte Ehe ihrer Eltern als Vorbild – erwartete mehr.

Weshalb Geneviève drei Partner hatte.

Und Camille gar keinen.

Sie starrte auf ihr Handy und seufzte. Ob sie nicht doch für eine Stippvisite nach Paris fahren sollte? Die Stadt fehlte ihr zwar mit jedem Tag weniger, aber trotzdem spielte dort Camilles Leben. Und wäre ein Tag Pause von der Hofarbeit denn wirklich so schlimm?

»Mähähähä«, meckerte es fröhlich vor dem Küchenfenster.

Camille hob den Kopf und musste grinsen. Mouchette! Diese verrückte Ziege schaffte es immer wieder, mit ihrem Maul die doppelte Sicherung des Weidetors zu öffnen, sodass sie urplötzlich zwischen den Rosière'schen Apfelbäumen auftauchte – oder eben vor dem Küchenfenster.

»Diesmal hast du es aber weit geschafft, du kleine Streunerin. Gib mir eine Minute, dann bringe ich dich zurück. Obwohl das vermutlich gar nicht in deinem Sinn ist, was?«

Wie zur Bestätigung machte Mouchette einen kleinen Bocksprung.

»Kann nicht«, tippte Camille in ihr Handy. »Meine Mutter schafft das alles nicht allein. Außerdem bin ich ziemlich beschäftigt mit Nachbars übermütiger Ziege. Glaub mir, von dieser Mouchette könnte jeder Ausbrecherkönig noch so einiges lernen!«

Sie schickte die Nachricht ab. Keine extravagante Party, kein Wiedersehen mit ihren Freundinnen, keine Chance auf Mr Right. Aber was nicht ging, das ging eben nicht, und wenn sie ehrlich war, fiel ihr die Absage gar nicht so schwer. Komisch eigentlich.

Sie steckte das Handy in die Hosentasche und erhob sich, um Mouchette zurück zur Herde zu bringen. Dabei beschloss sie, von dort aus gleich zum Taubenturm weiterzugehen, denn gegen Mittag würde Jeannes Langzeit-Feriengast eintreffen.

Es war höchste Zeit, die Kaffeepause zu beenden und sein Zimmer herzurichten.

Seit acht Jahren wurde der ehemalige Taubenturm des Manoirs, der mehr als ein Jahrhundert lang im Dornröschenschlaf verbracht hatte, als Feriendomizil genutzt. Er stand auf der Wiese hinter dem Wohnhaus und war wie dieses aus dunkelroten Ziegeln und sandfarbenem Kalkstein gemauert. Camilles Vater hatte ihn eigenhändig umgebaut, damals, als er und Jeanne sich überlegt hatten, dass zusätzliche Einnahmen dem Apfelhof nicht schaden könnten. Seitdem reisten in unregelmäßigen Abständen Touristen an, um in der ländlichen Abgeschiedenheit des romantischen Turmes einige Tage lang auszuspannen. *Dieser* Gast allerdings würde nicht nur einige Tage bleiben. Er wollte einen ganzen Monat auf dem Hof verbringen; warum, das wusste der Teufel. Was mochte einen Menschen dazu veranlassen, für volle vier Wochen einen derart unspektakulären Urlaub zu machen?!

Möglicherweise hat dieser Antoine Olivier einen Burn-out, sinnierte Camille, während sie das Bett mit frischer weißer Wäsche bezog. Oder er hat einfach genug von Paris, und diese vier Wochen sind sein Ausstieg auf Zeit.

Aber eigentlich war es ja auch ganz egal. Was interessierte sie die Motivation dieses Mannes? Er brachte ihrer Mutter zusätzliches Geld, und nur darauf kam es an. Camille wusste zwar nicht genau, wie es finanziell um den Apfelhof stand, doch sie war sich ziemlich sicher, dass Jeanne nicht im Geld schwamm und die Mieteinnahmen gut gebrauchen konnte.

Prüfend blickte Camille sich in dem geräumigen Turmzimmer um. Fehlte noch etwas? Das Bett war gerichtet, der Teppich auf den Holzdielen gesaugt. Auf den Bauerntisch hatte sie einen großen Strauß bunter Dahlien gestellt. Die Fenster waren gekippt, davor bauschten sich die rot und weiß gestreiften Vorhänge. Sie nickte zufrieden. Alles sah gemütlich und einladend aus, und auch das kleine Badezimmer mit Toilette, das ihr Vater hinten an den Turm angebaut hatte, war geputzt.

Mit einem Mal fühlte Camille sich beobachtet.

Sie runzelte die Stirn und trat an die rot gestrichene Tür, doch als sie prüfend über die Wiese blickte, war niemand zu sehen. Hm, dann hatte sie sich dieses Gefühl wohl nur eingebildet ... genau wie jenes, das sie manchmal überfiel, wenn sie ihr Zimmer im Apfelhof betrat.

Ein Gefühl, als sei in ihrer Abwesenheit jemand da gewesen, habe vorsichtig in ihren Schubladen gekramt, ihre Bücher ein wenig verschoben, ihre Handtasche geöffnet.

Aber wer, zur Hölle, sollte so etwas tun? Wer sollte ihr derart dreist nachspionieren? Ihre eigene Mutter ja wohl kaum!

Sie schüttelte den Kopf über sich selbst, zog energisch die Tür hinter sich zu und ging zurück zum Apfelhof.

Eine Stunde später traf der Feriengast ein.

Jeanne war mit dem Kochen des Mittagessens beschäftigt, und so oblag es Camille, Monsieur Olivier herzlich willkommen zu heißen.

Das passte ihr gar nicht, denn Mouchette war schon wieder ausgebrochen, und diesmal hatte sie ihren Schabernack ziemlich weit getrieben. Fröhlich war sie über den Innenhof der Rosières getrabt, wo sie die Kübelpflanzen angeknabbert hatte und Camille stets im letzten Moment, bevor diese sie an den Hörnern packen konnte, entwischt war. Schlussendlich war es Camille zwar gelungen, die notorische Ausreißerin wieder auf die Weide zu treiben, doch die Aktion hatte ihren Zeitplan völlig durcheinandergebracht, und so war Camille weder optisch präsentabel noch sonderlich gastfreundlich gestimmt, als Monsieur Olivier in seinem dunkelblauen Wagen durchs Torhaus rollte.

Ihr lächelndes »Willkommen auf unserem Hof!« fiel dementsprechend gezwungen aus.

Doch Monsieur Olivier schien das egal zu sein. Er war ganz und gar in Gedanken versunken, nahm Camille und den Hof kaum wahr und wollte sofort zu seinem Zimmer geführt werden.

Zwischen dem Wohnhaus und der ehemaligen Cidrerie führte ein schmaler Durchgang zu einem Trampelpfad, der sich über die Wiese bis zum Taubenturm zog. Den Koffer in der Hand, folgte Monsieur Olivier ihr in düsterem Schweigen, während Camille irritiert vorausging. Vielleicht hatte der Mann ja wirklich einen Burnout; jedenfalls schien er sich kein bisschen auf seine Ferien zu freuen.

Sie erreichten die kleine Terrasse vor dem Taubenturm, und mit ihrer freundlichsten Reisebüro-Stimme erklärte Camille dem seltsamen Gast: »Wie Sie sehen, wohnen Sie außerhalb des Hofes. Sie sind also völlig ungestört, solange Sie dies wünschen. Trotzdem sind wir nur eine Minute entfernt! Wenn Sie also etwas brauchen, zögern Sie bitte nicht, zu meiner Mutter oder zu mir zu kommen. Eine von uns beiden ist eigentlich immer da, entweder im Wohnhaus oder in den Apfelplantagen.«

»Aha«, murmelte Monsieur Olivier. »Danke.«

Er griff sich in den Nacken, als müsse er einen verspannten Muskel lockern, und verzog das Gesicht. Dann seufzte er und musterte den Turm.

»Nett.«

Nett? Dieser Taubenturm war grandios! Camille biss die Zähne zusammen. Sie war der Meinung, dass ihr Vater mit der Renovierung des Turmes etwas Außergewöhnliches geschaffen hatte, und das Adjektiv »nett« passte dazu nicht im Mindesten!

Ohne ein weiteres Wort ging sie über die Terrasse, öffnete die Tür und ließ Monsieur Olivier eintreten.

Er stellte seinen Koffer ab und schaute sich um. Flüchtig glitt sein Blick über die bunten Dahlien, das blütenweiß bezogene Bett. Missmutig dachte Camille, dass sie ihm auch ein Strohlager hätte richten und einen Kaktus auf den Tisch hätte stellen können. Seine gleichgültige Reaktion wäre vermutlich kein bisschen anders ausgefallen.

Das Zimmer war kreisrund und geräumig, mit einer Eingangstür vorn und einer zum Bad-Anbau hinten. Es hatte Fenster in alle Himmelsrichtungen und eine schwindelerregend hohe Decke. Der Dachstuhl mit seinen komplizierten Holzverstrebungen bot einen ungewöhnlichen Anblick; wenn man im Bett lag und nach oben sah, mutete die Decke wie ein Mandala an. Kurz, dieses Zimmer war etwas ganz Besonderes. Camille bemerkte, dass sie richtiggehend ärgerlich geworden war. Sie wollte unbedingt, dass ihr wortkarger Gast sein Domizil so sah, wie es in ihren Augen war: nämlich hinreißend!

Weil es das letzte Werk ihres Vaters war?

Sie schluckte und schalt sich selbst für ihre Sentimentalität. Wäre ihr Vater ihr so unendlich wichtig gewesen, wie es sich in diesem Augenblick anfühlte, dann hätte sie ihn und Maman ja öfter besuchen können. Aber das hatte sie nicht getan, weil sie es nie geschafft hatte, ihm zu verzeihen, dass er sich nicht hinter sie gestellt hatte, als Maman ...

»Sehr schön, danke.« Monsieur Oliviers dunkle Stimme drang in ihre Gedanken. »Sagen Sie, bekomme ich bei Ihnen eigentlich auch etwas zu essen, oder muss ich dafür ins Dorf gehen?«

»Ähm ... nun ja ...«

Camille war überrumpelt. Sie hatte keine Ahnung, wie Jeanne die Essensfrage normalerweise handhabte, aber ob nun für zwei gekocht wurde oder für drei, das machte keinen großen Unterschied, oder?

»Ich denke, Sie können abends mit uns essen. Wir haben kein Restaurant oder so, aber wenn es Sie nicht stört, mit Maman und mir in der Küche Platz zu nehmen ...«

Zum ersten Mal seit seiner Ankunft blickte Monsieur Olivier sie direkt an.

»Ich soll mit Ihnen und Ihrer Mutter zu Abend essen?«

Offenbar fand er diesen Vorschlag schrullig, denn in seinen grau-grünen Augen blitzte es belustigt auf.

»Genau«, antwortete Camille kühl, »mit mir und meiner Mutter. In unserer Küche. Und es gibt keine Auswahl, sondern das, was wir eben gekocht haben!« Und wenn Ihnen dieses familiäre Arrangement nicht passt, fügte sie in Gedanken hinzu, dann können Sie gern allabendlich in die *Boule d'Or* latschen.

»Klingt wunderbar«, sagte Monsieur Olivier erheitert. »Danke sehr.«

»Na dann, ähm ... bis heute Abend. Um zwanzig Uhr, passt Ihnen das?«

»Ja, prima. Ich werde da sein. Danke nochmals.«

Einigermaßen ratlos ging Camille zum Wohnhaus zurück. Ihr Gast war keineswegs unhöflich gewesen, er hatte sich ja in der kurzen Zeit allein viermal bei ihr bedankt. Trotzdem hatte sie keine Ahnung, ob es ihm auch nur ein kleines bisschen hier gefiel oder ob sie ihn genauso gut in einen baufälligen Schuppen hätte führen können anstatt in den wunderschönen Taubenturm.

Nun, sie hatte keine Zeit, sich über den Mann den Kopf zu zerbrechen. Das Mittagessen wartete! Ihre Mutter hatte gesagt, sie wolle sich an etwas besonders Feinem versuchen, einem Rezept ihres Fischhändlers. Doch einer spontanen Eingebung folgend, bog Camille im Innenhof nicht zum Wohnhaus ab, sondern zur Cidrerie.

Ihr Herz klopfte schneller, als sie die Tür zu dem kühlen Raum aufstieß, den sie als Kind und Jugendliche so gern betreten hatte. Sie sah sich um. Seit Jeanne die Cidre-Herstellung aufgegeben hatte, wurde dieser Raum nicht mehr genutzt, und doch war alles noch da: die Apfelpresse, die mächtige, runde Apfelmühle, Stapel von Sisaltüchern, und nebenan, in den ehemaligen Ställen, die Edelstahltanks, in denen der Saft vom frühen Winter bis in den Frühling hinein gegoren hatte, bevor er als Cidre auf Flaschen gezogen worden war.

Warum hatte Jeanne die Cidrerie und die Ställe nicht ausgeräumt, als sie beschlossen hatte, Régis' Arbeit nicht weiterzuführen? Sie hätte doch alles verkaufen können! Camille schluckte hart. Es überraschte sie selbst, wie weh ihr diese Vorstellung tat.

Vor allem hier, an diesem Ort, an dem sie als Kind so viele unbeschwerte Stunden mit ihrem Vater verbracht hatte.

An diesem Ort, der immer noch nach reifen Äpfeln roch.

»Hörst du?«, hatte Régis gesagt und seiner siebenjährigen Tochter zugelächelt. »Das klingt wie Musik, findest du nicht?«

Die kleine Camille legte den Kopf schief und lauschte.
Plitsch, plitsch, platsch.
Ihr Vater rührte die Äpfel um, die in einem riesigen Bottich von Gras und Erde gesäubert wurden.
Ratterratterratter.

Die Mühle rumpelte und wackelte, während sie die gewaschenen Äpfel in ihren Schlund einsog.

Pschschchkrpschschkr.

Die zermahlenen Äpfel wurden als grober Brei wieder ausgespuckt und landeten im Maischebottich.

»Das klingt ja wirklich wie Musik«, sagte Camille erstaunt.

»Apfelmusik!« Ihr Vater nickte.

Camille schlang die Arme um ihren großen, kräftigen Papa. »Dann bist du ja gar kein Bauer«, sagte sie kichernd, »sondern ein Musiker!«

»Genau.« Er lächelte. »Und du, Camille? Möchtest du auch Musikerin werden, wenn du groß bist?«

»Weiß ich noch nicht. Vielleicht.« Sie überlegte kurz, dann lächelte sie unbekümmert zu ihm hoch. »Vielleicht werde ich aber auch lieber Erfinderin, oder ich erforsche wilde Tiere!«

»Hört sich spannend an.« Ihr Vater strich ihr über den Kopf. »Aber jetzt raus mit dir, ich muss weitermachen. Du kannst ja die Ziegen unserer Nachbarn erforschen, was meinst du?«

»Sind die denn wild?«, fragte Camille skeptisch.

»Sehr wild«, antwortete ihr Vater ernst.

Also hüpfte Camille davon.

»Forscherin«, hörte sie Papa murmeln. »Nun, warum nicht. Was immer dich glücklich macht, meine kleine Traumtänzerin!«

Camilles Augen waren feucht. Sie war keine Apfelmusikerin geworden und auch keine Erfinderin oder Forscherin.

Die kleine Traumtänzerin war erwachsen geworden, und sie verbrachte ihre Tage damit, von morgens bis abends in einem Reisebüro im zehnten Arrondissement zu hocken, wo sie unzufriedenen Menschen die immer gleichen Hotelzimmer anpries, um danach mit Kopfschmerzen nach Hause zu gehen in ihr winziges Appartement, in dem nichts auf sie wartete als die Sitzbadewanne.

Camille biss sich auf die Unterlippe. Verdammtes Selbstmitleid! Abrupt wandte sie sich ab und verließ die Cidrerie.

Jeanne hatte nicht zu viel versprochen: Das Mittagessen war ausgesprochen lecker. Es gab Seezunge normannischer Art, dazu weißen Reis, und die Kombination aus Fisch, Garnelen, Dill und trockenem Cidre schmeckte Camille ausgezeichnet. Sie musste sich zusammennehmen, um nicht allzu gierig zu schlingen.

»Warum«, fragte sie zwischen zwei Bissen, »behältst du eigentlich das ganze Zeug für die Cidre-Herstellung, Maman? Ist doch eine ziemliche Platzverschwendung.«

Ihre Mutter warf ihr einen schwer zu deutenden Blick zu. »Wenn ich eines habe, dann Platz, Camille.«

»Du könntest das Geld aus dem Verkauf aber gut gebrauchen, oder nicht? Die Tanks würden dir bestimmt einiges einbringen.«

»Ich werde ganz bestimmt nicht etwas verkaufen, was deinem Vater so wichtig war!«

Camille hob die Brauen. Das fand sie nun doch ein bisschen scheinheilig.

»Und warum nicht? Du hast den Cidre aufgegeben, *das* war doch der wirklich entscheidende Schritt! Ob du die Cidrerie nun wie ein Museum erhältst oder nicht, das wäre Papa vermutlich total egal. Er hätte einfach nur gewollt, dass du weiter Cidre machst.«

Jeannes Augen wurden schmal.

»Erzähl du mir nicht, was dein Vater gewollt hätte«, sagte sie scharf. »Du hast diesem Hof schließlich schon mit achtzehn Jahren den Rücken gekehrt und bist nach Paris gezogen!«

»Ja, und ich hatte gute Gründe dafür«, antwortete Camille rau. Sie legte Messer und Gabel ab. Der Appetit war ihr vergangen.

»Mag sein. Aber nun arbeitest *du* eben in deinem Reisebüro und *ich* auf dem Hof, und so leid es mir tut, dir das sagen zu müssen, Camille: Was ich mit unseren Äpfeln mache, geht dich nichts mehr an!«

Womit du ja bekommen hättest, was du wolltest, dachte Camille gallig.

Sie presste die Lippen aufeinander und bemühte sich um innere Ruhe. Das alles waren doch alte Kamellen, Schnee von gestern, vorbei und vergessen! Sie musste endlich aufhören, damit zu hadern.

Doch da stieg eine weitere Erinnerung in ihr hoch, und statt innere Ruhe zu finden, zog sich Camilles Herz schmerzhaft zusammen.

Sie war zwölf Jahre alt gewesen, und ihr Vater hatte ihr ein klitzekleines Stück Apfel in den Mund geschoben.

»Und, Camille«, hatte er erwartungsvoll gefragt, »erkennst du auch diesen?«

Sie liebte dieses Spiel, das eigentlich mehr eine Übung war und immer gleich ablief. Papa hatte ihr die Augen verbunden und nacheinander ein halbes Dutzend Apfelstückchen angeboten, und Camille musste bestimmen, welche Sorten es waren: ob sie süß, sauer, bitter oder halb bitter waren, ob sie fremd waren oder in den Apfelplantagen der Rosières wuchsen. So sollte ihr Gaumen ganz allmählich lernen, die Unterschiede zu erkennen, nicht nur die groben, offensichtlichen, sondern auch die feineren. War dieser Apfel nur sauer, weil er unreif war, oder lag es an der Sorte? War die Bitterkeit jenes Apfels zu stark, oder war sie nicht doch genau richtig? Wie unterschieden sich zwei ähnliche, süße Apfelsorten voneinander, und welche der beiden Sorten eignete sich für den Cidre der Rosières wohl besser?

Sie kaute, hellwach, hochkonzentriert. Das Apfelstück war leicht bitter, dazu ein wenig Säure, relativ viel Süße. Das war einfach.

»Ein Binet rouge«, sagte sie und schob die Augenbinde hoch. »Stimmt's?«

Ihr Vater lächelte. »Meine Tochter!«, sagte er stolz und küsste sie auf den Scheitel.

Unwillkürlich leckte Camille sich über die Lippen. Sie meinte, den halb bitteren Apfel noch zu schmecken, und rasch trank sie einen Schluck Wasser.

Denn Jeanne hatte recht, das alles ging sie nichts mehr an. Nicht der Hof, nicht die Äpfel, nicht die Cidre-Herstellung, nicht die Art, wie Jeanne ihr Geld verdiente. Camille tat in Paris, was sie wollte, und ihre Mutter tat das in Vert-le-Coin ebenfalls. So hatten sie es vierzehn Jahre lang gehalten und waren gut damit gefahren, und dass Camille im Moment ein wenig aushalf, weil Jeanne einen Bandscheibenvorfall gehabt hatte, änderte daran nicht das Geringste.

Kindheitserinnerungen hin oder her: Dies war Jeannes Hoheitsgebiet, war es immer schon gewesen, und Jeanne hatte bestimmt, dass die Zeiten der Cidre-Herstellung ein für allemal vorüber waren.

Es gab nichts zu diskutieren.

Jeanne

»Setzen Sie sich doch bitte, Monsieur Olivier.« Jeanne wies auf die dunkelrot gepolsterte Sitzgruppe beim Kamin. »Was darf ich Ihnen als Aperitif anbieten? Vielleicht einen Kir normand?«

Ihr Gast zögerte, als überlege er, was es mit diesem Getränk auf sich hatte, und so fügte Jeanne hinzu: »Cidre mit einem Schuss Cassislikör. Mancherorts gibt man noch ein wenig Calvados dazu, wir in Vert-le-Coin bevorzugen allerdings die mildere Variante.«

Nun nahm Monsieur Olivier dankend an, und Jeanne ging in die Küche, um ihm seinen Aperitif zu holen.

Ihre Tochter stand am Herd und rührte eine Soße an. Auf allen vier Herdplatten köchelte und brutzelte es, und Jeanne fragte sich, wie viele Gänge ihnen ihre Tochter heute Abend eigentlich auftischen wollte.

»Muss das sein, dass du dir so viel Arbeit machst?«, fragte sie, während sie Cidre und Cassislikör in drei Gläser füllte und Camille eines davon reichte. »Monsieur Olivier kann doch froh sein, dass er überhaupt etwas kriegt, Abendessen biete ich normalerweise nämlich nicht an. Ein sterneverdächtiges Menü brauchst du ihm jedenfalls nicht vorzusetzen, ma puce.«

Camille warf ihr einen flüchtigen Blick zu, trank einen großen Schluck vom Kir und stellte das Glas auf die Arbeitsplatte, um sich einer der Pfannen zu widmen.

»Er hat mich mit seiner Frage nach dem Essen überrumpelt, Maman. Ich dachte, ich handele in deinem Sinn, wenn ich ihm den Aufenthalt hier so angenehm wie möglich mache. Dann empfiehlt er dich vielleicht weiter, wenn er zurück in Paris ist.«

»Das ist lieb von dir. Trotzdem möchte ich meine Gäste auch zukünftig nicht bekochen. Das schaffe ich nicht, auch nicht mit gesundem Rücken.«

Die Miene ihrer Tochter verhärtete sich. »Schon gut. Ich werde ihm klarmachen, dass er sein Lob in Paris für sich behalten soll. Aber jetzt bring ihm bitte seinen Aperitif, sonst ist die Vorspeise fertig, bevor er auch nur am Kir nippen konnte.«

»Nur eine Frage noch«, sagte Jeanne. »Essen wir hier, ma puce? In der Küche?«

Nicht, dass Jeanne und Camille nicht stets in der Küche gegessen hätten. Doch mit Gästen war das etwas anderes; die wurden im Esszimmer bewirtet, ob sie nun willkommen waren oder nicht.

»Ja, Maman, da ich hier den Tisch gedeckt habe, essen wir ganz offensichtlich in der Küche.« Camille ließ Pfannen und Töpfe für eine Sekunde im Stich, wandte sich Jeanne zu und blickte ihr fest in die Augen. »Ist das jetzt auch wieder nicht recht? Ich dachte, er soll mitbekommen, dass deine Gäste normalerweise nicht bekocht werden. Da ist es doch nur gut, wenn das Ganze nicht so förmlich abläuft! Der Mann bekommt seinen Aperitif, isst mit uns in der Küche und geht zurück in sein Zimmer im Taubenturm. Wo bitte liegt das Problem?«

Und schon wieder stehen wir kurz vor einem Streit, schoss es Jeanne durch den Kopf. *Da* liegt das Problem.

Sie hob die Hand und wollte ihrer Tochter über die Wange streicheln – um sich zu entschuldigen oder um Camille zu beruhigen, sie wusste es selbst nicht so genau –, doch dann griff sie stattdessen nach den Gläsern. Camille war kein kleines Mädchen mehr. Sie brauchte keine Streicheleinheiten von ihrer Mutter, sie brauchte ...

Tja, das war die Frage. Was brauchte ihre Tochter, um glücklicher und entspannter zu sein und sich nicht mehr so schnell angegriffen zu fühlen?

Oder lag es doch eher an ihr selbst? Machte Jeanne ununterbrochen etwas falsch, ohne es zu bemerken?

Brüsk wandte Jeanne sich ab. »Ruf uns, wenn du fertig bist. Ich werde Monsieur Olivier solange unterhalten.«

Sie wollte eigentlich nicht unfreundlich sein, schließlich war sie Camille dankbar für ihre Hilfe.

Doch ihre Tochter sollte nicht sehen, wie müde sie war, wie überfordert von allem, sogar von einer kleinen Auseinandersetzung wie dieser; wie unzulänglich sie sich fühlte, seit Régis nicht mehr da war. Die ungenügende Hälfte eines zerbrochenen Ganzen.

Es nützte ja nichts, ihrer Tochter ein schlechtes Gewissen einzureden, weil sie gegangen war und dem Hof den

Rücken gekehrt hatte, ohne je zurückzublicken. Camille hatte ihren eigenen Weg gewählt, das war ihr gutes Recht, und auch wenn Jeanne manchmal gegen ihren Willen eine Bemerkung herausrutschte: Dass ihre Tochter sich schuldig fühlte, war das Letzte, was sie wollte.

Sie ignorierte ihren Rücken, in dem unvermittelt der Schmerz aufflammte, und ging mit steinerner Miene zurück in den Salon.

Die Düsternis, die Jeanne in der Küche erfasst hatte, verflüchtigte sich erst, als sie mit ihrem Feriengast und Camille beim Abendessen saß.

Während des Aperitifs war Monsieur Olivier recht schweigsam gewesen, und Jeanne, die in Gedanken bei Régis geweilt hatte, war es schwergefallen, ihn angemessen zu unterhalten. Normalerweise traf sie ihre Feriengäste lediglich bei der An- und Abreise oder wenn sie sich zufällig auf dem Hof über den Weg liefen. Dann wechselten sie ein paar oberflächliche Nettigkeiten, und das war's.

Monsieur Olivier hingegen würde mehr Aufmerksamkeit erfordern, da Camille ihn nun einmal eingeladen hatte, mit ihnen zu essen – vier Wochen lang, Abend für Abend für Abend. Wenn er ein unangenehmer Zeitgenosse war, würde das eine ganz schön zähe Angelegenheit werden!

Doch als sie zu dritt am Küchentisch saßen, traten Jeannes Bedenken allmählich in den Hintergrund, was wohl vor allem an der himmlischen Vorspeise lag. Jeanne hatte gar nicht gewusst, dass ihre Tochter so gut kochen konnte! Kleine, knusprige Frühlingsrollen mit hauchdünn geschnittenem Gemüse, garniert mit zarten Salatblättern und einer fruchtigen Feigensoße – köstlich! So exotisch kochte Jeanne nie, aber sie musste zugeben, dass es sich tatsächlich lohnte, über den normannischen Tellerrand hinauszuschauen.

Auch Monsieur Olivier schien das Essen zu genießen. Die Sorgenfalten auf seiner Stirn glätteten sich zusehends, und als er sich nach der Vorspeise zurücklehnte, sah er beinahe entspannt aus. Er blickte sich neugierig in der Küche um, als sei er gerade erst hereingekommen, und lächelte, als er das betrachtete, was Régis liebevoll »Jeannes geordnete Unordnung« genannt hatte. Jeannes Blick folgte dem seinen über die schlichten Holzborde, auf denen unzählige Kochbücher, selbst gemachte Marmeladen und kleine Honigtöpfchen standen. Auf der Arbeitsplatte drängten sich Salz, Pfeffer, Reis und Nudeln, eine Topfpflanze und eine Teekanne aus Ton. Der Gasherd, der Ofen und der Spülstein waren uralt, dafür aber war die Geschirrspülmaschine neu, und ihr strahlendes, antiseptisches Weiß bildete einen merkwürdigen Kontrast zu den antiken Möbeln im Essbereich, dem massiven runden Tisch, der noch von Régis' Urgroßmutter stammte, den mit Stroh gepolsterten Stühlen und dem klobigen Geschirrschrank, dessen dunkelbraunes Holz über die Jahre beinahe schwarz geworden war.

Zugegeben, schick war diese Wohnküche nicht. Doch sie war gemütlich – und das schien Monsieur Olivier zu gefallen.

Jeanne legte den Kopf schief und musterte ihn. Eines stand fest: Er war attraktiv, dieser Antoine Olivier, groß und schlank, mit schönen Händen, markanten Gesichtszügen und grau-grünen Augen, die einen reizvollen Kontrast zu seinem dunklen Haar bildeten. Zwar war er mit seinem Designerhemd und den makellos polierten Schuhen angezogen wie ein typischer Stadtmensch. Aber was sollte man machen, er kam eben aus Paris!

Wie Camille ja auch. Ob er älter war als ihre Tochter? Fünf, sechs Jahre, schätzte Jeanne. Mehr nicht.

Und er trug keinen Ring.

»Was machen Sie eigentlich beruflich, Monsieur Olivier?«, hörte Jeanne sich fragen.

Zu ihrem Erstaunen zuckte ihr Feriengast zusammen, und augenblicklich kehrten seine Sorgenfalten zurück.

»Ich, äh ... Verkäufer. Ich bin Verkäufer, Madame Rosière.«

Camille verteilte gerade die Hauptspeise – Tagliatelle mit einer abenteuerlichen Soße aus Cidre und Curry –, und während sie die Teller zum Tisch trug, sagte sie lächelnd: »Dann sind wir ja beinahe Kollegen! Ich arbeite nämlich eigentlich gar nicht hier, sondern im Reisebüro. Ich verkaufe also Urlaubsträume, wenn man so will. Und Sie, Monsieur, was verkaufen Sie?«

Tic und Tac enthoben ihren Gast einer Antwort. In wilder Jagd kamen die beiden Katzen in die Küche gerannt und sprangen auf die Arbeitsfläche, wo sie mit lautem Scheppern eine metallene Schüssel umwarfen.

»Runter da, aber sofort«, schimpfte Jeanne. »Ihr wisst genau, dass ihr da nicht rauf dürft!«

Das wussten Tic und Tac tatsächlich, schließlich waren

sie Mäusejäger und keine verwöhnten Schoßkätzchen, und deshalb jagten sie nur kurz um den Esstisch, bevor sie schnell wie der Blitz wieder nach draußen rannten. Zurück blieben eine peinlich berührte Jeanne, eine breit grinsende Camille und ein erstaunter Monsieur Olivier.

»Tja, Sie wollten mit uns zu Abend essen, Monsieur. Das haben Sie nun davon«, sagte Camille unbekümmert. »Ich hoffe, Sie haben keine Allergie gegen Katzenhaare?«

Jeanne schnappte nach Luft. Was musste Monsieur Olivier denn jetzt von ihnen denken! Dass es unsauber bei ihnen war und Camille das noch nicht einmal schlimm fand?

Doch Monsieur Olivier lachte nur, und in bestem Einvernehmen begannen er und Camille zu essen.

Oh, Régis, dachte Jeanne und seufzte. Weißt du, was ich glaube?

So langsam gehöre ich zum alten Eisen.

Später saß Jeanne in der Badewanne – das heiße Wasser tat ihrem Rücken gut – und ließ den Abend träge Revue passieren.

Wider Erwarten war er noch richtig schön geworden. Monsieur Olivier hatte zwar nicht viel von sich erzählt, jedoch sein aufrichtiges Interesse an allem bekundet, was die Rosières und ihren Apfelhof betraf, und so hatte er das Gespräch mühelos am Laufen gehalten. Das gute Essen und der Wein hatten ein Übriges getan. Und als sie nun die Fingerspitzen durch die Schaumberge gleiten ließ, musste Jeanne sich eingestehen, dass sie ihre Tochter schon seit

Ewigkeiten nicht mehr so fröhlich erlebt hatte. Camille hatte viel gelacht, von ihrer Leidenschaft für Obst und Cidre erzählt und Antoine auf seine Nachfrage hin erklärt, wie wunderbar beides zusammenpasse, wenn man nur *reifes* Obst und einen *guten* Cidre auswähle.

Antoine.

So nannten sie ihn jetzt, denn völlig überraschend hatte er ihnen beim Dessert das Du angeboten. Camille hatte sofort angenommen, doch Jeanne hatte gezögert. Sie blieb gern länger beim Sie, so war sie erzogen worden, und Antoine hatte ihr Missfallen offensichtlich gespürt. Entschuldigend hatte er gesagt, er sei es aus seinem beruflichen Umfeld gewohnt, ziemlich schnell zum Du überzugehen, aber wenn ihr das nicht recht sei …

»Doch, doch«, hatte Jeanne eilig versichert, »das ist mir selbstverständlich recht!« Wobei sie im Stillen gedacht hatte, dass die Verkaufsbranche eigentlich nicht im Ruf stand, so besonders locker zu sein. Nun ja, wer wusste schon, *was* Antoine verkaufte.

Der Dampf stieg in warmen Schwaden aus dem Wasser auf. Er hüllte Jeannes Schultern ein, ihr Gesicht, machte sie benommen und schläfrig. Es war ganz still im Badezimmer, und unversehens wurde Jeanne melancholisch …

Sie fühlte sich alt.

Nicht nur wegen der Sache mit den Vornamen oder weil sie die Einzige gewesen war, die sich Sorgen um Katzenhaare auf der Arbeitsplatte gemacht hatte. Sondern auch, weil ihr Busen so stark hing, dass er fast ihren Bauchnabel berührte; weil niemand mehr da war, der sie trotzdem zärtlich streichelte; weil Régis sie seit drei Jahren nur noch in ihren Träumen besuchte, statt Nacht für Nacht neben ihr im Bett zu liegen. Sie war eine ältere Witwe, an dieser Erkenntnis führte kein Weg vorbei.

Seltsam nur, dass sie sich so schlecht damit abfinden konnte. Immerhin war sie schon sechzig Jahre alt, hatte jahrzehntelang eine wunderbare Ehe geführt, hatte Hunderte, Tausende Male mit dem besten aller Männer geschlafen, ihrer großen Liebe – Herrgott noch mal, reichte das für ein Leben nicht aus?

»Ich bin einsam, Régis«, flüsterte sie und schloss die Augen. »Du fehlst mir so sehr. Die Liebe fehlt mir so sehr! Ist das nicht verrückt? Aber nach einem Abend wie diesem ... wo alles so unbeschwert war ... und unsere Tochter so beschwingt ... ist es irgendwie *noch* schwerer, das Alleinsein. Als wollte das Leben mich locken, verstehst du? Als wollte es tatsächlich mich alte Schachtel noch einmal hervorlocken! Um mir zu beweisen, dass es noch nicht vorbei ist.«

Régis antwortete nicht, und sein Schweigen und die Stille im Badezimmer drückten schwer auf Jeannes Gemüt.

Ich bin nur müde, dachte sie niedergeschlagen, das ist alles. Müde und verwirrt von zu viel exotischem Essen, zu viel Wein und zu viel jugendlicher Fröhlichkeit.

Sandrine

Den ganzen Tag über hatte es genieselt. Ein lauer Spätsommerregen hatte den Staub aus der Luft gewaschen und die Gäste der *Boule d'Or* in den Schankraum getrieben. Jetzt, gerade rechtzeitig zum Feierabend, brach wieder die Sonne durch die Wolken.

Sandrine verließ die *Boule d'Or* und ging die feucht glänzende Dorfstraße entlang. Prüfend blickte sie zum Himmel. Ob das gute Wetter bis zum Einbruch der Dunkelheit halten würde? Dann könnte sie eigentlich noch einen kleinen Abstecher zum Apfelhof machen. Nach Hause zog sie schließlich nichts, am allerwenigsten Yves mit seinem abwesenden Blick! Der es nicht einmal bemerkt hatte, dass sie vor Kurzem eine ganze Stunde später heimgekommen war. Sandrine pustete sich wütend eine Strähne aus der Stirn, und ohne noch einen Gedanken an ihren Mann zu verschwenden, drehte sie auf dem Absatz um. Das Wetter würde schon halten, und wenn nicht, dann wurde sie eben nass.

Kälter als in Yves' Nähe konnte es ihr auch im Regen nicht werden.

Als sie durch den Torbogen trat und im Innenhof den alten Birnbaum sah, zog sich Sandrines Magen zusammen. Hier hatten Camille und sie früher geschaukelt. Sie hatten kleine Wettbewerbe veranstaltet: Wer höher kam, wer es sich traute, von ganz oben abzuspringen, wer im Stehen schaukeln konnte. Später hatte Sandrine sich oft vorgestellt, wie ihre eigene Tochter ebenso fröhlich auf der Schaukel sitzen würde. Sandrine würde sie anschubsen, nicht ganz so hoch natürlich, damit ihr nichts passierte. Sie hatte es deutlich vor sich gesehen: ein lachendes kleines Mädchen, eigensinnig und glücklich, mit Sandrines blondem Haar und Yves' grauen Augen.

Die Kälte in Sandrines Innerem wurde größer.

Da trat Madame Rosière aus dem Wohnhaus und sagte lächelnd: »Sandrine, wie nett, dass du uns besuchst! Du möchtest sicher zu Camille? Sie ist noch beschäftigt, aber sie müsste bald mit der Arbeit fertig sein. Setz dich doch so lange unter den Birnbaum und trink ein Glas Wein. Es ist gerade so schön, nachdem es den ganzen Tag geregnet hat! Na ja, das Gemüse konnte den Regen brauchen.«

»Danke, Madame Rosière. Ich warte gern.«

Sie folgte der Mutter ihrer Freundin in die Küche, und Madame Rosière stellte Gläser und eine Flasche Rosé auf ein Tablett. Sie legte ein Handtuch für die nassen Stühle dazu und entschuldigte sich, dass sie das Tablett leider nicht tragen könne, weil ihr Rücken sie umbringe und sie sich rasch eine Tablette holen wolle. Ob es Sandrine etwas ausmache, Wein und Gläser selbst hinauszubringen?

»Also wirklich, Madame«, sagte Sandrine mit einem

Augenzwinkern. »Wenn ich etwas gewohnt bin, dann, Tabletts zu tragen!«

Mit einem Blick auf die drei Gläser fügte sie höflich hinzu: »Sie setzen sich also auch zu uns? Wie schön.«

Doch Madame Rosière schüttelte den Kopf. »Nein, nein, bleibt ihr Mädchen nur unter euch. Früher wart ihr euch ja auch genug, nicht wahr? Es könnte höchstens sein, dass unser Feriengast zu euch stößt, denn um diese Zeit biete ich ihm in der Regel einen Aperitif an. Er heißt Monsieur Ol... Antoine. Du meine Güte, ich kann mich einfach nicht daran gewöhnen, ihn zu duzen!« Sie seufzte.

Sandrine hob die Brauen. Madame Rosière und dieser Feriengast duzten sich? Das war in der Tat ungewöhnlich. Sie kannte Camilles Mutter schon beinahe ihr ganzes Leben und siezte sie noch immer!

Ihre Neugierde auf diesen Antoine, von dem auch Claude ihr bereits erzählt hatte, erwachte.

Mit dem Tablett in den Händen ging Sandrine zum Birnbaum, an dem schon längst keine Schaukel mehr hing. Stattdessen standen unter den mächtigen alten Zweigen, die vereinzelt grüne Birnen trugen, ein Tisch und vier Stühle aus anthrazitfarbenem Eisen. Die Abendsonne warf schräge Strahlen auf die Tischplatte und ließ die Tropfen darauf funkeln. Sandrine griff nach dem Handtuch, wischte Tisch und Stühle trocken und schenkte sich dann ein Glas Rosé ein.

Sie trank einen Schluck, schloss für einen Moment die Augen, öffnete sie wieder und blinzelte in die Sonne.

Es fühlte sich merkwürdig an, hier den Feierabend zu

verbringen, untätig unter dem Birnbaum der Rosières zu sitzen, statt zu Hause in der Küche zu stehen und mit Yves das Abendessen vorzubereiten. Ob er gerade allein kochte? Oder wartete er, bis sie heimkam? Vermisste er sie, machte er sich ein kleines bisschen Sorgen?

»Sandrine!«, rief Madame Rosière über den Innenhof. »Ich habe dir doch gerade von Antoine erzählt – und hier ist er! Er setzt sich zu dir, bis Camille kommt, ja? Ach, bleibst du eigentlich zum Abendessen? Es ist genug da, ich würde mich freuen.«

Sandrine wandte den Kopf. Madame Rosière stand vor der Tür des Wohnhauses, neben ihr ein großer, gut aussehender Mann mit dunklem Haar. Er trug beige Shorts, die Ärmel seines Hemdes waren lässig hochgekrempelt, und seine Füße steckten in weißen Bootsschuhen. Sandrine verkniff sich ein Lächeln. Keine Frage, das war der Pariser. Niemand in Vert-le-Coin würde sich derart schmutzempfindlich anziehen! Wobei ihm sein Sommerfrische-Look, wie Sandrine zugeben musste, ausnehmend gut stand.

Madame Rosière schien auf etwas zu warten, denn sie blickte Sandrine fragend an, während Antoine langsam auf sie zukam. Richtig, erinnerte sich Sandrine. Das Essen.

»Danke, Madame, aber ich bleibe nur für das Glas Wein«, rief sie. »Mein Mann wartet auf mich.«

Hoffentlich.

»Na denn. Grüß Yves von mir, ja?« Madame Rosière winkte und verschwand im Haus.

Antoine hatte den Birnbaum erreicht. Höflich fragte er: »Stört es Sie wirklich nicht, wenn ich mich zu Ihnen setze?«, und erst nachdem Sandrine ihm beteuert hatte, dass es sie ganz und gar nicht störe, ließ er sich auf den Stuhl ihr gegenüber nieder.

»Sie sind also Antoine, der Feriengast.« Sie streckte ihm über den Tisch die Hand hin. »Ich bin Sandrine, Camilles ehemalige Schulfreundin.«

»Angenehm.« Antoine ergriff ihre Hand und schüttelte sie, und Sandrine fiel auf, dass sein Händedruck genau richtig war, nicht zu lasch und nicht zu fest.

Lächelnd sagte sie: »Madame Rosière hat mir erzählt, dass Sie das Du vorziehen, und ich ... also, ich hätte nichts dagegen.«

Im selben Augenblick schoss ihr durch den Kopf: Verdammt, warum hast du das gesagt? Er wird denken, dass du ihn schon in den ersten zwei Minuten eurer Bekanntschaft anmachen willst!

Und vielleicht war es ja so.

Rasch zog Sandrine ihre Hand zurück.

Doch Antoine sagte freundlich: »Mir ist das Du tatsächlich lieber, jedenfalls bei Menschen, die mir sympathisch sind. Also, Sandrine, du bist Camilles ehemalige Schulfreundin? Wie lange kennt ihr euch denn schon?«

Sie verschluckte sich an ihrem Rosé.

Bei Menschen, die mir sympathisch sind.

Wann hatte ein Mann das letzte Mal so etwas zu ihr gesagt, das einem Kompliment verdächtig nahekam? Unerwartet, stark und beglückend stieg das Gefühl in Sandrine auf, dass dieser Antoine sich für sie *interessierte*, wenn auch nur, weil sie mit Camille zur Schule gegangen war. Aufmerksam musterte er sie und wartete darauf, dass sie ihm von sich erzählte, und verlegen wie ein Teenager griff Sandrine sich ins Haar. Ihre Finger wanderten von ihrem Nacken nach oben, griffen nach dem Gummi, zogen es heraus, sodass ihr Haar sich löste und lang, blond und seidig über ihren Rücken fiel, genau so, wie Yves es früher am liebsten gehabt hatte.

Sie lächelte Antoine an, und die Worte kamen wie von selbst, denn endlich fühlte sich Sandrine wieder wie eine Frau. Trotz allem, dachte sie.

Trotz allem eine Frau.

Lilou

Zuerst hatte sie gemault, als ihre Mutter sie rüberschickte. Schließlich war sie heute schon zweimal auf dem Apfelhof gewesen, wenngleich heimlich, und es war frustrierend genug, dass sie wieder nichts Kompromittierendes entdeckt hatte. Noch einen Besuch bei den Rosières konnte sie heute so wenig gebrauchen wie einen weiteren Pickel.

Doch in einem Ton, der keinen Zweifel daran ließ, dass dies keine Bitte war, sondern ein Befehl, hatte ihre Mutter gesagt: »Komm schon, Lilou, tu mir den Gefallen. Jeanne hat gerade angerufen und mich um diesen Ziegenkäse gebeten, sie braucht ihn zum Kochen, und du wirst ihn jetzt zu ihr bringen! Sei nicht so faul, du bist ja schon wie dein Bruder. Es ist doch wirklich nur ein Katzensprung!«

»Wenn es nur ein Katzensprung ist, kann Madame Rosière den Käse ja auch selbst holen«, hatte Lilou patzig geantwortet. Doch nach einem strengen Blick ihrer Mutter hatte sie sich augenrollend gefügt.

Jetzt war sie froh darüber.

Sie lehnte zwischen Wohnhaus und Cidrerie an der Wand, unsichtbar und mucksmäuschenstill. Den Käse hatte sie der Alten natürlich längst gebracht, doch nach Hause gegangen war Lilou danach nicht, denn als sie den gut aussehenden Pariser mit der Frau des Postboten beim Weintrinken gesehen hatte, hatte sie kurzerhand entschieden, noch ein bisschen zu bleiben. Vielleicht würde ihr dritter Apfelhof-Besuch an diesem Tag ja erfolgreicher sein als die ersten beiden ... im Moment sah es jedenfalls ganz danach aus!

Es musste ja nicht unbedingt etwas Kompromittierendes sein, das Lilou herausfand. Sie wäre schon damit zufrieden, wenn sie etwas entdeckte, das gerade seinen Anfang nahm ... solange es nur das Potenzial für ein bisschen Action und Drama in sich trug.

Wie üblich hatte niemand Lilou beachtet, als sie über den Hof geschlendert war, und deshalb hatte auch niemand bemerkt, dass sie nicht durch den Torbogen nach Hause, sondern zu dem schmalen Durchgang in Richtung Taubenturm gelaufen war. Nun hockte sie hier, ein stummer Schatten zwischen Schatten, und obwohl sie zu weit weg war, um die einzelnen Wörter klar verstehen zu können, war Lilou doch nahe genug, um genau zu sehen und zu begreifen, was sich da vor ihren Augen abspielte: Die Frau des Postboten, die sonst immer so verbittert wirkte, flirtete.

Sie flirtete wie der Teufel mit dem Pariser, und sie hörte erst damit auf – mit schuldbewusstem Gesichtsausdruck –, als Camille zu ihnen stieß.

Mit Befriedigung registrierte Lilou, dass die dumme Nuss völlig fertig aussah. Camille war verschwitzt und verdreckt, voller Grasflecken und Erde, und sie zögerte sichtlich, als der Pariser sie einlud, sich zu ihnen zu setzen. Aber dann zuckte sie die Schultern, und mit einem »Was soll's!« ließ sie sich auf den freien Platz zwischen dem Pariser und Sandrine plumpsen. Der Pariser beugte sich zu ihr hinüber und sagte etwas, doch obwohl Lilou die Ohren spitzte, konnte sie den Kerl nicht verstehen. Es musste etwas Lustiges sein, denn Camille lachte laut auf.

Sandrine hingegen lächelte nur, und dabei ging ihr Blick zwischen Camille und dem Pariser hin und her.

Interessant.

Lilou zog ihr Smartphone aus der Hosentasche, und rasch tippte sie eine Nachricht an Damien: »Komm mal schnell zum Apfelhof, aber nimm den Weg am Taubenturm vorbei. Ich brauche deine Meinung als Mann.«

Sie schickte die Nachricht ab und kicherte. Fünf Minuten, schätzte sie, dann wäre er da. Damien war so berechenbar, dass es fast schon wehtat: Wenn man ihren achtzehnjährigen Bruder als Mann ansprach, war er stets so geschmeichelt, dass er keiner Bitte widerstehen konnte, nicht einmal dann, wenn sie von seiner Schwester kam.

Schön wie ein Engel, dumm wie Brot, dachte Lilou abfällig.

Seine Meinung hierzu wollte sie trotzdem gern wissen.

Nach exakt fünf Minuten – Lilou klopfte sich in Gedanken auf die Schulter – kam Damien angeschlurft, die Hände in den Hosentaschen vergraben. Er trug tief sitzende Jeans und sonst nichts. Genervt verzog Lilou den Mund. *Musste* der Kerl seinen Körper ständig so zur Schau stellen?

Okay. Objektiv gesehen hatte er einen Waschbrettbauch, bronzefarbene Haut und Muskeln überall dort, wo es gut aussah. Alles da, um ihre Freundinnen zum Sabbern zu bringen. (Manchmal hatte Lilou sogar den bösen Verdacht, dass sie überhaupt *nur* wegen ihres Bruders mit ihr befreundet waren.)

Aber sie war seine Schwester, sie wollte ihn, verdammt noch mal, nicht ständig halb nackt sehen müssen, und sie war sich sicher, dass ihre Eltern das auch nicht wollten. Warum kapierte er das nicht? Einmal hatte sie ihn das sogar gefragt. Doch Damien hatte bloß arrogant gelächelt und erklärt, Nacktheit sei nun einmal sein bevorzugter Daseinszustand. Darum gedenke er, den Sommer gründlich auszunutzen, und das bedeute, so wenig Stoff auf der Haut zu spüren wie nur möglich. Sobald er sich für eine Lehre entschieden habe, sei diese herrliche Freiheit ja sowieso vorbei.

Nacktheit als bevorzugter Daseinszustand?

Lilou war über diese absurde Begründung so verblüfft gewesen – und im Übrigen auch darüber, dass ihr Bruder einen Ausdruck wie »bevorzugter Daseinszustand« überhaupt kannte –, dass ihr keine Antwort eingefallen war. Nacktheit war etwas Schreckliches, zumindest für sie.

Vielleicht hätte sie Damien einen Job als Bademeister ans Herz legen sollen.

»Ey«, riss Damien sie aus ihren Gedanken. »Was'n los?«

Rasch legte Lilou den Finger auf die Lippen.

Ihr Bruder gehorchte und war still. Träge ließ er sich neben Lilou auf dem Boden nieder, und sie deutete auf das Trio im Innenhof.

»Du als Mann, Damien«, flüsterte sie ihm zu, »wie beurteilst du diese Situation?«

Er kratzte sich am Kopf. »Wie meinst'n das?«

»Mensch, Damien! Ob da in den nächsten Tagen was laufen wird. Sieh dir die drei doch an: ein attraktiver Pariser, eine frustrierte Kellnerin und eine ... äh, Camille.«

Es wurmte Lilou, dass sie Camille nicht einschätzen konnte. War die Frau unglücklich oder mit ihrem Leben zufrieden? Jedenfalls war sie Single, das hatte Lilou schon herausbekommen. Aber ob sie etwas von diesem Gast wollte, über dessen Scherz sie gerade gelacht hatte, oder ob sie ihn großmütig ihrer verheirateten Freundin überlassen würde, das war Lilou leider noch nicht klar. War Camille eine einsame Seele, eine Schlampe, eine Karrierezicke oder doch irgendwie eine ganz Nette?

»Boah, Lilou«, beschwerte sich Damien, »*deshalb* hast du mich herkommen lassen?«

»Stell dich nicht so an, so weit ist es nun wirklich nicht von unserem Hof hierher. Ein Katzenspr...«

Lilou schluckte den Rest des Satzes hinunter. Heilige Scheiße, sie hörte sich an wie ihre eigene Mutter!

Damien starrte mit zusammengekniffenen Augen zu den dreien hinüber. Dann rappelte er sich auf. »Du hast echt nichts zu tun, oder?« Kopfschüttelnd wandte er sich zum Gehen.

Lilou sprang auf und folgte ihrem Bruder über die Wiese.

»Aber du, hm?«, zischte sie. »Du hast natürlich was zu tun! Halb nackt durch die Gegend laufen, zum Beispiel. Tolle Beschäftigung, das muss ich schon sagen.«

»Falls du es vergessen haben solltest«, erwiderte Damien würdevoll, »ich bewerbe mich gerade um eine Lehrstelle.«

»Quatsch! Du liest irgendwelche Firmenprofile, und das war's.« Lilou schnaubte. »Du hast doch noch keine einzige Bewerbung losgeschickt!«

»Weil ich nach dem perfekten Beruf suche«, entgegnete Damien ärgerlich. »Den findet man nicht von heute auf morgen, du kleine Streberin.«

Sie liefen am Taubenturm vorbei, und normalerweise hätte Lilou gern durch die Fenster gespäht, aber nicht jetzt. In ihr kochte der Zorn.

»Nur weil ich im Gegensatz zu dir das Abitur machen werde, bin ich noch lang keine Streberin«, fauchte sie. »Du hast seit vollen drei Jahren deinen Abschluss, Damien, seit drei gottverdammten Jahren, und hängst immer noch hier rum! Maman und Papa machen sich totale Sorgen um dich, weißt du das eigentlich?«

»Nö.« Sie hatten das Ende der Wiese erreicht und tauchten in die Apfelreihen ein. »Sorgen. Warum das denn?«

»Sie sagen, wenn du so weitermachst ...«

Lilou brach ab. Eben noch hatte es ihr auf der Zunge gelegen, doch nun wollte sie es nicht mehr aussprechen. Ihr Bruder war ein dämlicher Kerl, keine Frage. Aber musste sie ihn deshalb verletzen?

Damien blieb stehen, stemmte die Hände in die Hüften und blickte sie herausfordernd an. »Also, Lilou, wenn ich so weitermache?«

Leise erklärte Lilou: »Sie sagen, wenn du so weitermachst, wird nie was aus dir. Sie sagen, du verschwendest deine Jugend und dein Leben. Und sie sagen, das macht sie fertig.«

Damien blinzelte. Ihre Worte hatten ihn sichtlich getroffen, und obwohl sie noch vor zwei Minuten sauer auf ihren Bruder gewesen war, hätte Lilou nun viel dafür gegeben, dieses Gespräch rückgängig zu machen. Er hatte sie geärgert, und sie hatte ihn geärgert ... zwischen ihnen war es nie anders gewesen. Aber ernsthaft verletzt hatten sie einander nie. Zumindest konnte sie sich nicht daran erinnern.

Damien wandte sich ab. Den ganzen Weg durch die Apfelplantagen schwieg er, und er schwieg auch noch, als sie das Land der Rosières verließen und über die Ziegenweiden ihrer Eltern gingen und die Sonne mit einem letzten, orangefarbenen Aufglühen hinter ihrem Hof verschwand.

Zu Hause schlurfte Damien in sein Zimmer, ohne Lilou eines Blickes zu würdigen, und ihr Magen verknotete sich vor Scham und Reue.

Doch nur eine Minute später hatte sie eine Nachricht auf dem Handy.

»Ich bin vielleicht nicht so schlau wie du«, schrieb Damien trotzig. »Aber weißt du, Lilou, ich hab trotzdem das Recht, mich zu selbstverwirklichen!«

»Mich selbst zu verwirklichen«, murmelte Lilou, verzichtete jedoch darauf, ihren Bruder schriftlich zu verbessern. Denn plötzlich musste sie an ihre Abneigung denken, eine Scheiß-Ziegenbäuerin zu werden, an ihren sehnlichen Wunsch, abzuhauen und nach Paris zu gehen, zu studieren, jemand zu werden, jemand zu *sein*. Lilou dachte an ihre verzweifelte Hoffnung auf mehr – mehr als das kleine, öde Leben ihrer Eltern, mehr als das alles hier –, und sie dachte an ihren Neid auf Camille, die eine Veränderung gewagt hatte, einfach so.

Und da erkannte Lilou, dass es Damien auf seine eigene, dümmliche Weise ganz genauso ging wie ihr selbst.

»Ja, hast du«, schrieb Lilou zurück, und zu ihrer Schande brannten Tränen in ihren Augen. »Absolut!«

Für eine Weile blieb das Handy still.

Dann machte es »pling«, und Lilou las: »Ärger.«

»Hä?«, tippte sie zurück (womit sie sich bewusst auf sein Niveau begab, um ihm eine Freude zu machen).

»Die drei da drüben. Du wolltest meine Meinung hören. Ich glaub, das gibt Ärger. Der Typ sah einfach zu interessiert aus, an beiden.«

»Meinst du echt?«

»Jep. Drama, Baby! ☺«

Lilous dünne Lippen verzogen sich zu einem Grinsen. Damien war ein Idiot und konnte sie bis zum Erbrechen nerven – aber er war ihr großer Bruder, und manchmal war er sogar richtig nett. So wie jetzt.

Drama, Baby!

Genau das hatte Lilou hören wollen.

Jeanne

»Antoine, was machen Sie ... was machst du denn hier?«

»Ich habe einen kleinen Dorfbummel gemacht. Sehr hübsche Häuschen habt ihr hier, das Fachwerk gefällt mir.«

Jeanne lächelte erfreut. Gemeinsam gingen sie den Fußweg vor der Kirche entlang. Der August neigte sich dem Ende zu, und trotz des blauen Himmels lag ein Hauch von Herbst in der Luft.

»Und«, fragte Jeanne, »ist es dir schon langweilig hier bei uns? Immerhin bist du bereits einige Tage da, und viel können wir dir ja leider nicht bieten.«

»Langweilig ist hier überhaupt nichts«, antwortete Antoine im Brustton der Überzeugung. »Ich finde es sehr inspirierend in Vert-le-Coin!«

Inspirierend? Jeanne musste lachen, obwohl sie bis vor wenigen Minuten noch in recht bedrückter Stimmung gewesen war. Sie hatte auf dem Friedhof die Blumen auf Régis' Grab gegossen.

»Interessante Aussage«, sagte sie schmunzelnd. »Vor allem für jemanden, der das Leben im abwechslungsreichen, glitzernden Paris gewöhnt ist.«

»Paris mag glitzern, aber in Vert-le-Coin kann man atmen, und das ist wichtiger.« Er zog einen Mundwinkel hoch. »Es gefällt mir sehr auf eurem Hof! Und das ist keine Phrase, sondern die reine Wahrheit.«

Sie sah ihn von der Seite an. Die Sorgenfalten des ersten Tages waren vollständig verschwunden, sein Gesichtsausdruck heiter. Offensichtlich fühlte Antoine sich wirklich wohl bei ihnen.

Sie schlenderten am Rathaus vorbei – wobei Antoine sich höflich ihrem etwas langsameren Gang anpasste –, dann am Lebensmittelladen und endlich an der *Boule d'Or*. Dort bediente Sandrine gerade eine Gruppe Radrennfahrer, die sich erhitzt und durstig um den größten der Terrassentische drängten. Als Sandrine sie erblickte, lächelte sie strahlend und winkte ihnen zu.

Antoine winkte freundlich zurück, und auch Jeanne hob die Hand zum Gruß, bevor sie gemächlich weitergingen.

»Der Taubenturm, in dem ich wohne«, sagte Antoine unvermittelt, »wer hat den eigentlich so wunderschön restauriert? Du, Jeanne?«

»Nein. Das war Régis, mein verstorbener Mann.«

Verrückt, wie weh es ihr immer noch tat, wenn sie ohne Vorwarnung an ihn denken musste.

»Dein Mann ist noch nicht lang tot, nehme ich an«, sagte Antoine vorsichtig.

Jeannes Rücken begann wieder zu schmerzen. »Doch, es ist schon drei Jahre her. Aber …« Sie brach ab.

»Es fühlt sich nicht so an?«

»Nein.« Jeanne atmete tief durch. »Es fühlt sich an, als

sei es gestern erst passiert, Antoine. Und es wird und wird und wird nicht besser.«

Sie hatten das Dorf verlassen, gingen die einsame Landstraße entlang, und während der Wind in den Blättern der Pappeln raschelte, fragte Jeanne sich entgeistert, warum sie das gesagt hatte. Warum war sie Antoine gegenüber so ehrlich? Normalerweise verbarg sie ihre Trauer gut, sogar vor ihrer Tochter; sie hasste es, wenn Menschen mit ihrem Kummer hausieren gingen.

Antoine schwieg. Doch als Jeanne kurz zu ihm hinübersah und ihre Blicke sich trafen, hatte sie das Gefühl, dass er sie verstand – trotz seiner Jugend, und obwohl er sie kaum kannte.

Vielleicht gestand sie es ihm deshalb.

»Ich spreche manchmal mit ihm.«

Antoine nickte nur.

»Doch er antwortet mir nicht«, fuhr Jeanne heiser fort. »Möglicherweise ist der Tod ja wirklich das Ende, und von meinem Mann ist nichts geblieben als ein paar Knochen und ein Haufen Staub ... aber irgendwie kann ich das nicht glauben! Ich will es nicht glauben. Bloß, wenn er noch irgendwo ist ... warum gibt er mir dann nie ein Zeichen? Ich wünsche es mir doch so sehr! So sehr, Antoine.«

Er blickte mit zusammengekniffenen Augen die Landstraße hinab.

Als die Enttäuschung in ihr aufstieg und sie sich wütend fragte, was nur in sie gefahren war – warum sie diesem fremden Mann, der noch dazu ihr Feriengast war, ihr altes Herz ausschüttete, warum sie ihn mit ihrer Trauer belästigte, warum sie ihm enthüllt hatte, dass sie so verrückt war, seit Jahren ernsthaft auf ein Zeichen ihres verstorbenen Mannes zu hoffen –, wandte Antoine sich ihr zu.

»Ich glaube nicht, dass wir etwas bekommen, nur weil wir das so gern möchten«, sagte er. »Aber wenn wir etwas brauchen, *wirklich* brauchen ... dann bekommen wir es, davon bin ich überzeugt. Das Zeichen, die Antwort, die Eingebung, den Ausweg – wonach auch immer wir uns gesehnt, was auch immer wir so verzweifelt gesucht haben.«

Ein Traktor tuckerte an ihnen vorbei. Vor ihnen kam der Apfelhof in Sicht.

Vielleicht war es doch nicht so falsch gewesen, diesem Mann ihr Herz auszuschütten.

»Tja. Dann ist wohl noch nicht alle Hoffnung verloren, was?« Jeanne straffte die Schultern. »Übrigens, heute Abend gibt es zum Nachtisch Mousse au Chocolat. Bring bitte genügend Hunger mit, wenn du zum Essen kommst.«

Camille

Als Camille einige Tage später in die Speisekammer hinter der Küche trat, schlug ihr der Duft von reifen Pfirsichen entgegen. Sie blieb stehen und atmete tief ein, und unvermittelt wurde sie überflutet von Kindheitserinnerungen.

Maman, die ihr lachend den Saft vom Kinn wischte, nachdem Camille allzu gierig in einen Pfirsich gebissen hatte.

Papa, der ihr erst ein halbes Glas Apfelsaft aus dem Supermarkt zu trinken gab und dann ein halbes Glas frisch gepressten Saft, um ihr zu demonstrieren, welch himmelweiter Unterschied das war.

Maman, die eine knusprige Tarte backte und es der kleinen Camille erlaubte, die Apfelspalten auf dem Teig zu verteilen.

Später dann der Duft des süßen, heißen Gebäcks, wenn Maman es aus dem Ofen zog.

Wehmütig lächelte Camille. Als Kind war sie glücklich gewesen auf dem elterlichen Hof, sehr sogar; damals, als die Rollen noch klar verteilt waren und sie ihre Hände noch nicht ausgestreckt hatte nach mehr, als ihr zustand.

Auch als Jugendliche hatte es ihr hier noch gefallen, denn anders als etliche ihrer Freundinnen hatte Camille nie davon geträumt, das Landleben im Allgemeinen und Vertle-Coin im Besonderen hinter sich zu lassen. Sie hatte sich nie nach der Stadt gesehnt, und schon gar nicht nach der Metropole Paris.

Trotzdem war es dann ausgerechnet sie gewesen, die ihre Wurzeln gekappt und ein neues Leben angefangen hatte.

Paris. Es war eigenartig, aber die Stadt erschien Camille in diesem Moment so weit weg, als befänden sich das Reisebüro, ihre Dachwohnung, ihre Verflossenen, ja selbst Paulette, Geneviève und Céline auf einem völlig anderen Stern.

Und in gewisser Weise war das wohl auch so. Camille blickte an sich hinunter. Sie trug T-Shirt, abgeschnittene Jeans und Gummiclogs, ein Outfit, angesichts dessen Céline kichern und Geneviève befremdet die Augenbrauen heben würde. Paris *war* ein anderer Stern! Und sie vermisste ihn, zumindest ein bisschen.

Die Cafés und Bars und Restaurants. Die Feuerschlucker, die das nächtliche Dunkel vor Sacré-Cœur erhellten. Die arabischen Läden, in denen man jedes noch so exotische Gewürz bekam, die Kinos, die eine unendliche Auswahl an Filmen zeigten. Die Parks und Springbrunnen, die breiten Boulevards, die moderne Skyline von La Défense. Die romantischen, von Efeu überwachsenen Brücken des Bois de Boulogne. Die Parkwiesen mit den hohen Bäumen, unter denen junge Geschäftsfrauen neben rüstigen Rentnern Qigong praktizierten.

Zugegeben, das Reisebüro vermisste sie eher nicht.

Sie wischte den Gedanken an die Stadt und ihre Arbeit beiseite und trat an das Regal, in dem neben den Pfirsichen auch Zwiebeln, Knoblauch und Gewürze lagerten. Es war bald Zeit fürs Mittagessen, und sie wollte panierte Auberginen braten. Dazu würde es Hummus geben und Salat.

Ob sie Antoine anbieten sollte mitzuessen?

Sie entschied sich dagegen, griff nach Knoblauch und Kreuzkümmel und ging zurück in die Küche. Antoine aß mit ihnen zu Abend, das musste genügen. Der Kontakt zu ihrem Feriengast war sowieso schon recht eng, zu eng vielleicht; Jeanne war in Antoines Anwesenheit irritierend freimütig geworden.

Ebenso wie Sandrine, dachte Camille. Auch diese war nämlich sehr offen gewesen, als sie vor ein paar Tagen zu dritt unter dem Birnbaum gesessen hatten.

Aber gut, das hatte womöglich am Wein gelegen und nicht an Antoines verständnisvollem Blick. Wobei Camille sich ziemlich sicher war, dass sie an Sandrines Stelle einem Fremden auch unter Alkoholeinfluss *nicht* davon erzählt hätte, dass ihr Mann sie sträflich vernachlässigte...

Seufzend griff Camille nach den Auberginen, die in einer Papiertüte neben der Spüle lagen, und während sie das Gemüse in dicke Scheiben schnitt, sann sie über ihre Freundin nach. Dass diese offensichtlich Eheprobleme hatte, tat Camille leid, zumal Yves unbestritten Sandrines große Liebe war. Wie stark musste der Druck sein, der auf Sandrine lastete, wenn sie sich bei dem erstbesten Mann ausheulte, der sich für ihre Sorgen zu interessieren schien?

Wobei Antoine, zugegeben, sehr feinfühlig reagiert hatte.

Camille schüttelte lächelnd den Kopf. Erstaunlich, was ein paar entspannende Tage in ländlicher Umgebung bei einem Menschen bewirken konnten! Von dem in sich gekehrten Griesgram, als der Antoine hier angekommen war, war jedenfalls nicht viel übrig geblieben. Ihre Mutter pries ihn nun bei jeder sich bietenden Gelegenheit als klug und tiefsinnig, und Sandrine hatte am Telefon geschwärmt, Antoine sei in ihren Augen nicht nur sehr attraktiv, sondern er könne auch ausgesprochen gut zuhören, und das lasse sich beileibe nicht von jedem Mann sagen!

Ein faszinierender Mann, dieser Antoine Olivier.

Camille erhitzte Olivenöl in einer gusseisernen Pfanne, und als sie das Gemüse in das heiße Öl gleiten ließ und es gefährlich zischte, verbannte sie Antoine entschieden aus ihren Gedanken. So erfreulich die wundersame Wandlung ihres Feriengastes auch war, jetzt musste sie sich aufs Kochen konzentrieren! Schließlich war niemandem damit geholfen, wenn sie sich wegen Antoine Olivier die Finger verbrannte.

Nach dem Mittagessen tranken Camille und ihre Mutter noch einen Kaffee unter dem Birnbaum.

Camille betrachtete ihre Hände. Sie waren rau und zerschrammt, und man sah ihnen deutlich an, dass sie keine Schreibtischarbeit mehr verrichteten.

»Könntest du demnächst mal einen Blick auf mein Rechnungsbuch und das Konto werfen, ma puce?«, fragte

Jeanne. »Da muss irgendwo ein Fehler sein, aber ich finde ihn nicht.«

»Ein Fehler? Wie kommst du darauf?«

»Nun ja, eigentlich müsste mehr Geld da sein. Ich wollte vorhin Spritzmittel bestellen, und da ist mir aufgefallen, dass ich mir das kaum leisten kann, zumal die Lese ansteht, und ich dann auch noch die Saisonarbeiter bezahlen muss. Aber die Spritzmittel-Bestellung muss trotzdem sein, wie du weißt. Es ist wirklich seltsam, ich kann mir gar nicht vorstellen, wo all das Geld hingekommen ist.«

Camille schwante Böses.

Beunruhigt stand sie auf. »Lass uns das sofort machen, Maman. Wenn da tatsächlich irgendwo ein Fehler ist, dann finde ich ihn.«

Aber natürlich gab es keinen Fehler.

Lediglich eine desaströse finanzielle Situation, bei der sich Camille vor Schreck die Haare sträubten.

»Sei ehrlich, Maman.« Sie hob den Blick von den Rechnungsbüchern und schaute ihrer Mutter in die Augen. »Wie lange geht das schon so?«

»Ich tue, was ich kann«, wich Jeanne aus. »Mehr Einnahmen habe ich eben nicht.«

»Aber das reicht nicht, Maman! Diese Zahlen hier, die … die sind eine Katastrophe! Es gibt keinen Fehler. Du verdienst schlicht und einfach viel zu wenig Geld!«

»Ach was. Bisher hat es immer irgendwie gereicht«, sagte ihre Mutter stur. »Dieser Sommer ist der erste, in dem so wenig auf dem Konto ist.«

»Ja, weil du offensichtlich von euren Ersparnissen gelebt hast! Aber die sind jetzt aufgebraucht. Die Einnahmen von den Marktverkäufen sind okay, doch der Gewinn, den du mit den Äpfeln machst, muss unbedingt steigen!« Camille hob die Hände. »Es tut mir leid, Maman. Aber wenn sich an deinen Einnahmen nichts ändert, dann bist du in absehbarer Zukunft pleite.«

Jeanne presste die Lippen zusammen, drehte sich um und trat ans Fenster. Das kleine Arbeitszimmer lag im hinteren Teil des Wohnhauses und hatte einen schönen Blick auf Wiesen, Bäume und den Taubenturm, doch es war eine Idylle, über der nun plötzlich ein Damoklesschwert hing.

»Das sagt sich so leicht«, sagte Jeanne gallig. »Der Gewinn muss steigen! Wie denn, bitte schön? Die Cidrerie, an die ich meine Äpfel verkaufe, wird mir keinen besseren Preis machen, nur damit ich zukünftig über die Runden komme! Was also soll ich tun? Ich kann nur weitermachen wie bisher und hoffen, dass das Geld auch zukünftig irgendwie reicht. Kommt Zeit, kommt Rat.«

Das klang nun nicht gerade nach einem ausgereiften Plan. Camille rieb sich müde über das Gesicht. Draußen wartete sehr viel Arbeit. Für Jeannes Eigensinn hatte sie schlichtweg keine Zeit.

»Lass uns heute Abend noch mal darüber reden, Maman. Ganz in Ruhe, bei einem schönen Glas Wein. Einverstanden?«

»Ein schönes Glas Wein sollte ich mir besser nicht leisten, wenn es um den Hof dermaßen schlecht steht«, sagte Jeanne spitz. »Und überhaupt, das bringt doch alles nichts!

Ich kann es nicht ändern, also gibt es auch nichts zu bereden.«

»Herrgott!« Camille wurde ärgerlich. »Man wird dir den Hof unter dem Hintern wegpfänden, wenn du so weitermachst! Ist es das, was du willst? Papas und deinen Hof einfach aufgeben?«

»Camille!«

»Ist doch wahr! Es *gibt* Lösungen, du willst sie nur nicht in Erwägung ziehen, Maman. Früher seid ihr doch gut über die Runden gekommen, also warum fängst du nicht wieder mit der Cidre-Herstellung an? Du könntest verschiedene Sorten kreieren und sie auf dem Markt verkaufen, genau wie damals mit Papa. Das würde dir sehr viel mehr einbringen als der bloße Apfelverkauf! Es ist doch lächerlich, was diese Cidrerie dir pro Kilo bezahlt.«

»Das muss ich mir nicht anhören, nein, wirklich nicht«, zischte Jeanne, rauschte an ihr vorbei und zur Tür hinaus. »Erst nach Paris gehen und dann alles besser wissen. Das hat man gern!«

Ihre Mutter polterte die Treppe hinunter.

Zornig blieb Camille allein zurück.

Sie starrte auf das Rechnungsbuch, dann auf den Bildschirm des PCs, auf dem noch immer die Seite des Online-Banking geöffnet war. Ihre Wut verrauchte, und seufzend klickte sie auf »Abmelden«.

Was nun? Die Spritzmittel mussten bestellt werden, und ... Ein Satz fuhr Camille durch den Kopf. Eine Aussage von Madame Dubois aus der *Epicerie fine du Dixième*.

Und eine damit verbundene Idee, unerwartet und elektrisierend.

Sie öffnete die Suchmaschine auf Jeannes Computer. Die Arbeit draußen würde warten müssen.

Das hier war eindeutig wichtiger!

Eine Stunde später machte sie sich aufgeregt auf die Suche nach ihrer Mutter. Sie fand Jeanne ans Tor einer der Ziegenweiden gelehnt.

»Maman«, rief Camille, »Maman! Ich hab eine Idee!«

Mit einem breiten Lächeln blieb sie vor ihrer Mutter stehen. Doch die lächelte nicht zurück.

»Ich hätte nicht aus der Haut fahren dürfen«, sagte Jeanne leise, ohne ihr in die Augen zu schauen. »Da bitte ich dich um deine Hilfe, und wenn du sie mir gibst, haue ich sie dir um die Ohren! Verzeih mir, Camille. Es ist der Druck, verstehst du? Es hat nichts mit dir zu tun.«

»Nicht so schlimm«, erwiderte Camille. »Vergiss es.«

Ihre Mutter niedergeschlagen und reumütig zu sehen verunsicherte sie. Jeanne war fürsorglich und nervig, manchmal liebevoll, oft dominant. Aber sie war *niemals* zerknirscht.

»Hör zu, ich habe ein bisschen recherchiert.« Damit brachte Camille die Rede auf das, weswegen sie gekommen war. »Ich musste an etwas denken, das die Besitzerin eines Feinkostladens in Paris einmal gesagt hat: dass ihre Kunden zunehmend nach Bio-Cidre verlangten, dieser aber kaum zu bekommen sei, und wenn, dann nur in mittelmäßiger Qualität, von Ausnahmen natürlich abgesehen. Tja, und da dachte ich mir ... was hältst du davon, auf Bio umzustellen? Ganz konsequent! Keine Chemie mehr, keine Durchschnittsware. Stattdessen Bio-Cidre in Premiumqualität, exklusiv vom Hof der Rosières!«

Ihr Herz klopfte schneller. Auf eine Weise, die Camille nicht richtig verstand, war ihr der Hof in den letzten Wochen wichtig geworden. Vermutlich, weil sie vom Morgengrauen bis zum Abend hier arbeitete, weil sie so viel Zeit zwischen den Bäumen verbrachte und weil der Hof, die Bäume und die Wiesen im Spätsommer so wunderschön waren!

»Bio«, wiederholte Jeanne tonlos. »Das ist doch auch bloß wieder so eine Mode. Nein, nein. Bio ist nichts für mich, ma puce.«

Heftige Enttäuschung brandete über Camille hinweg.

»Aber warum denn nicht? Sag doch nicht gleich Nein, Maman. Willst du dir nicht wenigstens anhören, was ich recherchiert habe? Der Markt für Bio-Cidre ist ...«

Doch Jeanne brachte sie mit einer herrischen Handbewegung zum Schweigen. »Ich möchte nichts verändern, ma puce. Wenn ich mit dem ganzen Bio-Zeug anfangen würde, dann hätte ich ja noch mehr Arbeit! Ich müsste mich gründlich informieren, bevor ich auch nur starten könnte, und was, wenn es dann schiefgeht? Wenn die Bäume krank werden? Dann darf ich sie ja nicht einmal mehr spritzen! Nein, Bio ist nichts für mich, die Umstellung ist mir einfach zu groß. Abgesehen davon, dass ich dir ja wohl deutlich gesagt hatte, dass ich mit der Cidre-Herstellung ein für allemal abgeschlossen habe!«

»Ich verstehe dich nicht.« Camille starrte ihre Mutter an. »*Willst* du den Hof denn gar nicht retten?«

»Selbstverständlich will ich das«, sagte Jeanne kühl. »Aber nicht auf diese Weise! Bisher sind wir auch mit dem konventionellen Anbau sehr gut gefahren.«

Frustriert hob Camille die Hände. »Aber Bio-Cidre wäre *die* Lösung, Maman! Außerdem müsstest du nicht mehr im Chemie-Nebel stehen, während du spritzt, das wäre doch auch für dich selbst gut! Und du könntest den Cidre deutlich teurer verkaufen als …«

»Nein«, unterbrach Jeanne sie hart, »die Cidre-Herstellung war Sache deines Vaters. Verdammt noch mal, Camille, lass mich endlich in Frieden damit! Ich entscheide hier, nicht du!«

Es ist alles wie früher, schoss es Camille durch den Kopf, es hat sich überhaupt nichts verändert. Oh, ich weiß nur zu gut, warum ich damals abgehauen bin!

Sie wirbelte herum und stürmte davon, konnte die Nähe ihrer Mutter keine Sekunde länger ertragen, und Jeanne folgte ihr nicht, rief ihr auch nichts nach. Stattdessen ließ sie, stur wie immer, ihre Tochter einfach gehen. Zutiefst enttäuscht lief Camille zurück zum Hof. Sie wollte so viel Abstand zwischen sich und ihre Mutter bringen wie nur möglich, wollte genauso dringend weg wie damals mit achtzehn Jahren. Weg von Jeanne, die aus Prinzip jede ihrer Ideen abschmetterte, ohne auch nur fünf Minuten darüber nachzudenken.

Dann doch lieber ein mittelmäßiger Job in der Stadt!, dachte Camille wütend. Dann lieber eine zu teure Wohnung und zu wenig Geld, dann lieber nervige Kunden und kein Glück mit den Männern.

Alles war besser, als ewig das Kind zu sein, das nichts zu sagen hatte und sich ständig unterwerfen musste. Schuften, o ja, das durfte sie. Aber Vorschläge machen oder gar Entscheidungen treffen? Nie und nimmer!

Mit geballten Fäusten stapfte sie am Taubenturm vorbei. Die rote Tür stand offen, Antoine saß auf der Terrasse in der Frühherbstsonne und tippte etwas in seinen Laptop. Als er sie kommen hörte, blickte er auf.

»Hallo, Camille.«

»Hallo«, presste sie hervor.

Ob Antoine ihr ansah, wie mies sie sich fühlte? Egal. In zwei Minuten wäre sie in ihrem Zimmer und konnte auf ihr Kissen eindreschen. Verflixt, woher kam diese wilde Wut in ihr? Sie wandte den Blick ab und wollte weitergehen, doch Antoines Stimme ließ sie innehalten.

»Warte doch, Camille. Kann ich dir helfen? Du siehst aus, als könntest du ein offenes Ohr und eine kleine Pause vertragen.«

Bitter lachte sie auf.

»Eine kleine? Ich brauche eine große Pause, Antoine, eine riesige Pause! Ich brauche Paris! Ich brauche *keine* Äpfel und *kein* Gemüse und *keine* Existenzsorgen, sondern ... ach verdammt, ich brauche mein Leben zurück!«

Sie biss sich auf die Zunge. Das hatte sie jetzt nicht gesagt, oder? Nicht zu Antoine, Jeannes Feriengast, der mit seinem Aufenthalt auf diesem Hof zugleich vier Wochen heile Welt gebucht hatte.

Doch Antoine sagte ruhig: »Setz dich. Ich mach dir einen Kaffee. Mit Milch und Zucker?«

Camille seufzte. »Heute lieber schwarz.«

Als Antoine im Taubenturm verschwand und Wasser für die Kaffeepresse aufsetzte, ging Camille langsam zur Terrasse und ließ sich auf einen Stuhl fallen. Irgendwo miaute Tic, oder war es Tac? Die beiden Katzen ignorierten sie nach wie vor, und sie schaffte es trotz aller Bemühungen nicht, eine Beziehung zu ihnen aufzubauen.

Camille stiegen Tränen in die Augen.

Sie wischte sie ärgerlich fort. Ihre emotionale Reaktion auf diesen albernen Streit war idiotisch. Beschämend. Vollkommen überzogen! Wie hatte dieses Gespräch mit Jeanne sie nur dermaßen aus der Fassung bringen können? Und ob diese arroganten Katzen sie mochten oder nicht, konnte ihr wirklich gleichgültig sein!

Mit zwei dampfenden Tassen in den Händen kam Antoine zurück ins Freie. Camille murmelte einen Dank, als er den Kaffee vor ihr abstellte, und Antoine sah ihr in die Augen.

»Möchtest du es mir erzählen?«

Sie schluckte. Alles an Antoine – der freundliche Blick, die ihr zugewandte Haltung, das geduldige Schweigen, als sie nicht gleich antwortete – vermittelte ihr das angenehme Gefühl, dass sie ihm vertrauen konnte. Und bei Gott, sie brauchte einen Freund! Sie musste ihren Ärger loswerden, hier und jetzt.

»Sie lässt sich nicht helfen«, brach es aus Camille heraus, »meine Mutter ist einfach der größte Sturkopf unter der

Sonne! Es wäre kein Hexenwerk, in die schwarzen Zahlen zu kommen, wir bräuchten lediglich ein paar Veränderungen und für den Anfang ein bisschen Mut und Energie, aber will sie das? Nein, sie möchte, dass alles so bleibt, wie es ist! Keine Veränderung, keine Experimente und vor allem: kein Cidre! Weder herkömmlichen noch Bio-Cidre. Und warum nicht? Weil die Idee von mir kommt! Denn dann kann sie ja nur dumm sein, oder?«

»Bio-Cidre«, wiederholte Antoine nachdenklich. »Habt ihr denn eine Cidrerie auf dem Hof?«

»Ja. Es ist alles noch da, aber meine Mutter möchte die Cidrerie nicht wieder in Betrieb nehmen. Mein Vater war derjenige mit der Leidenschaft für guten Cidre.«

»Und du?«

»Was das betrifft, bin ich wohl seine Erbin.« Kläglich lachte Camille auf. »Wobei ich dieses Erbe ausgeschlagen habe, als ich achtzehn war.«

Wenn auch nicht ganz freiwillig.

»Wie meinst du das?«, hakte Antoine nach.

»Nun ja, ich bin nicht hiergeblieben, sondern nach Paris gegangen. Ich habe mich gegen den Hof entschieden und damit auch dagegen, jemals in die Fußstapfen meines Vaters zu treten und hier Cidre herzustellen.«

»Verstehe.« Antoine musterte sie. »Bereust du deine Entscheidung?«

»Diese Frage stelle ich mir nicht. Jedenfalls nicht, wenn es sich vermeiden lässt.«

Antoine lehnte sich zurück und wartete.

»Maman möchte den Hof nicht verlieren«, sagte Camille

leise, »aber sie unternimmt nichts gegen ihre Schwierigkeiten, und deshalb wird es über kurz oder lang passieren. Das macht mir Sorgen, Antoine. Ich will nicht, dass der Hof verkauft werden muss, die Vorstellung macht mich richtiggehend krank!«

Mutlos fügte sie hinzu: »Dabei habe ich gar kein Recht mehr auf dieses Gefühl. Ich habe meinen Weg gewählt. Ich lebe in Paris, und ich lebe gern dort. Ich bin raus aus dem Spiel!«

»Nicht ganz«, stellte Antoine fest. »Du bist hier geboren und aufgewachsen. Alle deine Erinnerungen konzentrieren sich auf diesen Ort, er ist ein Teil von dir. Deshalb finde ich, dass du durchaus noch im Spiel bist.«

War sie das? War sie es heute oder damals mit achtzehn, war sie überhaupt *jemals* ernsthaft im Spiel gewesen? Camille wusste es nicht. Sie wusste gar nichts mehr.

»Es tut mir leid«, sagte sie müde. »Ich hätte meinen Mund halten sollen.«

»Aber nein, warum denn?«

»Weil ich dich nicht mit meinen Sorgen belästigen sollte. Du bist hier der Gast, und ich ...«

Ebenfalls.

»... bin die Gastgeberin.« Sie erhob sich. »Danke für den Kaffee und fürs Zuhören. Ich revanchiere mich heute Abend, okay? Mit einem besonders guten Essen.«

»Das brauchst du nicht«, sagte Antoine. »Und, Camille?«

»Ja?«

»Du hast mich ganz bestimmt nicht belästigt.«

Sie sahen sich eine Spur zu lang in die Augen.

»Ich koche trotzdem etwas Besonderes«, sagte sie, und Antoine lächelte.

Als sie über die Wiese zum Wohnhaus ging, dachte sie plötzlich: Nun ist es also auch mir passiert.

Sie hatte sich Antoine vorbehaltlos anvertraut, genau wie ihre Mutter und Sandrine.

Und sie hatte nicht eine Sekunde lang darüber nachgedacht, sich eher bei ihren Pariser Freundinnen auszuheulen. Dabei hätte sie ohne Probleme eine der beiden anrufen können. Wie lange kannte sie Antoine nun schon – und wie lange Céline und Geneviève?

Sie verdrängte die bohrende Frage, was das über ihre Freundschaften aussagte, und beschloss, sich lieber in die Arbeit zu stürzen. Genug zu tun gab es schließlich immer auf diesem Hof! Und solange das Damoklesschwert noch nicht gefallen war, würde Camille die Hände ganz sicher nicht in den Schoß legen.

Jeanne

Bio-Cidre.

Eine hervorragende Idee, eigentlich!

Aber nicht für sie.

Jeanne stand vor den duftenden Köstlichkeiten in Pascals Bäckerei, doch weder konnte sie sich für ein Brot entscheiden noch für etwas Süßes. Der Streit mit ihrer Tochter ging ihr nicht aus dem Kopf, auch nicht Camilles Vorschlag, und schon gar nicht ihr zutiefst verletzter Gesichtsausdruck, als Jeanne, ohne nachzufragen, abgelehnt hatte.

Hätte sie ihrer Tochter nicht zumindest zuhören sollen?

Aber wozu, wenn Jeanne nichts von alledem umsetzen würde? Allein schon der Gedanke an eine Umstellung der Apfelplantagen auf Bio-Produktion machte Jeanne müde. Wie sollte sie es also schaffen, diesen Gedanken in die Tat umzusetzen? Bio! Das war etwas für junge Leute, für Menschen mit Energie und Tatkraft, für Enthusiasten, denen es nichts ausmachte, sich mit hundert Prozent ihrer Kraft in die Arbeit zu stürzen. Sie selbst war schon erschöpft, wenn sie nur die Ferienwohnung im Taubenturm putzte! Dabei machte Antoine nun wirklich nicht viel schmutzig. Ein paar

Krümel auf dem Tisch, ein bisschen Dreck auf dem Boden von seinen Schuhen. Aber es kam eben eins zum anderen, die feuchten Handtücher mussten ausgewechselt und gewaschen werden, das Bett alle drei Tage frisch bezogen und ...

»Jeanne?« Pascals leise Stimme drang in ihre Gedanken. »Geht es dir gut?«

Sie blickte auf. Die kleine Claire war mit einer anderen Kundin beschäftigt, doch Pascal hatte es sich wieder einmal nicht nehmen lassen, Jeanne selbst zu bedienen, und nun musterte er sie besorgt.

Jeanne riss sich zusammen. »Natürlich geht es mir gut. Ich nehme ... ein Anisbrot.«

»Jeanne. Du isst nie Anisbrot, das magst du doch gar nicht.«

Sie schluckte. »Das stimmt. Entschuldige, Pascal. Ich bin ein bisschen durcheinander.«

Pascal kniff die Augen zusammen.

Dann griff er nach einer großen Papiertüte und sagte: »Weißt du, was? Heute wähle ich für dich.«

Überrascht sah Jeanne zu, wie Pascal, ohne ihre Antwort abzuwarten, ein knuspriges Walnussbrot in die Tüte schob. Dann griff er nach einer Kuchenschachtel, und nach kurzem Überlegen legte er eine Aprikosentarte hinein. Schließlich forderte er: »Umdrehen!«

Jeanne war zu verblüfft, um sich zu widersetzen.

Unter Claires neugierigen Seitenblicken drehte sie sich um. Sie hörte das Rascheln einer weiteren Papiertüte, dann ein zufriedenes Brummen von Pascal. Und das nahm Jeanne als Zeichen, dass sie wieder gucken durfte.

»Jetzt bin ich aber gespannt.« Sie musste lächeln. »Wie viel macht das bitte, Pascal?«

»Heute mal gar nichts.« Er reichte ihr das Brot, die Kuchenschachtel und die Überraschungstüte. »Du hast ja nichts ausgewählt, also musst du auch nichts bezahlen.«

»Was ist das denn für eine Logik?«, fragte Jeanne. Sie hörte selbst, wie brüsk ihre Frage klang; leider hatte sie noch nie gut damit umgehen können, gerührt zu sein.

Doch Pascal antwortete unbeeindruckt: »Lass es dir schmecken, liebe Jeanne.«

Bevor sie nach Hause ging, machte Jeanne noch einen Abstecher zum Friedhof. Sie goss die weißen und rosafarbenen Blumen auf Régis' Grab, dann setzte sie sich auf eine Bank in der Nähe, und obwohl es ihr in Gegenwart der Toten pietätlos vorkam, konnte sie nicht widerstehen.

Sie öffnete die Überraschungstüte und lugte hinein. Und da passierte Jeanne etwas, das ihr sonst nie passierte: Ihre Augen wurden feucht.

Denn Pascal hatte mit instinktiver Sicherheit das gewählt, was sie am meisten liebte, obwohl sie es praktisch nie kaufte – und sie kaufte es nie, weil es zu teuer für sie war.

In der Tüte steckte nämlich nichts Geringeres als Pascals berühmte Eigenkreation: ein üppiges, kuppelförmiges Törtchen, gefüllt mit Feigen, Mandeln, Safranfäden und Zimt, überzogen mit weißem Zuckerguss, bestreut mit glitzernden Flocken aus essbarem Blattgold. Jeanne war, als blicke sie auf goldene Sterne in frisch gefallenem

Schnee, so märchenhaft war das Törtchen, so dekadent schön. Und von dem einzigen Mal, da sie sich diese Kreation bisher gegönnt hatte, wusste sie, dass dieses Törtchen noch dazu göttlich schmeckte. Es war mit Abstand das exquisiteste Backwerk, das man in Pascals Bäckerei, in Vert-le-Coin, wahrscheinlich in der gesamten Normandie, kaufen konnte!

Und Pascal hatte es ihr geschenkt.

»Was sagt man dazu, Régis?«, murmelte Jeanne, den Blick fest auf die glitzernden Sterne im Schnee gerichtet. »Weihnachten im Spätsommer.«

Vorsichtig nahm sie das Törtchen aus der Tüte. Dann biss sie hinein. Entzückt schloss sie die Augen, als der Geschmack in ihrem Mund explodierte.

»Danke«, murmelte sie, »danke, Pascal!«, und dann aß sie das ganze Törtchen auf, bis nur noch ein winziges Flöckchen Blattgold übrig war, das sich auf ihre Hose verirrt hatte. Jeanne erhob sich, ohne es abzuklopfen, und das goldene Sternchen begleitete sie funkelnd nach Hause.

Sandrine

Fasziniert beobachtete Sandrine, wie ihr Chef zum ersten Mal, seit sie ihn kannte, nicht über andere Menschen sprach, sondern über sich selbst.

Sein stattlicher Bauch wackelte vor Erregung, als er die Hände hochriss und ausrief: »Zehn Jahre, Monsieur Olivier! Zehn Jahre musste ich warten, bis ich die *Boule d'Or* endlich übernehmen durfte. Können Sie sich vorstellen, wie es sich anfühlt, so lange hingehalten zu werden, von den eigenen Eltern? Ich glaube nicht, dass Sie sich das vorstellen können, o nein, ich glaube nicht!«

»Doch, Monsieur Formon«, sagte Antoine, »das kann ich mir sehr gut vorstellen.«

Claude seufzte tief. »Ich wollte immer nur kochen! In der Küche stehen, gute, traditionelle Mahlzeiten zubereiten, meine Gäste ein bisschen verwöhnen, nicht mit Luxus, sondern mit leckerer Hausmannskost. Dieser Drang zu kochen, Monsieur Olivier, der steckt ganz, ganz tief hier drinnen!« Dramatisch schlug er sich auf die Brust.

»Das glaube ich Ihnen aufs Wort«, sagte Antoine ernst, woraufhin Claude ihm auf die Schulter klopfte.

Feierlich erklärte der Patron: »Sie sind ein feiner Kerl, Monsieur Olivier, das muss ich schon sagen, obwohl wir in Vert-le-Coin die Pariser eigentlich nicht sehr mögen. Ihr seid so überheblich! Also, normalerweise.«

Sandrine grinste. Ihre Chef hatte das Taktgefühl eines Presslufthammers.

Doch Antoine schien ihm seine Aversion gegen die Pariser nicht übel zu nehmen, denn er lachte und machte Sandrine ein Zeichen, dass sie ihm einen weiteren Kaffee bringen solle.

Nichts lieber als das, dachte Sandrine.

Sie strich sich das offene Haar zurück, und zwei Minuten später hatte sie Antoine nicht nur den Kaffee gebracht, sondern zudem Claudes Platz an seinem Tisch eingenommen.

»Er bemerkt es gar nicht, wenn ich später heimkomme.« Sandrine starrte auf ihre Hände. »Okay, wir sind gerade im verflixten siebten Jahr unserer Ehe, aber ... es sollte nicht so sein, finde ich.«

Trotzig hob sie den Blick. Sie wusste, dass sie Yves gegenüber illoyal war, doch für den Moment war ihr das egal. Wenn sie Antoine ansah, fühlte sie nichts als Gleichgültigkeit gegenüber Yves, und das war ebenso erschreckend wie befreiend.

Sandrine fragte sich, wie es wohl war, die Hände in Antoines dunklem Haar zu vergraben.

Ihn zu küssen, ihren Körper an seinen zu schmiegen, seine Rückenmuskeln unter ihren Fingern zu spüren.

Nicht mehr an ihr Unvermögen als Frau zu denken, sondern sich einfach hinzugeben, so wie früher, als sie in Yves' Armen die Welt und sich selbst vergessen hatte, damals, als sie einander noch vollkommen gehört hatten. Sie waren so glücklich gewesen in ihrem naiven Glauben, dass das Leben ihnen nichts verwehren würde von dem, was wirklich wichtig war... und jetzt? Interessierte Yves sich nur noch für unerreichbare Schauspielerinnen wie die Durange, anstatt sich um die Frau aus Fleisch und Blut zu kümmern, die neben ihm auf dem Sofa saß und innerlich erfror! Ja, die Durange war wunderschön. Aber musste Yves deshalb zum sabbernden Idioten werden, sobald er das Weib auf irgendeiner Zeitschrift oder einem Fernsehbildschirm erblickte? Da musste er sich nicht wundern, dass seine Frau drauf und dran war, sich in einen anderen Mann zu verlieben. Und im Gegensatz zu Delphine Durange, dachte Sandrine grimmig, ist *meine* Affäre wenigstens echt!

Wobei es natürlich noch keine richtige Affäre war. Eher eine Verheißung, ein aufregendes Spiel, bei dem Sandrine, anders als in ihrer Ehe, noch nicht verloren hatte.

»Das verflixte siebte Jahr«, hörte sie Antoine sagen, »muss aber kein Ende sein. Ist es im Film ja auch nicht, auch wenn es zunächst so scheint.«

Sandrine blinzelte. »Im Film? Ich dachte, das mit dem verflixten siebten Jahr sei nur so eine Redewendung.«

Doch Antoine schüttelte den Kopf und erklärte ihr, es handele sich um eine romantische Komödie aus dem Jahr 1955. Darin verzehre sich ein braver Familienvater nach der verführerischen neuen Nachbarin, gespielt von Marilyn

Monroe, und dieser Familienvater verliere sich im Laufe des Films zunehmend in paranoiden Tagträumen und erotischen Fantasien.

Für Sandrine klang das weder nach Romantik noch nach Komödie.

»Aha. Und am Ende verliert die Monroe gegen die blasse Ehefrau, oder wie? Sehr realistisch«, sagte sie gallig, und vor ihrem inneren Auge tauchte ein Bild auf: die Durange, wie sie mit einem frisch gebackenen Kuchen bei ihnen klingelte, um sich als neue Nachbarin vorzustellen. Absurd! Und noch absurder zu glauben, dass Yves *nicht* mit dieser Delphine-Durange-Nachbarin ins Bett gehen würde, sobald Sandrine ihm auch nur für eine Stunde den Rücken kehrte!

Ihr wurde übel. Plötzlich drängte es sie mit aller Macht, durch Vert-le-Coin zu rennen und Yves, der gerade irgendwo in den Straßen des Dorfes Briefe austrug, zu suchen; sie wünschte sich nichts heftiger, nichts sehnlicher, als ihrem Mann um den Hals zu fallen und ihn um einen Neuanfang zu bitten.

Sandrine fing an zu weinen. Unter Schluchzen brachte sie hervor: »Was soll ich denn nur tun, Antoine?«

Er legte ihr tröstend den Arm um die Schultern.

Das machte Sandrines Jammer, ihre Verwirrung, ihre Lust auf diesen Fremden nur noch größer, und sie hob ihm das tränenüberströmte Gesicht entgegen und blickte ihn an, versank in seinen grau-grünen Augen, wollte, dass sich auf der Stelle alles änderte, dass sie nicht mehr Sandrine war, dass es hier und jetzt passierte und sie Yves und sich selbst einfach vergaß.

Doch statt sie leidenschaftlich zu küssen, sagte Antoine sachlich: »Mit ihm reden, würde ich vorschlagen.«

Er drückte sie kurz, als sei sie sein Kumpel oder seine Schwester, und dann ließ er sie los.

Lilou

»Hey. Du bist Lilou, nicht wahr?«

Lilou zuckte zusammen und fuhr herum. Hinter ihr stand der Pariser. Verdammt, wie hatte er sie entdeckt? Gerade noch hatte Lilou ihn und Sandrine beobachtet – jetzt hatte er offensichtlich sie beobachtet! Der Typ machte ihr noch Konkurrenz.

Eine widerwillige Bewunderung stieg in Lilou auf.

»Tag«, grüßte sie abweisend zurück.

»Antoine Olivier«, sagte der Pariser und streckte ihr die Hand entgegen. »Nenn mich Antoine.«

Lilou ignorierte seine Hand und schwieg.

»Sag mal, gehst du nach Hause? Dann könnten wir zusammen gehen, ich wollte mich auch gerade auf den Rückweg machen.« Dieser Antoine lächelte freundlich. Er schien überhaupt kein schlechtes Gewissen zu haben, obwohl er gerade die Frau eines anderen umarmt hatte.

Spitz fragte Lilou: »Legen Sie mir dann auch den Arm um die Schultern?«

Er lachte. »Eher nicht.«

Heiter ließ er seinen Blick über die bunten Fachwerkhäuser, die Läden und die Passanten auf der Hauptstraße schweifen, und dass Lilou gerade zugegeben hatte, ihn beobachtet und ertappt zu haben, schien ihn überhaupt nicht zu stören. Das ärgerte Lilou. Hatte er denn gar keine Angst, was sie herausfinden, was sie im Dorf über ihn erzählen könnte – über ihn und Sandrine?

»Sie ist hübsch«, sagte Lilou und beäugte Antoine von der Seite.

»Wer?«

»Die Bedienung in der *Boule d'Or*. Sandrine!« Provozierend fügte Lilou hinzu: »Die Frau des Postboten.«

»Ach so. Ja, wahrscheinlich ist sie das.«

Wahrscheinlich? Lilou runzelte die Stirn. Der Kerl war wie ein Pudding, den man an die Wand nageln wollte. Warum umarmte er Sandrine, wenn er sie nur »wahrscheinlich« hübsch fand?

»Ist dir das wichtig?«, fragte Antoine und blickte ihr in die Augen. »Schönheit, meine ich.«

Er schien ehrlich interessiert zu sein, und Lilous Schutzwall, hinter dem sie sich Tag und Nacht verschanzte, begann unvermutet zu bröckeln. Sie dachte an ihr Zimmer, den abgehängten Spiegel darin, die unglaublich ungerechte Attraktivität ihres Bruders. Die tausend Sticheleien fielen ihr wieder ein, die sie ihre ganze Kindheit hindurch hatte ertragen müssen, die abfälligen Bemerkungen der Jungs, das Kichern der Mädchen, die Verzweiflung, wenn sich ihre dünnen Beine in einem Schaufenster spiegelten.

»Schönheit wird total überbewertet«, stieß sie hervor. »Ich bin froh, dass ich nicht schön bin, sondern klug!«

Was so offensichtlich gelogen war, dass Lilou sich innerlich krümmte.

Bestimmt würde der Pariser nun etwas sagen wie: »Du hast recht, es zählen nur die inneren Werte«, oder »Immerhin, Lilou, hast du doch recht hübsche, äh, Hände?« Unbeholfene Floskeln wie diese hatte Lilou schon zur Genüge gehört, und jedes Mal, wenn ein Erwachsener sie in diesem widerlich tröstenden Tonfall sagte, überkam Lilou der Wunsch, entweder für den Rest ihres Lebens in eine dunkle Höhle zu ziehen oder auf der Stelle etwas zu zerstören.

Doch Antoine sagte nichts über ihre Hände. Er sagte: »Ich kenne eine dermaßen schöne Frau, Lilou, dass einem in ihrer Gegenwart eigentlich Hören und Sehen vergehen müsste. Aber weißt du, was? Die Menschen in ihrer Umgebung haben sich schlicht und einfach daran gewöhnt. Die meisten sind mittlerweile nur noch genervt davon, wie verzogen und anspruchsvoll sie ist. An Schönheit gewöhnt man sich...« Er lächelte. »Aber an Esprit und Klugheit nicht.«

Lilou starrte ihn an.

Das war ihr noch nie passiert. Ein Erwachsener, der *nicht* leugnete, dass Lilou hässlich war wie die Nacht, und dem sie zugleich aus tiefstem Herzen glaubte, dass er diese Tatsache überhaupt nicht schlimm fand – denn Lilou *war* klug, und an Klugheit gewöhnte man sich nicht. Und so, wie Antoine das gesagt und sie dabei angesehen hatte, klang diese Tatsache ganz wunderbar! So, als sei Lilou wahrhaft gesegnet. Und zum ersten Mal in ihrem Leben fühlte sie sich nicht mehr benachteiligt, schändlich im

Stich gelassen von demjenigen, der die Gaben der Menschen verteilte, wenn es diesen Jemand überhaupt gab.

Denn in Antoines Blick lag kein Funken Mitleid. Stattdessen sah er sie an, als sei sie, die unsichtbare Lilou, ihm vollkommen ebenbürtig! Sie und dieser attraktive, gut gekleidete und sicherlich wahnsinnig erfolgreiche Pariser führten ein Gespräch auf Augenhöhe, denn sie war klug und hatte Esprit, und das schien tollen Männern wie ihm viel, viel besser zu gefallen als dumme Schönheit, an die man sich in Nullkommanichts gewöhnte. Wow! Lilou erwiderte das Lächeln des Parisers, und dabei fühlte sie sich wie berauscht.

Schade, schoss es ihr durch den Kopf, dass Antoine schon so alt ist!

Denn wäre er kein halber Opa mit seinen geschätzten vierzig Jahren – oder fünfunddreißig? Egal, immer noch zu alt –, dann hätte Lilou sich auf der Stelle in ihn verknallt.

Sie konnte erst wieder sprechen, als sie fast zu Hause waren.

»Wer ist die schöne Frau«, fragte sie, »die so verzogen und nervig ist?«

Antoine steckte die Hände in die Hosentaschen.

»Das, Lilou, bleibt mein kleines Geheimnis.«

Das Herz in Lilous magerer Brust begann zu hüpfen wie ein aufgeregtes Vögelchen.

Ein kleines Geheimnis. O Gott. Trotz seines Alters war dieser Pariser unwiderstehlich.

Camille

Es war September geworden.

Lilou vom Nachbarhof schlurfte morgens wieder zum Schulbus, und wenn Camille in den Apfelplantagen arbeitete, zog sie eine Strickjacke an, zumindest in den kühlen Morgenstunden.

Eine Strickjacke. Als Camille das alte Ding, ein Kleidungsstück ihrer Mutter, das erste Mal übergeworfen hatte, war ihr unbehaglich zumute gewesen. Hätten ihre Freundinnen aus Paris sie so gesehen, sie hätten vor Lachen gekreischt, selbst die zurückhaltende Geneviève, das wusste Camille nur zu gut. Sie sah aus wie ein Landei.

Doch Sandrine hatte nicht gelacht. Vor ein paar Tagen war die Freundin wieder einmal hereingeschneit, um den Rosières einen ihrer spontanen Feierabend-Besuche abzustatten, und Camilles Strickjacke war ihr überhaupt nicht aufgefallen.

Oder lag das eher daran, dass Sandrine sowieso nur Augen für Antoine gehabt hatte? Camille fand das seltsam, immerhin war Sandrine mit ihrer großen Liebe verheiratet, Eheprobleme hin oder her. Doch sie hatte es nicht gewagt, die Freundin darauf anzusprechen. Früher wäre das gegangen, da hatten sie sich alles anvertraut.

Aber das war lang her, und obwohl Camille sich in Sandrines Gegenwart stets wohlfühlte, ließen sich vierzehn verlorene Jahre doch nicht einfach beiseitewischen. Also hielt sie sich zurück und hoffte, dass Sandrine, falls sie ein offenes Ohr brauchte – ein weibliches, nicht das von Antoine –, von selbst auf sie zukommen würde.

Auch zwischen Camille und Jeanne war in den letzten Tagen vieles ungesagt geblieben. Seit ihrem Streit über den Bio-Cidre gingen sie vorsichtig miteinander um. Keine von ihnen wollte riskieren, dass es zum großen Krach kam, also biss Camille sich auf die Zunge, wann immer eine Rechnung eintraf und ihre Mutter diese ungeöffnet in eine Schublade in der Küche legte. Jeanne wiederum verlor kein Wort darüber, dass Camille, einem inneren Drang folgend, das Abendessen Tag für Tag mit Äpfeln oder Cidre zubereitete: Salat mit Walnüssen und Apfelscheiben, Apfel-Fenchel-Quiche (von der Antoine gar nicht genug bekommen konnte), karamellisierte Apfelküchlein ... Camille bemerkte selbst, dass sie es übertrieb.

Aber sie empfand es als so unnatürlich, dass sie ständig mit den Bäumen beschäftigt war, nur um dann mit den Früchten nichts mehr zu tun zu haben. Man verkaufte die Äpfel, und sie waren weg; in der großen Cidrerie wurden sie mit der Ernte irgendwelcher anderer Höfe zusammengeschüttet, und am Ende entstand ein Cidre, der vielleicht ganz in Ordnung war.

Aber nicht zu vergleichen mit dem Cidre vom Hof der Rosières.

»Wo geht's denn hin?«, erkundigte sich Antoine.

Er saß wieder einmal auf seiner kleinen Terrasse, vor sich den aufgeklappten Laptop. Camille, die in jeder Hand einen Plastikeimer trug, schenkte ihm ein Lächeln.

»In den Wald«, sagte sie. »Ich möchte Brombeeren pflücken, für Marmelade. Außerdem gibt es da so ein herrliches Rezept, für einen Crumble mit Brombeeren und ...«

»... Äpfeln?« Antoine grinste.

»Erraten.« Camille grinste verlegen zurück. Wie es aussah, war ihre Besessenheit für Apfelrezepte nicht unbemerkt geblieben. »Möchtest du mitkommen? Ich wette, du hast seit deiner Kindheit keine Brombeeren mehr gepflückt!«

»Das stimmt.« Antoine warf unentschlossen einen Blick auf den Bildschirm, dann klappte er den Laptop zu. »Also schön, gehen wir Brombeeren pflücken! Ich bin schließlich im Urlaub.«

Camille hatte angenommen, dass Antoine im Internet gesurft oder sich mit etwas ähnlich Unwichtigem beschäftigt hatte. Offensichtlich hatte er jedoch gearbeitet, und sie hielt ihn nun davon ab.

»Ich wollte dich nicht drängen, Antoine. Wenn du zu tun hast ...«

»Nein, nein, ich freue mich aufs Pflücken. Gib mir nur drei Minuten, ja?«

Er verschwand im Taubenturm, und Camille hörte ihn drinnen rumoren.

Als er wieder auftauchte, musste sie sich das Lachen verbeißen. Antoine hatte seine Shorts gegen lange Cargohosen getauscht, außerdem trug er eine Weste mit sehr vielen Taschen sowie ein Käppi.

»Wir gehen nur Brombeeren pflücken«, sagte sie und kicherte, »nicht in den Dschungel, Antoine!«

Er blickte an sich hinab. »Aber im Wald gibt es Zecken! Da ist eine lange Hose gut, genau wie das Käppi. Und die Weste ist ebenfalls praktisch, irgendwo muss ich Schlüssel und Handy ja verstauen ...«

»Schon gut«, neckte sie ihn, »du bist eben ein Städter!«

»Ach.« Er hob die Brauen. »Und du nicht?«

»Nicht im Moment.« Zum Beweis zupfte Camille an ihrem T-Shirt. Es war ungebügelt und hatte ein kleines Loch, und damit passte es perfekt zu ihren mit Grasflecken übersäten Jeans. »So würde ich in Paris jedenfalls nicht zum Arbeiten gehen!«

Antoine legte den Kopf schief. »Dabei steht dir der Landlook ausgesprochen gut.«

»Ach ... ja?«

Sein Kompliment freute Camille mehr, als ihr lieb war, zumal sie in seinem Blick erkannte, dass er es ernst meinte. Antoine schien sie in der Tat ziemlich hübsch zu finden, trotz ihrer wirren Frisur und der drei Kilo zu viel, die sie schon längst nicht mehr mit flatternden Schals kaschierte.

»Dann lass uns mal gehen«, sagte sie hastig und reichte ihm einen ihrer Eimer. »Der Dschungel wartet.«

Gemeinsam liefen sie durchs dichte Grün der Apfelplantagen.

»Du und deine Mutter«, sagte Antoine. »Ihr seid nicht wirklich weitergekommen in der Cidre-Frage, oder?«

Camille seufzte. »Woher weißt du das?«

»Es ist nicht zu übersehen, wie vorsichtig ihr umeinander herumschleicht. Ihr schaut euch beim Abendessen ja kaum mal in die Augen.«

»So schlimm?«

»Sag du es mir.«

Camille verzog den Mund. »Sie bewegt sich kein Stück, Antoine. Und ich verliere langsam die Hoffnung, dass sie das je tun wird. Es kommt eine Rechnung nach der anderen, bald wird Maman das Wasser bis zum Hals stehen, aber sie ignoriert die Schwierigkeiten des Hofs mit einer Unbeirrtheit, die fast schon bewundernswert ist. Hartnäckig ist sie, meine Mutter!«

»Du aber auch, oder?« Forschend blickte er sie an. »Du siehst jedenfalls nicht so aus, als hättest du deinen Cidre-Traum brav aufgegeben.«

»Habe ich auch nicht. Aber das Träumen nützt nicht viel, wenn meine Mutter das Sagen hat. Weißt du, sie ist so ... sie ist so ...« Camille suchte nach dem richtigen Wort.

»Müde.« Antoine nickte. »Aber wen wundert das. Sie hat Jahrzehnte anstrengender Hofarbeit hinter sich.«

Überrascht sah Camille ihn an. »Egozentrisch, wollte ich eigentlich sagen. Es geht ihr doch nur um sich selbst: dass *sie* die Kontrolle behält, dass *sie* der unangefochtene Chef bleibt, dass *sie* alles entscheidet, auch wenn das bedeutet, dass sie den Hof in den Untergang führt. Der Hof, das Erbe meines Vaters, sogar ich ... letztlich ist ihr alles egal.«

»Ich glaube«, sagte Antoine, »da tust du ihr unrecht.«

Camille runzelte die Stirn.

»Ich glaube, Jeanne liebt dich sehr«, fuhr er nachdenklich fort. »Sie ist nur kein Mensch, der das gut zeigen kann.«

Camille schluckte hart. »Ach. Und warum glaubst du das?«

»Intuition?« Antoine zuckte die Schultern. »Aber ich kann mich natürlich auch irren. Du kennst deine Mutter am besten, Camille.«

Vielleicht, dachte sie.

Aber vielleicht auch nicht.

Sie hatten die Bäume und den stillen grünen Teich hinter sich gelassen. Nun gingen sie auf den Waldrand zu, wo ihnen die Brombeeren bereits entgegenleuchteten, schwarze Früchte zwischen weinrotem Laub. Bilder von kleinen, verschmierten Fingern stiegen in Camille auf, von säuerlicher Süße auf Kinderzungen, von Leichtigkeit im Herzen.

Sie liebt dich sehr.

Antoine breitete begeistert die Arme aus. »Was für eine Pracht! Das müssen Tonnen von Brombeeren sein, die hier wachsen. Unglaublich!«

»Hier, du bekommst die erste.« Camille zupfte eine tiefschwarze Beere ab und reichte sie ihm.

»Mmmmmm«, seufzte er, nachdem er sie sich in den

Mund gesteckt hatte. »Ich hatte ganz vergessen, wie gut die schmecken. In Paris esse ich nie Brombeeren. Schade eigentlich.«

»Na, dann tu dir keinen Zwang an.« Camille machte eine weit ausholende Geste. »Hier auf dem Land kannst du sie essen, bis sie dir zu den Ohren rauskommen.«

»Ach so?« Er grinste. »Ich dachte, du hättest mich nur mitgenommen, damit ich als dein Gehilfe fungiere, erst die Brombeeren für deinen Crumble pflücke und dann die vollen Eimer schleppe.«

»Stimmt schon. Aber auch mein Gehilfe darf ab und zu ein wenig naschen. Er soll ja bei Kräften bleiben!«

Antoine lachte, seine Augen blitzten, und Camille ertappte sich bei dem Gedanken, dass sie viel lieber weiter mit ihm herumalbern wollte, als ihren Eimer rasch zu füllen, wie sie es vorgehabt hatte. Herumalbern, Brombeeren essen und flirten ...

Rasch senkte sie den Blick.

Sie war nicht nach Vert-le-Coin gekommen, um sich einen Mann zu suchen. Sie war zum Arbeiten hier und Antoine zum Ausspannen, und Flirten stand definitiv nicht auf dem Programm. Man flirtete nicht mit seinen Feriengästen!

Ausrede, flüsterte eine Stimme in ihr. Antoine gefällt dir doch, gib's zu. Du hast bloß Angst, wieder auf die Nase zu fallen! Weil du es einfach nicht draufhast mit den Männern.

»Übrigens finde ich, dass nicht nur der Gehilfe, sondern auch die Chefin bei Kräften bleiben sollte«, drang Antoines dunkle Stimme an ihr Ohr, und vor ihrem Gesicht tauchten seine Finger auf, die eine große, saftige Brombeere hielten.

Wie von selbst öffnete sich Camilles Mund. Als sie die süße Frucht schluckte und sich über die Lippen leckte, fragte Antoine mit einem leisen Lächeln: »Gut?«

Sie nickte. Er stand so nahe bei ihr, dass ihr Körper vor Aufregung zu vibrieren begann.

Da klingelte es in Antoines Weste.

Er zögerte, doch dann griff er unwillig in eine der vielen Taschen. Als er aufs Display blickte, verdüsterte sich sein Gesicht.

»Entschuldige mich bitte«, sagte er zu Camille, bevor er den Anruf entgegennahm.

»Hallo? Nein, du störst nicht, wie kommst du denn darauf? Ich bin doch bloß im Urlaub.«

Sein sarkastischer Ton provozierte den Wortschwall einer Frau, den Camille nicht verstehen konnte, dessen Inhalt allerdings wenig angenehm zu sein schien, denn Antoines Miene wurde immer finsterer. Er ging einige Schritte von Camille weg.

»Ich bemühe mich, okay?«, sagte er unwirsch. »Du weißt, dass es nicht so einfach ist, Gabrielle! … Für dich auch nicht, schon klar. Aber ich kann das nicht an- und abstellen wie einen Wasserkocher, verdammt! Wenn du mich weiter so unter Druck setzt … Nein, jetzt hörst *du* mir mal zu … Es ist doch nicht meine Schuld, wenn dieses überspannte Mädchen nur mich …«

Mehr hörte Camille nicht, denn Antoine war zwischen den Bäumen verschwunden.

Sie biss die Zähne zusammen, bis sie knirschten. So viel zu ihrem Glück in der Liebe. Verdrossen wandte Camille sich den Sträuchern zu, zupfte grob die Früchte von den Stielen und warf sie in den Eimer.

Eine Frau, die Antoine am Telefon die Hölle heiß machte, und eine weitere, die offensichtlich der Grund dafür war. Und dazu noch Sandrine – denn man musste kein Sherlock Holmes sein, um zu sehen, dass auch sie sich Hals über Kopf in Antoine verknallt hatte.

Womit der Kerl der Letzte ist, schimpfte Camille mit sich selbst, der dir Herzklopfen bescheren sollte!

Und trotzdem pochte es verräterisch heftig in ihrer Brust, als Antoine wieder auftauchte. Er hatte die Brauen zusammengezogen, und seine Haare waren zerzaust.

Camille deutete auf sein Käppi, das er in der Hand hielt, und fragte: »Keine Angst mehr vor Zecken?«

»Scheiß auf die Zecken«, knurrte Antoine. »Wie viele Brombeeren hast du schon, einen halben Eimer? Okay, jetzt hole ich auf!«

Keine drei Sekunden später pflückten sie um die Wette, Seite an Seite und ohne ein Wort zu sagen. In heißen Wellen strahlte die Wut von Antoine aus, die nur ganz allmählich schwächer wurde. Als die Wellen schließlich verebbten, waren beide Eimer bis obenhin mit Brombeeren gefüllt.

Erst da traute Camille sich zu fragen: »Das war wohl deine Frau?«

»Nein.« Endlich blickte er sie wieder an. »Ich bin geschieden. Meine Exfrau und ich hören selten voneinander, und wenn, dann streiten wir uns nicht. Diese Phase haben wir hinter uns.«

Er war also geschieden.

»Ach so«, murmelte Camille.

Etwas Besseres fiel ihr nicht ein. Sie konnte ja schlecht verlangen, dass Antoine ihr auf der Stelle erzählte, wann und warum er sich hatte scheiden lassen, ob er seiner Frau nachtrauerte oder ob er offen war für eine neue Beziehung... und sie konnte auch nicht nachbohren, wer die geheimnisvolle Anruferin, die ihn so aus der Fassung gebracht hatte, gewesen war, wenn nicht seine Ex.

Ihr fiel auf, dass sie frustrierend wenig über Antoine Olivier wusste.

Schweigend machten sie sich auf den Weg zurück zum Hof.

Als sie am Teich vorübergingen, sagte Antoine kurz: »Der Anruf war beruflich.«

Zwischen den Bäumen mit den sauren Äpfeln fügte er hinzu: »Eine Art Kollegin.«

Und zwischen den Bäumen mit den bitteren Äpfeln stieß er schließlich aus: »Ich schleppe keine beziehungsmäßigen Altlasten mit mir herum, Camille, falls du dich das gefragt haben solltest.«

Camilles Herz kam heftig ins Stolpern.

»Ich habe mich gar nichts gefragt«, schwindelte sie. »Ist ja deine Sache.«

Doch sie konnte nicht verhindern, dass ihr Blick sie Lügen strafte, denn er verhakte sich mit seinem.

Sie blieben stehen.

»Das Scheitern meiner Ehe ...« Antoine stockte.

Er setzte die Brombeereimer ab und atmete tief durch.

»Es war nicht dramatisch, Camille. Es war nur traurig. Meine Frau und ich hatten beide anstrengende Jobs, und darüber haben wir uns, ohne es zu bemerken, aus den Augen verloren. Wir haben uns immer mehr voneinander entfremdet, bis wir irgendwann nur noch nebeneinanderher gelebt haben, wie zwei mittelgute Freunde. Es hatte keinen Sinn mehr mit uns, wir haben uns über nichts und wieder nichts gestritten, aber eigentlich wollte keiner von uns den anderen verletzen und hintergehen schon gar nicht. Also haben wir uns getrennt, bevor es hässlich werden konnte.«

Unwillkürlich dachte Camille an Céline. So fröhlich und unkompliziert deren Naturell auch war, ihre Ehen hatten ganz anders geendet als Antoines: mit Tränen und hemmungslosem Betrug die eine, mit Geschrei und zerbrochenem Geschirr die andere.

»Bewundernswert, dass ihr das so hingekriegt habt«, sagte sie leise. »Ein derart respektvolles Ende ist die große Ausnahme, schätze ich.«

»Für Bewunderung gibt es keinen Grund«, entgegnete Antoine rau. »Wir haben es zugelassen, dass die Arbeit uns auseinanderbringt, und das ist wohl kaum ein Verdienst.«

Camille fiel ein, was er am Telefon zu dieser Kollegin gesagt hatte.

Wenn du mich weiter so unter Druck setzt ...

Vorsichtig fragte sie: »Ist deine Arbeit denn mittlerweile weniger aufreibend?«

»Nicht wirklich.« Antoine griff nach den Henkeln der Eimer und setzte sich wieder in Bewegung. »Lass uns die Brombeeren in die Küche bringen, sonst wird es nichts mehr mit deinem Crumble. Ich hoffe doch, den gibt es heute Abend und ich bekomme etwas davon ab?«

Camille biss sich auf die Lippe. Die Botschaft war eindeutig: Weitere Fragen zu Antoines Beruf waren nicht erwünscht.

»Klar«, sagte sie und bemühte sich um ein lockeres Lächeln. »Wer mitpflückt und Eimer schleppt, darf auch mitessen.«

Jeanne

Claude Formon hatte schon immer gern getratscht, aber seine Neuigkeiten waren selten wirklich wichtig.

Heute, fand Jeanne, waren sie es. Vorausgesetzt, sie entsprachen der Wahrheit.

»Wenn ich es dir doch sage!« Verschwörerisch blickte Claude sich um, wie um sicherzugehen, dass nicht hinter dem nächsten Stuhl ein feindlicher Spion lauerte. »Der Bürgermeister hat von einem Interessenten gesprochen. Einem Interessenten an *deinem* Land, Jeanne!«

»Aber das kann nicht sein. Warum ausgerechnet an meinem? Ich habe nie jemandem signalisiert, dass mein Land zum Verkauf stünde.«

»Das nicht«, sagte Claude und hob gewichtig den Zeigefinger. »Aber seit Régis nicht mehr unter uns weilt, hast du es schwer, das ist ja nun kein Geheimnis. Du weißt es, deine Nachbarn wissen es, ich weiß es...«

Und damit weiß es ganz Vert-le-Coin, dachte Jeanne seufzend.

Nicht, dass sie Claude je von ihren finanziellen Sorgen erzählte hätte. Sie verdrängte sie ja selbst. Aber der Patron war ein schlauer Beobachter, und wie es schien, hatten ihre rarer werdenden Besuche und die Tatsache, dass sie stets nur einen kleinen Kaffee konsumierte und sonst nichts, ihm genug verraten. Ihm und allen, mit denen er plauderte – und somit auch dem Bürgermeister, Monsieur Balladier.

»Na gut. Dann erzähl mal.« Jeanne blickte dem Patron fest in die Augen. »Aber ohne Übertreibungen und Ausschmückungen, bitte! Ich möchte nur hören, was du tatsächlich weißt.«

Claude verschränkte die Hände vor seinem Bauch und schnaufte empört. »Höre ich da eine winzige Unterstellung heraus? Als ob ich jemals etwas erzählen würde, dessen ich mir nicht absolut sicher wäre! Zugegeben, hier und da mag ich mich vielleicht *verhören*, aber grundsätzlich ...«

»Claude!«

»Ja, ja.« Der Patron zog sich einen Stuhl heran, ließ sich schwer darauf fallen und stützte die Ellenbogen auf den Tisch. »Also, Jeanne. Das war so ...«

Nur gut, dachte Jeanne, als Claude sie mit seinen Nachrichten allein gelassen hatte, dass Sandrine heute ihren freien Tag hat.

Nicht auszudenken, wenn diese es ihrem Chef gleichgetan und gelauscht hätte. Und mit der Nachricht sofort zu Camille gerannt wäre ... der Nachricht, dass Jeannes Land das Interesse eines Betreibers von Hypermarchés geweckt hatte.

Laut Claude war es ein großer Lebensmittelkonzern,

dessen Mega-Supermärkte überall in Frankreich zu finden waren. Und wie es aussah, streckte er seine Fühler nun auch nach Vert-le-Coin aus, nach Jeannes Land, denn sie war es ja, die Geldsorgen hatte und die einem Verkauf deshalb möglicherweise nicht abgeneigt sein würde.

Dabei war das alles natürlich vollkommen absurd. Auf *ihr* Land – das Land, das den Hof umschloss, das Land, auf dem Hunderte gesunder, gut tragender Apfelbäume standen – sollte ein Hypermarché gestellt werden? Unvorstellbar!

Unvorstellbar ...

Doch es wäre das Ende aller Geldsorgen.

Jeanne blickte nachdenklich zum Tresen, hinter dem Claude geschäftig hin und her lief, Milchkaffee zubereitete, Cidre einschenkte, Quiche aufschnitt und diese mit Salatblättern auf weißen Tellern drapierte. Er kochte und backte stets frisch, bot beste französische Hausmannskost an – das zumindest behauptete er –, doch leisten konnte Jeanne sich seine Quiches, Crêpes und Geflügelpasteten schon lang nicht mehr.

Das Ende aller Geldsorgen.

Das Ende eines ermüdenden Existenzkampfes, den sie einsam und allein führen musste, aber nicht führen wollte. Régis war nicht mehr bei ihr. Wozu noch weitermachen mit den Äpfeln, dem Markt und der Ferienwohnung? Jahr für Jahr, bis sie tot umfiel wie ihr Mann.

Sie griff nach ihrer Tasse und trank den Rest des schwarzen Gebräus. Es schmeckte bitter.

Nur mal nachfragen, flüsterte es in ihr, während sie nach

Münzen für den Kaffee kramte, nur mal schnell zu Monsieur Balladier ins Rathaus gehen und nachfragen, was an Claudes Informationen dran ist. Ganz unverbindlich!

Es kostete ja nichts, und niemand außer dem Bürgermeister musste je davon erfahren.

Camille

Während sie die Äpfel für den Crumble in kleine Stücke schnitt, dachte Camille über ihr Liebesleben nach.

Ein unerfreuliches Thema.

Geneviève war der Meinung, Camille würde zu viel erwarten. Die große Liebe, den einen Mann fürs Leben – das alles gebe es sowieso nicht, also warum danach suchen? An solchen Ansprüchen müsse jede Beziehung unweigerlich scheitern!

Diese Meinung teilte ihre andere Freundin nicht. Céline glaubte fest an die grundsätzliche Existenz von Mr Right, war sich allerdings sicher, dass man *sehr* viele Frösche küssen (und heiraten) müsse, um seinen Traumprinzen zu finden, und ließe man sich damit zu viel Zeit, sei das Leben vorbei, ehe der Richtige auch nur die Bühne betreten hätte.

Der gemeinsame Nenner war: Auf in den Kampf! Nicht zu viel darüber nachdenken, mit wem man sich wann und warum verabredete, sondern einfach mal machen.

Und eine Zeitlang hatte Camille genau das versucht.

Sie hatte sich mit dem schönen André getroffen. Der sich gleichzeitig noch mit mehreren anderen Frauen traf, was Camille wusste und was sie irgendwie, eigentlich, prinzipiell, auch tapfer akzeptierte. Doch als sie André eines warmen Sommerabends zufällig über den Weg lief und mit eigenen Augen mit ansehen musste, wie er ungeniert eine sexy Rothaarige abknutschte, war es mit ihrer Toleranz vorbei – und mit André auch.

Danach hatte sie es mit Serge versucht. Der war ihr zwar treu gewesen, hatte aber dafür ständig an ihr herumgemäkelt. Ob Camille nicht damit aufhören wolle, so viel Obst zu essen? Dieser Fruchtzucker! Diese Kalorien! Ihre Hüften würden es ihr danken, wenn sie beim nächsten Anflug von Hunger nach einer Selleriestange greifen würde statt nach einem Pfirsich. Und ob Camille nicht lieber die französischen Klassiker lesen wolle anstelle des Schunds, den er auf ihrem Nachttisch entdeckt habe? Und ob sie nicht lieber guten Wein trinken wolle statt des simplen Cidres? Sich ihre Nägel blutrot lackieren statt blassrosa? Ins experimentelle Theater gehen statt ins Kino? Camille hatte die Reißleine gezogen.

Es folgten Roland, der ausnahmslos jedes Wochenende mit seiner betagten Maman verbrachte; Gilles, dessen größter Wunsch es war, von Camille mit dem Besenstiel verhauen zu werden; und schließlich Gaspard, der als Broker so viel arbeitete, dass sie ihn nach den ersten Wochen des Verliebtseins praktisch nicht mehr zu Gesicht bekommen hatte.

Hatte sie mit ihren Männern also schlichtweg Pech gehabt?

Oder stimmte es doch, was Geneviève sagte – dass sie zu anspruchsvoll war?

Hätte sie die Zähne zusammenbeißen und die Macken ihrer Verflossenen akzeptieren sollen?

Und welche Macke verbarg wohl Antoine Olivier?

Camille seufzte. Sie wollte keinen perfekten Mann, das ganz sicher nicht. Aber sie fand, es gab solche Fehler und solche: Mit einigen konnte man sich arrangieren, konnte sie vielleicht sogar lieben lernen; mit anderen funktionierte das beim besten Willen nicht. Und leider fielen die Fehler ihrer Exfreunde alle in letztere Kategorie.

Ach Quatsch! Es liegt an mir, dachte Camille selbstkritisch, während sie ein großes Stück Butter in der Pfanne erhitzte. Ich träume von der vollkommenen Beziehung, einer Liebe, die so groß, makellos und ewig ist wie die zwischen Maman und Papa. Ich fordere es ja geradezu heraus, an der Liebe zu scheitern! Was ist das denn überhaupt, Liebe? Und warum geistert mir, wenn ich darüber nachdenke, ständig Antoine im Kopf herum?! Ich kenne ihn doch kaum, ich weiß ja noch nicht einmal, was er beruflich macht!

Nachdenklich schwenkte sie die Butter in der Pfanne. Verkäufer, hatte er am ersten Abend gesagt. Das konnte alles bedeuten. Verkaufte er Aktien wie Gaspard oder Reisen wie sie selbst? Autos oder Versicherungen? Lebensmittel oder Ideen? Schwimmbäder? Immobilien? Geheimnisse? Drogen?

Camille strich sich mit dem Handrücken eine Haarsträhne aus dem Gesicht. Drogen, also wirklich, ihre Fantasie ging ja völlig mit ihr durch! Höchste Zeit, sich wieder auf den Boden der Tatsachen zu begeben. Worin auch immer dieser in Antoines Fall bestand.

Sie ließ die Apfelstücke in die Pfanne gleiten und streute Zimt und Zucker darüber. Nun hieß es rühren, bis die Äpfel weich waren; eine eintönige Arbeit, bei der man leider sehr gut nachdenken konnte. (Waffenverkäufer? Lieber Gott, bitte nicht!) Die Stirn gerunzelt, zog Camille die Pfanne vom Herd, fügte die Brombeeren hinzu, verbot sich, weiter über Antoine nachzudenken, und schmeckte mit etwas mehr Zucker ab. Dann machte sie sich an die Zubereitung der Streusel, verbot sich wieder, über Antoine nachzudenken, gab die Obstmischung in eine runde Auflaufform und verbot sich ein weiteres Mal, über Antoine nachzudenken. Als der Crumble endlich im Ofen stand und Camille die Küche von Butterspritzern und Brombeerflecken säuberte, war sie vor lauter Nicht-über-Antoine-Nachdenken völlig erschöpft.

Sie warf den Lappen in die Spüle und ließ sich auf einen Stuhl fallen, spürte das Stroh durch ihren dünnen Rock hindurch, starrte in den alten Ofen, hinter dessen Glasfenster der Crumble blubberte. Die Küche duftete nach heißen Früchten, und Camille fragte sich, ob sie verliebt war.

In einen Mann, von dem sie viel zu wenig wusste.

Einen Mann, der ganz offensichtlich etwas vor ihr verbarg.

Der Crumble war auf einhellige Begeisterung gestoßen, nicht nur bei Antoine, sondern auch bei Jeanne. Diese hatte sich zudem sehr über die zahlreichen Gläser mit frischer Brombeermarmelade gefreut, die Camille gekocht hatte und die Jeanne am nächsten Tag auf dem Markt anbieten konnte. Viel Geld würde die Marmelade zwar nicht in die leeren Kassen spülen, »aber wenig ist besser als nichts«, wie Jeanne mit einem schiefen Lächeln sagte.

So fuhr ihre Mutter am nächsten Morgen in aller Früh auf den Markt, und Camille nahm sich vor, endlich das Gras zwischen den Apfelbäumen zu mähen.

Sie hatte diese Arbeit vor sich hergeschoben, weil sie nicht sicher war, ob sie sich das Mähen noch zutraute. Schließlich mähte sie keinen Vorgarten, sondern eine ganze Apfelplantage, und sie hatte seit über einem Jahrzehnt nicht mehr auf dem Traktor gesessen. Ob sie es überhaupt schaffen würde, das Mähwerk anzuschließen? Das hatte früher immer ihr Vater erledigt.

Aber der war ja nun nicht mehr da.

Camille straffte die Schultern und ging über den Hof zur Scheune.

Drinnen erwartete sie nicht nur ein alter roter Traktor, sondern auch eine müde weiße Ziege.

»Mouchette«, sagte Camille überrascht, »hast du etwa hier übernachtet?«

Die Ziege meckerte kläglich. Offensichtlich war sie in die Scheune hineingeschlüpft, aber nicht wieder herausgekommen, bevor Jeanne diese abgeschlossen hatte. Sie drängte sich an Camille vorbei und trabte davon.

Camille sah ihr schmunzelnd nach. So ungern Mouchette normalerweise nach Hause gebracht wurde, so eilig hatte sie es jetzt; eine ganze Nacht lang ohne ihre Herde zu sein, das hatte ihr wohl doch nicht gefallen!

Immer noch lächelnd, machte Camille sich daran, das Mähwerk an den Traktor anzuschließen. Verblüfft stellte sie fest, dass sie die nötigen Handgriffe ziemlich gut beherrschte. Sie brauchte sich nur ihren Vater vorzustellen, und schon funktionierte es. Tausendmal hatte sie ihm in ihrer Kindheit und Jugend zugeschaut – und das zahlte sich jetzt aus! In gehobener Stimmung kletterte sie auf den Traktor und ließ den Motor an. Vorsichtig lenkte sie das knatternde Gefährt aus der Scheune. Sie fuhr über den Hof und durch den Torbogen nach draußen, interessiert beäugt von Tic und Tac, die es sich auf dem Tisch unterm Birnbaum gemütlich gemacht hatten.

Die Morgensonne schickte goldene Strahlen durch die Apfelbäume. Das Gras war noch feucht von der Nacht, und Camille fragte sich, ob sie zu früh dran war mit dem Mähen. Sollte sie lieber warten, bis die Wärme des Tages das Gras getrocknet hatte?

Ich bin eine richtige Städterin geworden, dachte sie und seufzte. Ich kann zwar noch Traktor fahren, kenne aber nicht einmal den richtigen Zeitpunkt zum Mähen!

»Ganz schön tough«, ertönte eine anerkennende Stimme durch den Motorenlärm. »Du bist die perfekte Landfrau, Camille.«

Es war Antoine.

»Gerade habe ich das Gegenteil gedacht.« Camille schaltete den Motor aus, sie wollte nicht schreien. »Ich spiele Apfelbäuerin, aber ich bleibe trotzdem, was ich bin: eine Angestellte im Reisebüro, die auf diesem Hof nur herumstümpert.«

Antoine runzelte die Stirn. »Denk nicht so schlecht über dich. Du machst das alles großartig, Camille! Ich könnte das jedenfalls nicht.«

»Klar könntest du es.«

»Tja, dann – darf ich raufkommen?«

»Auf den Traktor?«

»Wohin sonst?«

Camille schluckte. Ihr Traktor war ein Oldtimer, er bot deutlich weniger Platz als moderne Modelle. Wollte jemand mitfahren, lief das vor allem auf eines hinaus: viel Körperkontakt.

»Es ist ... eng hier oben«, sagte sie.

Antoine lächelte. »Das ist mir bewusst.«

Gemeinsam fuhren sie durch die Obstbaumreihen. Antoines Knie berührte Camilles, und sie spürte seinen Blick auf sich ruhen. Erwidern konnte sie ihn nicht, sie hatte vollauf damit zu tun, die Spur zu halten und mit dem leistungsstarken Mähwerk keinen der Apfelbaumstämme zu verletzen.

»Warum bist du überhaupt schon wach?«, fragte sie Antoine. »Morgens um sieben hätte ich dich nicht in den Apfelplantagen erwartet.«

»Ich konnte nicht mehr schlafen«, erwiderte er.

Nun schaute sie ihn doch kurz an. »Sorgen?«

»Nein. Mir ging nur viel im Kopf herum. Aber sag mal, wann beginnt ihr eigentlich mit dem Pflücken? Die Äpfel sehen doch reif aus, zumindest für mein Laien-Auge.«

Im Ablenken bist du wirklich gut, dachte Camille.

Laut sagte sie: »Ganz reif sind die Äpfel noch nicht. Cidre-Äpfel werden übrigens nicht gepflückt, sondern aus dem Gras aufgesammelt. Deshalb sagt man auch nicht Ernte, sondern Lese.«

»Tatsächlich? Erzähl mir mehr!«

Camille musste lächeln. Die Theorie der Apfellese schien Antoine ebenso sehr zu begeistern wie das unvermutete Vergnügen, eine saftige, frisch gepflückte Brombeere zu essen.

»Sobald etwa fünfzig Prozent der gesunden, reifen Äpfel am Boden liegen – das ist in der Regel Ende September der Fall –, können wir mit der Lese starten. Die verschiedenen Sorten reifen nicht gleichzeitig, sondern nach und nach, wir lesen also immer in mehreren Durchgängen. Die meisten Betriebe haben dafür heutzutage Maschinen, aber meine Eltern wollten nie eine anschaffen. Maman sagt, die Maschinen täten den Äpfeln nicht gut, Handarbeit sei besser.«

»Ende September«, sagte Antoine gedankenverloren. »Da wäre ich gern noch dabei!«

»Wirklich?« Camille lenkte den Traktor in die nächste Baumreihe. »Warum eigentlich, Antoine? Du machst hier Urlaub. Warum interessiert dich unsere Arbeit so sehr?«

Er legte die Hand auf ihr Knie, sanft und kurz, und ihr Herz schlug einen Purzelbaum.

»Weil mich die Menschen hinter dieser Arbeit interessieren, Camille.«

Die Menschen. War damit trotz des Plurals sie, und nur sie, gemeint?

Oder sie, Jeanne und Sandrine?

Oder sie alle in Vert-le-Coin, die Gesamtheit dieser dörflichen Gemeinschaft, die ihn aus unerfindlichen Gründen so sehr zu faszinieren schien?

Ach, bestimmt hat er uns alle gemeint!, sagte sich Camille, und streng befahl sie ihrem Herzen, sich gefälligst zu beruhigen. Was es natürlich nicht tat, obwohl Antoine seine Hand längst wieder von ihrem Knie genommen hatte. Auch Camilles Augen gehorchten ihr nicht, denn sie irrten in immer kürzeren Abständen zu Antoine, um sich in der Tiefe, der wachen Nachdenklichkeit seines Blicks zu verlieren. Ihr fiel auf, dass Antoine ziemlich lange Wimpern hatte, dunkel wie seine Brauen und sein Haar, und plötzlich konnte sie nicht mehr verstehen, warum sie sich nicht schon in der allererste Sekunde in diesen Mann verliebt hatte.

So wie Sandrine, schoss es ihr durch den Kopf.

Von diesem Gedanken unangenehm berührt, umklammerte Camille das Lenkrad des Traktors noch fester.

Ob Antoine auch Sandrine so intensiv betrachtete, wenn Camille nicht dabei war?

War das vielleicht einfach seine Art, seine ganz spezielle Fähigkeit – allen Menschen das angenehme Gefühl zu vermitteln, sie seien etwas Einmaliges und Wunderbares?

Ich möchte nicht wieder enttäuscht werden, dachte Camille inbrünstig. Ich will mich nicht mehr abfinden mit Unglück, Untreue und Unzufriedenheit, ich will, verdammt noch mal, einen Mann, der gut für mich ist! Für den ich gut bin. Der nicht perfekt ist, aber auch kein fader

Kompromiss, kein Notnagel und kein Lebensabschnittsgefährte.

Mochte Céline sie für unflexibel halten, mochte Geneviève ihr vorwerfen, sie sei sträflich naiv – Camille wollte keine Beziehung mehr, bei der das Verfallsdatum von vornherein feststand.

Sie wollte Liebe.

Von niemand anderem als von Antoine.

Sandrine

Sie saß auf dem Sofa und zappte sich durch ein langweiliges Fernsehprogramm. Aber es war sowieso egal, was in der Kiste lief, denn ihre Gedanken flüchteten immer wieder zu Antoine. Es tat gut, von ihm zu träumen, es vertrieb die Kälte und die Taubheit in Sandrines Seele, die zu ihren ständigen Begleitern geworden waren.

Nicht, dass sie nicht längst gelernt hätte, ihre innere Erstarrung zu verbergen: In der *Boule d'Or* funktionierte Sandrine ganz normal, sie lächelte, plauderte mit den Gästen und machte kleine Scherze, und auch bei ihren Besuchen auf dem Apfelhof wirkte sie – so hoffte sie zumindest – wie eine einigermaßen unbeschwerte Frau.

Doch Sandrines Schauspielkunst änderte nichts daran, dass ihre Seele langsam, aber sicher starb.

Yves kam aus der Küche. Er trat hinter sie und legte seine Hände auf ihren Nacken, begann, sie sanft zu massieren. Sandrine rückte nach vorn, um sich ihm zu entziehen.

»Was ist denn los?« Yves klang verstimmt.

Aha, dachte sie bitter, jetzt bemerkt er was. Jetzt! Nach so vielen Monaten, in denen er mich kaum beachtet hat.

»Nichts ist los«, erklärte sie ihrem Mann kühl. Dann stand sie auf. »Ich gehe schlafen.«

»Sandrine.« Er trat vor sie, hob ihr Kinn an, zwang sie, ihn anzusehen. »Du sprichst überhaupt nicht mehr mit mir! Ich komme gar nicht mehr an dich ran. Ich habe das Gefühl, ich ... ich verliere dich. Sag mir, warum du nach der Arbeit so oft nicht nach Hause kommst! Warum du nicht mehr mit mir schlafen willst, warum du ...«

»Ach! Darum geht es dir, ja?«, fauchte Sandrine. »Um Sex? Weißt du, da kann ich dir einen sehr guten Tipp geben: Schau dir doch einfach noch ein paar Filme mit dieser ätzenden Delphine Durange an! Du findest bestimmt einen mit ein paar Nacktszenen. Ich gefalle dir doch sowieso nicht mehr, ich bin und kann ja nichts, bringe nichts zustande, weshalb solltest du ausgerechnet mit mir schlafen wollen? Und dass du mit *mir* schläfst, aber an *andere* Frauen denkst, dafür bin ich mir nun wirklich zu schade!«

Yves' Augen wurden groß.

Ungläubigkeit und Schreck standen in seinem Blick, tiefe Verletzung, und sofort wünschte sich Sandrine, sie könnte ihre Worte zurücknehmen und Yves wieder glücklich machen, so wie früher, könnte seine grauen Augen zum Strahlen bringen und seine Lippen zum Lächeln, könnte ihm mit den Fingern durch das braune Haar mit den widerspenstigen Wirbeln streichen, die ihr schon mit fünfzehn Jahren so gut gefallen hatten. Ach, Yves! Tränen flossen ihr über das Gesicht.

»Meine Liebste«, sagte er traurig.

Er hob die Hand, um ihr die Tränen abzuwischen, doch Sandrine wandte sich ab und stapfte aus dem Salon. Sie wollte sein Mitleid nicht! Bevor Yves nur deshalb bei ihr blieb, weil er es musste – aus Anstand, aus Freundschaft oder auch bloß aus Mangel an Alternativen –, schlug sie lieber selbst alles in Stücke! Wies ihren Ehemann auf gemeine Art ab, träumte von einem anderen, begrub ihre Träume und ließ Yves frei.

Sollte er eine Bessere finden, er hatte es verdient. Letztlich tat Sandrine ihm sogar einen Gefallen, wenn sie ihn aus ihrer Ehe trieb. Denn sie bemerkte ja selbst, wie unerträglich sie geworden war: eine Furie, die ihm das Leben zur Hölle machte, weil sie es nicht schaffte, mit der Erinnerung an das Blut, die Ohnmacht und die Schmerzen zurechtzukommen. Weil ihre Schuldgefühle sie umbrachten. Weil das tiefe schwarze Loch sie jedes Mal, wenn sie sich gerade mühsam wieder aufgerappelt hatte, von Neuem verschlang.

Vielleicht fand Yves ja eine Frau, die ein bisschen so aussah wie Delphine Durange. Happy End – zumindest für einen von ihnen.

Sandrine knallte die Schlafzimmertür hinter sich zu, drehte den Schlüssel herum und warf sich aufs Bett, wo sie ihren Tränen freien Lauf ließ.

Was war bloß aus ihr geworden?

Keine Frage, Yves und alle anderen wären besser dran ohne sie.

Lilou

»Das Verhältnis der verschiedenen Sorten ist wichtig«, erklärte Camille dem Pariser. »Es gibt bittere und halb bittere Äpfel, saure und ...«

»Süße«, sagte Antoine.

Er lächelte Camille an, woraufhin diese knallrot wurde.

Lilou hätte kotzen können.

Die Frau des Postboten offensichtlich auch, denn sie mischte sich sofort ein.

»Das ist aber nicht das Einzige, was wichtig ist, oder? Wäre es so einfach, könnte schließlich jeder Idiot guten Cidre herstellen.«

So ist es ja auch, dachte Lilou abfällig. Etwas anderes als Idioten gibt es hier auf dem Land doch sowieso nicht!

Camille wandte sich Sandrine zu, die auf der anderen Seite von Antoine durch die Apfelbaumreihen schritt.

»Nein, natürlich ist das Sortenverhältnis nicht das Einzige. Man darf die Früchte zum Beispiel nicht sofort pressen, sondern muss sie erst eine Zeitlang lagern. Sie reifen nämlich nach, und dabei konzentrieren sich die Aromen vor allem in den Schalen.«

Sandrine blieb stehen und gab sich erstaunt.

»Ach!«, sagte sie und legte Antoine die Hand auf den Arm. »Antoine, hast du das gewusst? Dass die Aromen gar nicht im Fruchtfleisch sitzen, sondern in den Schalen?«

»Erstaunlich, nicht wahr?« Jetzt lächelte Antoine *sie* an. »Ich glaube, ich werde meine Äpfel nie mehr schälen, bevor ich sie esse.«

Und *ich* glaube, ich kotze gleich wirklich, dachte Lilou.

Sie wünschte sich brennend, ebenso alt zu sein wie Camille und Sandrine. Dann wäre sie nicht raus aus diesem Spiel – aus dem bescheuerten Grund, zu spät geboren worden zu sein –, sondern könnte ebenfalls lächeln und schauspielern wie die blöde Sandrine, die sich mit Äpfeln in Wirklichkeit fast genauso gut auskannte wie Camille. Hey, das hier war die Normandie – *jeder* in Vert-le-Coin kannte sich mit Äpfeln aus! Lilou knurrte frustriert.

Offenbar zu laut, denn Camille drehte sich stirnrunzelnd um, und wie der Blitz verschwand Lilou im Blättergrün.

»Ich dachte, ich hätte was gehört«, sagte Camille. »Na, war sicher nur ein Tier.«

»Vielleicht diese freche Ziege eurer Nachbarn«, sagte Antoine. »Wie heißt sie noch, Mouchée?«

»Mouchette.« Camille lachte. »Wenn die es war, werden wir es bald feststellen. Sie knabbert nämlich gern an Hosenbeinen!«

»Dann ist es ja gut, dass du keine Hose, sondern einen Rock anhast«, antwortete Antoine, und dabei schaute er sie an, als gäbe es auf der ganzen Welt nichts Herrlicheres als diese doofe Camille im Rock.

Eifersucht brandete in Lilou auf, und als ihr heimlicher Blick auf Sandrine fiel, erkannte sie, dass es ihr genauso erging. Womöglich noch schlimmer, ihrem waidwunden Gesichtsausdruck nach zu urteilen. Sie tat Lilou fast ein bisschen leid.

Aber nicht lang, denn plötzlich schrie Sandrine theatralisch auf und erklärte dann mit schmerzvoller Miene, sie sei mit dem Fuß umgeknickt.

Lilou in ihrem Blätterversteck verdrehte die Augen.

Camille und Antoine jedoch schienen der Frau des Postboten zu glauben. Man half ihr, sich ins Gras sinken zu lassen, bettete ihren (sicher völlig unversehrten) Fuß auf den Schoß des Parisers und befreite ihn von Schuh und Strumpf. Vorsichtig betastete Antoine den Knöchel.

Er fragte: »Tut es hier weh? Kannst du den Fuß in diese Richtung drehen?«, und die Frau des Postboten hauchte: »Ein bisschen« und »Ja« und klimperte mit den Wimpern, während Camille an der unsichtbaren Lilou vorbeieilte, um aus dem Eisschrank des Hofes eine Kaltkompresse zu holen.

Was für ein Affentheater.

»Wo wir gerade allein sind«, sagte Antoine und hörte auf mit dem albernen Betasten, »hast du denn mal mit deinem Mann gesprochen?«

Fuck!, schoss es Lilou durch den Kopf, und die Erkenntnis bohrte sich in ihr Herz wie ein Messer. Es war also tatsächlich wahr. Antoine bandelte mit *beiden* Frauen an, mit Sandrine und mit Camille!

Und zumindest mit Sandrine war er offensichtlich auch

schon im Bett gewesen. Warum sonst hätte sie mit ihrem Mann sprechen sollen, wenn nicht, um ihm zu gestehen, dass sie ihn wegen eines anderen verlassen würde? Diese Schlampe!

Nicht, dass Lilou Sandrine nicht verstehen konnte, dem Pariser nachgegeben zu haben. Und trotzdem... Was war der Kerl für ein Arschloch! So freundlich, so verständnisvoll, so sexy. Und so verdammt skrupellos.

»Noch nicht«, flüsterte Sandrine und schlug die Augen nieder. »Ich... ich kann irgendwie nicht, Antoine.«

»Dann lass dir einfach Zeit«, sagte Antoine mit einem mitfühlenden Blick, und Lilou, die vor Neid und Enttäuschung fast umkam, stieß Würgegeräusche aus.

Antoine und Sandrine blickten sich irritiert um.

Da machte Lilou, dass sie wegkam. Und während sie durch die Baumreihen huschte und über das frisch gemähte Gras lief, schossen ihr die wildesten Szenen durch den Kopf.

Der Pariser, der kluge Frauen mochte und sich trotzdem nicht mit Lilou, sondern mit der Frau des Postboten in den Laken wälzte... bis Sandrines armer, unwissender Ehemann dazukam und den Kerl verprügelte.

Camille, die schon von einer Hochzeit mit diesem doppelzüngigen Kerl träumte, bis sie ihn mit einem blauen Auge aus Sandrines Haus stolpern sah und er ihr alles beichten musste.

Der Pariser, Camille *und* Sandrine, die sich darauf einigten, dann eben eine Beziehung zu dritt zu führen – und schließlich der Postbote, der sich am Ende seufzend in sein

Schicksal ergab und mit gebrochenem Herzen der Vierte im sexuellen Bunde wurde.

Heilige Scheiße. Das war so *widerlich!* In Lilous Magen rumorte es. Sie war unglücklich und empört, dabei aber auch ein winziges bisschen erregt, und das beschämte und verwirrte sie und machte alles noch ekelhafter. Mit wackeligen Beinen kletterte sie über das Gatter zur Ziegenweide, rannte an den Tieren vorbei, ignorierte Mouchette, die neugierig meckerte, und flüchtete sich in ihr Zimmer.

Dort tigerte sie zwischen Kleiderschrank (auf dem immer noch Aufkleber aus ihrer Kindheit klebten), Schreibtisch (sonntäglich aufgeräumt) und Spiegel (wie immer mit einem Handtuch abgehängt) hin und her.

Was sollte sie tun? Diese durchgeknallten Erwachsenen in ihr Verderben laufen lassen? War das nicht unterlassene Hilfeleistung, musste sie den armen Postboten denn nicht schützen? Aber wie, zur Hölle, sollte sie das anstellen?

Lilou verließ ihr Zimmer und ging hinüber zu ihrem Bruder.

»Damien«, sagte sie, »ich weiß nicht mehr weiter.«

Damien brütete über den Unterlagen, die Maman ihm beim Sonntagsfrühstück überreicht hatte: Ausbildungsangebote und Informationen, über den Beruf des Automechanikers, des Gärtners, des Kochs. Er schien grottenschlecht gelaunt zu sein und sah bei Lilous Worten nicht einmal auf.

»Bei deinen Hausaufgaben kann ich dir nicht helfen«, nuschelte er. »Weißte doch.«

»Schon klar, Dummkopf«, antwortete Lilou. Als hätte

sie jemals Hilfe bei den Hausaufgaben gebraucht, und das ausgerechnet von ihm. »Aber hör mal, dieser Mistkerl von Pariser will zwei Frauen gleichzeitig ins Bett kriegen, und das finde ich so dermaßen unterirdisch, dass ...«

»Ein Dreier?« Damiens Interesse erwachte. »Ey, gönn ihm doch den Spaß. Is' doch 'n Mann.«

»Verdammt, Damien. Der arme *Postbote*! Verstehst du denn nicht? Wir müssen das auf jeden Fall verhindern!«

»Wieso Postbote? Was hat der denn damit zu tun?« Damien kratzte sich am Hinterkopf. Dann begriff er. »Ach so! Es geht wieder um Camille und Sandrine?«

»Du bist echt ein Schnell-Checker«, fauchte Lilou.

Ihr Bruder richtete sich auf und reckte sich, und da er mal wieder oben ohne war, bot er Lilou auf diese Weise einen Eins-a-Ausblick auf seine diversen Muskeln. Herrgott, zum nächsten Geburtstag würde sie dem Kerl einen Packen T-Shirts schenken!

»Du warst doch so begeistert davon«, sagte Damien träge. »Davon, dass hier endlich mal was los ist, mein ich. Vom Drama und so.«

Stimmt, dachte Lilou. Aber das war, *bevor* ich mich in diesen Mistkerl ... verguckt habe. Irgendwie.

»Ja, schon«, gab sie ungeduldig zu, »aber weißt du, wenn ein Unschuldiger leiden muss, hört es bei mir mit der Begeisterung fürs Drama echt auf!«

Das klang nobel, fand Lilou. Nicht nach kleinlicher Rach- und Eifersucht, sondern nach heldenhafter Selbstlosigkeit.

»In der Liebe leidet doch immer irgendjemand«, erklärte

Damien schulterzuckend. »Und am Ende geht es sowieso bloß um Sex, das is' es, worauf alles hinausläuft. Scheiß auf Romantik. Der Mensch ist ein Tier, kleine Schwester!«

Mit diesen Worten latschte er zum Spiegel (denn seiner war selbstverständlich *nicht* abgehängt), legte den Kopf schief und betrachtete sich. Und während er sich mit der Hand zärtlich über sein Sixpack strich, fügte er nachdenklich hinzu: »Ja, ja, der Mensch is' ein Tier. Aber manchmal ist dieses Tier zumindest schön! Und mal ehrlich: Was will man mehr?«

Resigniert starrte Lilou ihn an.

Sie musste an die Brüder ihrer Freundinnen denken, den pickeligen Alain, der gerade erst ein Stipendium bekommen hatte, den schüchternen Timéo, der mit seinen vierzehn Jahren schon freiwillig Sartre las, den smarten Alexandre, der Medizin studieren und Chirurg werden wollte und der von Kindesbeinen an die Puppen seiner Schwestern operiert hatte. Alle, *alle* Mädchen hatten nette oder zumindest intelligente Brüder!

Sie hatte Damien.

Ohne ihn noch eines Blickes zu würdigen, ging Lilou zurück in ihr Zimmer.

In ihr wuchs die Wut, und mit jedem Schritt wurde sie mörderischer. Lilou war zornig auf alles und jeden, auf diese ganze beschissene Welt, auf den minderbemittelten Damien und sogar darauf, dass sie selbst *kein* schönes Tier war. Weil es den Pariser in Wahrheit nämlich überhaupt nicht interessierte, ob Lilou klug war oder nicht! Oder hatte er sich etwa in sie verliebt, in sie, die immerhin süße sechzehn Jahre alt war? Nein. Er hatte sich für die blonde Transuse Sandrine entschieden, und zugleich für die hübsche, tatkräftige Camille. Ich werd's ihnen zeigen, dachte Lilou und ballte die Fäuste, ich werd's ihnen allen zeigen. Ich vermassele ihnen die Tour, diesen bescheuerten Erwachsenen, und zwar gründlich!

Oh, ihr Tag würde kommen.

Er würde kommen!

Bald.

Camille

Sie konnte nicht aufhören, an Antoine zu denken. Seit Camille erkannt hatte, dass sie sich ernsthaft in ihn verliebt hatte, geisterte er unaufhörlich in ihrem Kopf herum, ganz zu schweigen von ihrem Herzen.

Leider war Antoine in den letzten Tagen ziemlich beschäftigt gewesen, und sie hatte ihn kaum gesehen. Wann immer sich Camille in der Nähe des Taubenturms aufhielt, hatte er an seinem Laptop gesessen. Manchmal war er so vertieft gewesen in das, woran auch immer er arbeitete, dass er Camille, wenn sie an der Terrasse oder an seinem Fenster vorbeigegangen war, nicht einmal bemerkt hatte.

Bei den gemeinsamen Abendessen verhielt er sich weiterhin höflich und charmant, und Camille hatte durchaus den Eindruck, dass Antoine sie intensiver betrachtete und liebevoller anlächelte als zu Anfang. Doch er hatte eindeutig noch anderes im Kopf als nur sie – was man von ihr, wie sie sich zu ihrer Schande eingestehen musste, im Moment nicht behaupten konnte.

Sie dachte an seine Lippen, während sie Apfeltarte backte, an seine grau-grünen Augen, während sie Gemüse für den

Markt einlegte, an seine dunkle Stimme, während sie mit der Cidrerie telefonierte und vergeblich versuchte, einen besseren Kilopreis für die Äpfel auszuhandeln. Doch immer, wenn sie sich vorstellte, wie Antoine sie in seine Arme zog und ihre Sehnsucht, bei ihm anzukommen, sich endlich erfüllte, nagte das Wissen an ihr, dass sie nicht die Einzige war, die von ihm träumte.

Und so ging Camille an einem windigen, regnerischen Septembertag auf einen Milchkaffee in die *Boule d'Or*.

Die Temperaturen waren deutlich gefallen, und der Außenbereich des Bistros lag verwaist unter dem stahlgrauen Himmel. Fröstelnd trat Camille in den Schankraum.

Sandrine erblickte sie sofort und kam erfreut auf sie zu. Sie humpelte nicht; die Kühlkompresse aus dem Eisschrank der Rosières hatte gute Dienste geleistet.

»Hallo, Sandrine. Viel zu tun heute? Oder hast du Zeit, einen Kaffee mit mir zu trinken?«

»Ach, ein Kaffee geht doch immer!« Sandrine hauchte ihr die obligatorischen Begrüßungsküsschen auf die Wangen. »Voll ist es hier sowieso nur am Mittag und dann wieder abends, wenn die Leute nach der Arbeit noch was trinken wollen, bevor sie nach Hause gehen. Manche haben auch einfach keine Lust zu kochen, die essen lieber eine von Claudes Quiches. Du kochst gern, oder?«

»Ja, eigentlich schon.« Camille setzte sich an einen Tisch, der ein wenig versteckt hinter einem Stützbalken lag. »In Paris weniger, weil ich da meistens für mich allein koche. Aber hier, wo meine Mutter und Antoine mitessen, macht es mir Spaß.«

»Na ja, du kannst es eben auch.« Die Maschine zischte, als Sandrine zwei große Milchkaffees zubereitete. »Bei uns macht ganz oft Yves das Essen. Ich hab's nicht so mit Herd und Ofen.«

»Obwohl du hier arbeitest?« Camille zwinkerte ihr zu. »Claudes Kochkünste müssten doch eigentlich ein bisschen abfärben.«

Sandrine setzte sich mit Kaffeetassen und Wassergläsern zu ihr. »Wenn du wüsstest!« Sie senkte die Stimme. »Die *Boule d'Or* bietet kein einziges selbst zubereitetes Gericht an. Alles Tiefkühl- und Mikrowellenkost.«

»Was?« Camille machte große Augen. »Aber Claude posaunt doch ständig herum, das Kochen sei von Kindesbeinen an seine Leidenschaft gewesen!«

»Vielleicht das Kochen in der Puppenküche.« Sandrine grinste. »Glaub mir, wenn irgendjemand mal einen Salat züchtet, den man in der Mikrowelle zubereiten kann, ist Claude der Erste, der ihn kauft.«

Die Freundinnen kicherten.

»Aber nicht weitererzählen«, flüsterte Sandrine.

»Niemals!«, schwor Camille.

Es war fast wie früher.

Und obwohl nicht zu leugnen war, dass Sandrine und sie sich vor allem dann gut verstanden, wenn Antoine nicht in der Nähe war, genoss Camille das Wiederaufblühen ihrer Freundschaft in diesem Augenblick sehr. *Nicht weitererzählen – niemals!* Wie oft hatten sie sich das als Kinder und Jugendliche gegenseitig versichert?

»Weißt du noch, wie ich mal auf Damien aufpassen

musste«, sagte Camille, »und er sich an einem Apfelstück verschluckt hat?«

»Natürlich weiß ich das noch! Er ist ganz blau angelaufen, bis du ihn über deine Knie gelegt und ihm in heller Panik auf den Rücken gehauen hast ...«

»... und er hat das Apfelstück ausgespuckt ...«

»... und geschrien wie am Spieß ...«

»... und wir haben ihn mit einer Riesentüte Eiscreme bestochen, damit er seinen Eltern nichts verrät.« Camille schüttelte grinsend den Kopf. »Kannst du dich erinnern, was für ein rabenschwarzes Gewissen wir wegen dieser Sache hatten?«

»Und ob! Ich hatte nächtelang Albträume«, gestand Sandrine. »Gott sei Dank ist der Kerl jetzt groß und läuft nicht mehr Gefahr, an Obst zu ersticken – höchstens an seiner Eitelkeit. Apropos Obst, kannst du dich daran erinnern, wie wir mit Yves und Grégoire die Apfelschlacht veranstaltet haben?«

Camille verzog das Gesicht. Diese Schlacht hatte ihr damals mächtig Ärger eingebracht. Sie hatten das gegenseitige Bewerfen mit matschigen Äpfeln als eine Art verqueren Flirt empfunden, doch dafür hatte ihr Vater keinerlei Verständnis gehabt. Zwar hatten sie nur mit Äpfeln geworfen, die sowieso entsorgt worden wären, aber Régis war es ums Prinzip gegangen: Seine Bäume und dessen Früchte, selbst die kranken, sollten mit Respekt behandelt werden. Damals hatte Camille das albern gefunden und die Sichtweise ihres Vaters überhaupt nicht nachvollziehen können.

Jetzt, erkannte sie überrascht, konnte sie es.

»Nach der Standpauke meines Vaters hat Yves dich nach Hause gebracht«, sagte sie zu Sandrine. Sie musste lächeln. »Und ein paar Wochen später wart ihr zusammen. Also hat sich der Ärger doch irgendwie gelohnt.«

»Ja«, antwortete Sandrine wehmütig, »ich war sehr glücklich an diesem Abend.«

Sie schwiegen.

Vorsichtig legte Camille ihre Hand auf die der Freundin.

»Und jetzt?«, fragte sie leise. »Was stimmt denn nicht zwischen Yves und dir? Vernachlässigt er dich wirklich so sehr?«

Sandrine starrte ins Leere. Die gute Stimmung war verflogen, und für einen Moment bereute Camille ihre Frage. Aber konnte man eine Freundschaft wieder aufleben lassen, wenn man beharrlich ernste Themen vermied? Von Anfang an hatte Camille gespürt, dass Sandrine einen tiefen Kummer in sich trug. Vielleicht konnte sie der Freundin helfen – wenn auch nur dadurch, dass sie ihr zuhörte.

»Meine Träume.« Sandrine schluckte. »Es liegt an meinen Träumen. Sie haben sich einfach nicht erfüllt. Und aus unerfüllten Träumen ... erwächst ... Schuld.«

Fragend blickte Camille sie an.

»Ich rede nicht gern davon. Ich denke noch nicht einmal darüber nach«, fuhr Sandrine stockend fort. »Ich will es in mir einschließen und vergessen, aber ... es funktioniert nicht, Camille. Es drängt ständig nach oben, und das ... das macht mich verrückt! Am liebsten würde ich ihn verlassen, verstehst du? Dann wäre er zumindest frei.«

Behutsam sagte Camille: »Frei. Für eine andere? Betrügt Yves dich?«

Doch Sandrine schüttelte den Kopf.

»Das würde er nicht tun, solange wir noch verheiratet sind. Yves ist Yves, du kennst ihn doch, er ist ... perfekt! Nun ja, fast perfekt, er schwärmt ein bisschen zu sehr für diese blöde Durange, aber ansonsten – nein, Yves ist nicht schuld.« Ihre Augen füllten sich mit Tränen. »Ich bin es, Camille. Es liegt ganz allein an mir.«

»Eh, Sandrine!«, ertönte eine krächzende Stimme. »Wie lange sollen wir denn noch warten, bis du dich bequemst, unsere Bestellung aufzunehmen?«

Sandrine zuckte zusammen, sprang auf und hastete hinter den Tresen, wo sie sich rasch mit einem Taschentuch über die Augen wischte.

Dann ging sie zu den drei älteren Männern, deren Wortführer sich beschwert hatte, und sagte in neckendem Tonfall: »Komm schon, Rodolphe, du bist doch froh, wenn du möglichst lang hierbleiben darfst, da kommt es auf eine Minute mehr oder weniger ja wohl nicht an.«

»Hübsch, aber frech, die kleine Sandrine«, brummte der Angesprochene. »So war sie schon immer!«

»Aber sie hat recht«, sagte ein anderer. »Du hast keine Lust, daheim bei deiner Clémentine zu sein, und deshalb hockst du den ganzen Tag in der *Boule d'Or*. Na, ich kann's verstehen. Mich würde Clémentines Gemecker auch aus dem Haus treiben!«

»Wie, du magst also meine Frau nicht?«, empörte sich Rodolphe. »Ist deine Elise etwa besser, hä?«

»Sicher nicht!«, mischte sich der Dritte ein. »Aber wenn einer von euch meine Augustine haben will – ich tausche gern! Sogar wenn ich bloß Clémentine oder Elise dafür bekomme. Augustine hat mir gestern Abend schon wieder eins mit dem Kochlöffel übergebraten, könnt ihr euch das vorstellen?«

Lautstarke Beileidsbekundungen folgten seinen Worten. Danach gaben die von ihren Frauen geplagten Alten endlich ihre Bestellung auf, und Sandrine zog sich zurück, um Bier zu zapfen und Rotwein einzuschenken.

Sie warf Camille ein entschuldigendes Lächeln zu, das diese gerade erwidern wollte, als die Tür sich öffnete und ein weiterer Gast den Raum betrat. Sandrine blinzelte, dann leckte sie sich über die Lippen.

Camilles Blick flog zur Tür.

Antoine.

Entspannt schlenderte er zum Tresen, vorbei an Camille, die er an ihrem versteckten Tisch hinter dem Stützbalken offenbar nicht sah. Antoine und Sandrine begrüßten sich, und Sandrine schenkte ihm ein so strahlendes Lächeln, dass Camille irritiert die Stirn runzelte.

Vor nicht einmal fünf Minuten hatten noch Tränen in den Augen der Freundin gestanden. Wie konnte sie jetzt schon wieder mit Antoine flirten? Denn das tat sie unverhohlen. Missmutig beobachtete Camille, wie Sandrine mit ihrem Haar spielte, perlend lachte und Antoine intensive Blicke zuwarf.

Camille griff nach dem Wasser, das die Freundin ihr hingestellt hatte, und trank es in einem Zug. Cidre oder gar

Calvados wären ihr in diesem Moment deutlich lieber gewesen.

Sollte sie zu Antoine an die Bar gehen, oder machte sie sich damit lächerlich? War Antoine nur freundlich zu Sandrine, oder ging er auf ihr Flirten ein? Würde er auch Sandrine die Hand aufs Knie legen, wenn er mit ihr auf einem alten roten Traktor säße? Herrje, sie musste sofort mit diesen Gedanken aufhören! Antoine war ein freier Mensch, und Camille hatte ebenso wenig einen Anspruch auf ihn wie auf den Hof ihrer Mutter. Genau genommen hatte sie auf *nichts und niemanden* hier einen Anspruch!

Vielleicht sollte sie sich doch einen Calvados holen.

Was nebenbei ein guter Grund wäre, sich zu Antoine und Sandrine an den Tresen zu gesellen.

Doch Antoine verabschiedete sich bereits wieder. Er hatte einen Espresso hinuntergekippt, und für mehr war er anscheinend nicht gekommen.

Bedauernd blickte Sandrine ihm nach.

Dann kam sie an Camilles Tisch zurück und ließ sich auf einen Stuhl sinken.

»Ach, Camille, er ist so ein toller Mann.« Sie seufzte hingerissen. »Ganz ehrlich, den würde ich nicht von der Bettkante stoßen!«

Camille bemühte sich um einen gelassenen Tonfall, scheiterte jedoch kläglich. »Hast du mir nicht vor ein paar Minuten noch erklärt, dass dein Ehemann so perfekt sei? Yves! Nicht Antoine.«

Sandrine kniff die Augen zusammen. »Was soll das werden, eine Moralpredigt?«

»Das nicht. Aber ich wundere mich schon ein bisschen«, sagte Camille spitz. »Eben hatte ich nämlich noch das Gefühl, dass deine Ehe dir wichtig ist. Jetzt bin ich mir da nicht mehr so sicher.«

»Ich glaub's ja nicht.« Die Freundin taxierte sie. »Bist du etwa eifersüchtig? Weil ich ein kleines bisschen mit *deinem* Feriengast flirte? Nur weil er bei euch wohnt, gehört er dir doch nicht!«

»Natürlich gehört er mir nicht«, rief Camille hitzig. »Darum geht es doch auch gar nicht! Du bist im Begriff, Yves zu betrügen, darum geht es!«

Sandrine lehnte sich zurück und verschränkte die Arme. »Du hast Yves seit über einem Jahrzehnt nicht gesehen. Warum liegt dir sein Wohlergehen denn plötzlich so am Herzen? Gib's doch zu, es geht dir nicht die Bohne um mich und Yves. Es geht dir um dich und Antoine! Du bist selbst scharf auf ihn, ist es nicht so?«

Camille biss die Zähne zusammen. Sie war nicht bloß scharf auf Antoine. Sie war, verdammt noch mal, bis über beide Ohren in ihn verliebt, und das war etwas völlig anderes, als lediglich auf eine heiße Nacht zu spekulieren!

Ruhig, Camille, beschwor sie sich. Du hast dich noch nie wegen eines Mannes mit einer Freundin zerstritten, also fang heute nicht damit an!

Sie atmete tief ein und sehr lang aus.

Dann sagte sie: »Ich mag Antoine, das stimmt. Aber es geht mir trotzdem nicht um ihn, Sandrine ... okay, nicht nur. Du liebst Yves so sehr, du hast ihn schon immer geliebt – warum willst du das wegwerfen? Noch dazu für einen Mann, der nur allzu bald wieder nach Paris gehen wird.«

»Nach Paris. Wo *du* wohnst, nicht ich«, erwiderte Sandrine spöttisch. »Ist es das, was du mir sagen willst?«

»Nein! Ich will nur sagen, dass es keinen Sinn ergibt, wenn du dich wegen Antoine unglücklich machst, statt um Yves zu kämpfen und ...«

»Hör zu.« Sandrine stand auf. »Du bist damals weggegangen, ohne auch nur einen einzigen Blick zurückzuwerfen, und mich hast du hier zurückgelassen. Ja, du hattest es mir erklärt, und ja, ich wäre wahrscheinlich ebenfalls gegangen, wenn meine Eltern so etwas über mich gesagt hätten. Aber du hast mich abgelegt wie ein altes Paar Schuhe, Camille, du hast mich einfach vergessen, genauso wie den Hof, das Dorf, deine Nachbarn und Freunde. Und, scheiße, das war *nicht* in Ordnung!«

Sandrine hatte sich in Rage geredet, auf ihren Wangen bildeten sich rote Flecken, und es glänzte verdächtig in ihren Augen.

»Du hast doch keine Ahnung, was ich seitdem durchgemacht habe! Denn du hast dir ja neue Freundinnen gesucht, Frauen, die dich nicht an dein Leben hier erinnern, und du hast dich einen Dreck darum geschert, was aus mir wurde – oder aus Yves! Oder aus deinen Eltern. So schlimm waren sie schließlich auch nicht, oder? Sie hätten dir immerhin erlaubt, ihnen weiterhin zu helfen! Aber du bist nie gekommen, um ihnen unter die Arme zu greifen, nie, nicht einmal, als dein Vater gestorben ist und deine Mutter die ganze Arbeit allein stemmen musste! Und ausgerechnet *du* wagst es jetzt, mir moralische Vorhaltungen zu machen? Das ist schwach, Camille. Das ist echt schwach!«

Wie vom Donner gerührt saß Camille da.

Sie hat recht, schoss es ihr durch den Kopf. Sie hat mit allem, was sie mir vorhält, recht.

Sandrine warf ihr einen letzten verächtlichen Blick zu.

»Der Kaffee geht auf mich«, sagte sie, und es klang, als sei das Heißgetränk ihr Abschiedsgeschenk; eine Gabe, so lumpig wie Camilles Verhalten.

Sandrine drehte sich um und stolzierte zu den alten Männern, die die Szene mit gespitzten Ohren verfolgt hatten.

»Darf es noch was sein für euch drei?«, fragte sie und warf ihr Haar zurück. »Geht aufs Haus.«

Mit hängenden Schultern verließ Camille die *Boule d'Or*. Die missbilligenden Blicke der Alten folgten ihr hinaus in den grauen Tag. Richtig so, dachte sie niedergeschlagen.

Sie hatte es nicht besser verdient.

Jeanne

Aufgerichtet und mit vor Schmerz pochendem Rücken saß Jeanne vor dem Bürgermeister.

Er residierte in einem kleinen Raum in dem kleinen Rathaus; groß war lediglich das Kriegerdenkmal auf dem Vorplatz, auf das man von Monsieur Balladiers Büro aus einen exzellenten Blick hatte. Der Bürgermeister war ebenfalls ziemlich klein. In Vert-le-Coin wurde gemunkelt, seine Frau nenne ihn »mein kleiner Napoleon«, was Monsieur Balladier durchaus gefalle, ihn aber trotzdem nicht daran hindere, sie rege zu betrügen.

Jeanne blinzelte, um die unpassenden Gedanken an Monsieur Balladiers Liebesleben zu vertreiben.

»Nun, Monsieur le Maire«, sagte sie und faltete ihre Hände im Schoß. »Was also ist dran an diesen Gerüchten, von denen ich Ihnen soeben erzählt habe?«

Der Bürgermeister rückte seine Brille zurecht.

»In der Tat, liebe Madame Rosière«, erwiderte er umständlich, »würde ich das, von dem Sie gehört haben, nicht als Gerüchte bezeichnen. Es gibt diesen Interessenten, von dem man Ihnen erzählt hat.«

Jeanne sog scharf die Luft ein.

»Ich wäre in jedem Falle demnächst auf Sie zugekommen«, fuhr der Bürgermeister fort, »denn es ist zwar noch kein formelles Angebot da – wie auch, es geht ja um Ihr Land, nicht um das der Gemeinde –, aber das Interesse ist vorhanden, o ja, das Interesse ist vorhanden!«

Jeanne drückte den Rücken noch ein wenig stärker durch, da sie das Gefühl hatte, einen glühenden Stock verschluckt zu haben. Merkwürdigerweise half ihr diese Haltung. Aufrecht und diszipliniert, in jeder Lebenslage: Eine solche Frau nahm man ernst, und eine solche Frau musste sie sein, wenn sie anfangen wollte, über den Kaufpreis für ihr Land zu verhandeln.

Aber wollte sie das denn?

Zuallererst brauchte sie mehr Informationen.

»Ich bin ganz Ohr, Monsieur le Maire«, sagte sie so gelassen wie möglich, und der kleine Napoleon begann, sie in seine großen Pläne für das schöne Vert-le-Coin einzuweihen.

Wie betäubt stolperte Jeanne aus dem Rathaus, vorbei an dem monströsen Kriegerdenkmal, von dem der Regen herabtropfte.

Zur Bäckerei, fuhr es ihr durch den Kopf.

Sie brauchte unbedingt etwas Süßes.

Claire warf ihr einen erschrockenen Blick zu, als sie durch die Tür stürzte und sagte: »Das Zuckrigste, das ihr habt. Was ist das, Claire?«

Hilflos rief das Mädchen nach hinten: »Monsieur Varin,

könnten Sie mal kommen? Das Zuckrigste, ich weiß nicht so genau ...«

Pascal kam aus der Backstube, und als er die aufgelöste Jeanne erblickte, zog er die Brauen zusammen.

»Claire, du übernimmst den Verkauf für eine halbe Stunde allein«, sagte er. »Und Jeanne, du kommst mit nach oben. Ich glaube nämlich nicht, dass du wirklich Zucker brauchst.«

Pascal nahm sie an der Hand und führte sie aus dem Verkaufsraum. Sie gingen durch die Backstube, und im Vorbeigehen nahm Jeanne Teiglinge wahr, Marmeladen und verschiedene Mehlsorten, Früchte, Honig, auf ihre Verzierung wartende Törtchen. Arbeit schien Pascal wahrlich genug zu haben, und trotzdem ging er ohne Zögern mit ihr weiter durch einen Flur und eine Treppe hinauf. Dann schloss er eine Tür auf, und sie betraten seine Wohnung.

Hier war Jeanne noch nie gewesen. Ihr fiel auf, dass sie Pascal seit Jahren, nein, seit Jahrzehnten kannte, dass sie einander aber noch nie besucht hatten. Pascal war ihr ein guter Freund geworden, und doch hatten sie immer nur zwischen seinen Broten, Kuchen und Brioches miteinander gesprochen.

»Setz dich, bitte.« Pascal wies auf eine lederne Sitzgruppe im Salon, die ziemlich unbenutzt aussah.

Er bemerkte Jeannes Blick und erklärte: »Der letzte Kauf meiner Exfrau. Ich benutze das Sofa und die Sessel nicht besonders gern, aber ich habe auch nicht das Herz, die Möbel rauszuwerfen.«

Jeanne musste lächeln. »Und wo verbringst du deine Abende?«

Er zuckte die Schultern. »In der Backstube, wenn ich mir neue Gebäckkreationen ausdenke. Am Küchentisch, wenn ich Zeitung lese, und im Bett, wenn ich ein spannendes Buch habe.«

»Was liest du denn gerade?«, wollte Jeanne wissen. Seltsam, aber sie fühlte sich schon besser.

»Ein Buch über Bienen.« Pascal kratzte sich verlegen hinter dem Ohr. »Ich würde gern imkern, weißt du? Aber ich habe natürlich keinen Platz für die Bienenstöcke. Na ja, über Bienen zu lesen ist auch ganz schön. Es ist interessant, etwas über ihr Sozialleben zu lernen, ihre Fähigkeiten und Bedürfnisse.«

Irgendwie fand Jeanne es liebenswert, dass Pascal abends im Bett Sachbücher über Bienen las. Sie konnte es sich gut vorstellen; es passte zu ihm.

»Du könntest deine Bienenstöcke bei mir aufstellen«, sagte sie spontan. »Vorausgesetzt, du kümmerst dich selbst um sie und … nein, das ist eine dumme Idee! Entschuldige bitte. Möglicherweise gehört mir das Land um den Hof gar nicht mehr lang, und wohin dann mit deinen Bienen?«

Düster setzte sie sich in einen der Ledersessel.

»Ich habe meine Meinung geändert«, sagte Pascal sanft. »Du brauchst doch Zucker. Und dann erzählst du mir, was los ist!«

Eine Minute später hatte sie ein rosa überzogenes Törtchen in der Hand. Mit einem schiefen Lächeln fragte sie: »Hortest du die in deiner Küche?«

»Eigentlich nicht. Ich wollte es gestern zum Nachtisch essen, aber ich war zu satt.«

»Glück für mich.« Jeanne biss hinein. O Gott. Das war himmlisch, selbst wenn man gerade bei Klein-Napoleon gewesen war und verzweifelt über ein unmoralisches Angebot nachdachte.

Und dann brach es aus ihr heraus. »Ich war bei Monsieur Balladier, Pascal. Es gibt einen Interessenten für mein Land, es soll ein Hypermarché gebaut werden, und wenn ich verkaufe – wenn ich wirklich verkaufen sollte –, dann wäre ich auf einen Schlag alle meine Sorgen los! Ich müsste nicht mehr arbeiten. Nie mehr. Ich könnte für den Rest meines Lebens Urlaub machen, die Füße hochlegen und bloß ab und zu aufstehen, um mir eines deiner Törtchen zu kaufen. Aber ... meine Güte. Der Hof, unser Hof! Wie könnte ich den verkaufen? Wobei es nur das Land wäre, nicht der Hof selbst, aber natürlich könnte man dann nichts mehr mit ihm anfangen. Régis würde sich im Grab umdrehen, wenn er wüsste, dass ich auch nur darüber nachdenke, dieses Angebot anzunehmen! Und unsere Nachbarn, die Greniers, die wären bestimmt auch nicht begeistert davon, wenn ihnen ein Supermarkt und der dazugehörende Riesenparkplatz vor die Nase gebaut würden.«

Sie holte Luft. »Bin ich selbstsüchtig, Pascal? Nein, sag lieber nichts. Ich kenne die Antwort sowieso schon.«

Jeanne legte den Rest des Törtchens auf den Couchtisch und vergrub den Kopf in den Händen.

Für eine Weile blieb es still.

Dann fragte Pascal ruhig: »Hat er dich denn nicht geliebt, Jeanne?«

»Wie bitte?« Überrascht hob sie den Kopf.

»Hat er dich geliebt?«, wiederholte Pascal. »Dein Mann.«

»Das weißt du doch.« Jeanne räusperte sich. Ihr war nicht klar, worauf Pascal mit seiner Frage hinauswollte. »Also, natürlich weißt du es nicht, aber wir waren doch so lange verheiratet und ... herrje, Pascal, selbstverständlich hat Régis mich geliebt!«

Pascal legte den Kopf schief. »Und warum zweifelst du dann daran, dass er auf jeden Fall wollen würde, dass du glücklich bist?«

»Das tue ich doch gar nicht«, sagte Jeanne verwirrt. »Ich glaube nur, dass er sich wünschen würde, dass der Hof in der Familie bleibt.«

»Auch auf Kosten deiner Kraft? Deiner Gesundheit? Deiner Lebensfreude?«

»Ich ... ich weiß es nicht.«

Jeanne verschränkte die Finger im Schoß. Plötzlich fühlte sie sich, als sei sie nicht sechzig, sondern sechzehn Jahre alt. Höchstens. Er brachte sie durcheinander, dieser Pascal mit seinen spärlichen Haaren und den himmelblauen Augen und den unvermuteten Fragen nach Régis' Liebe.

»Wärest du *meine* Frau, Jeanne«, sagte er leise, »dann würde ich wollen, dass es dir gut geht. Der Hof ist ein Ort, ein Stück Land mit Mauerwerk, Apfelbäumen und Gras. Aber *du*, du bist ein Mensch. Eine Frau, die in ihrem Leben viel gearbeitet hat und die jetzt genau so entscheiden sollte, wie es für sie richtig ist. Nicht für Régis und nicht für irgendjemand anderen. Für dich, Jeanne. Nur für dich.«

Sie schaute ihn an. Was auch immer sie erwartet hatte, als sie in die Bäckerei gestürzt war, das war es nicht gewesen. Oder doch?

Es tut mir leid, Régis, dachte sie kläglich, obwohl sie nicht wusste, was ihr eigentlich leidtat: dass sie daran zweifelte, dass Régis nichts als ihr Glück gewollt hätte?

Er hatte sich stets aufgeregt über die großen Supermarktketten, sein Leben lang. Über diese riesigen Geschäfte, die verantwortlich waren für das Sterben der kleinen Läden, und Jeanne hatte ins gleiche Horn gestoßen, hatte sich den Hypermarchés verweigert, hatte auf dem Markt in Vert-le-Coin nicht nur ihre Marmeladen angeboten, sondern auch für sich selbst Eier und Käse besorgt.

Und jetzt wollte sie einem solchen Konzern ihr Land verkaufen?

Es war ja noch nicht einmal ihres! Sie hatte es nur geerbt. Es war das Land von Régis und seiner Familie, seit Ewigkeiten.

War ihr eigenes, kleines Glück denn wirklich so wichtig, dass der Hof seiner Familie darüber verloren gehen durfte?

»Ich muss nach Hause«, murmelte sie und stand auf. »Claire wartet bestimmt schon, dass du zurückkommst und sie beim Verkaufen unterstützt. Sie ist doch noch sehr jung, nicht wahr, wenn auch recht tüchtig.«

Was redete sie da für einen Unsinn?!

Reiß dich zusammen, fuhr Jeanne sich selbst an, und mach, dass du nach Hause kommst!

»Auf Wiedersehen, Pascal. Danke für das Törtchen und ... deine Worte.«

Sie lief aus der Wohnung, die Treppe hinunter und durch Backstube und Bäckerei, und ihr überstürzter Abgang unter Claires erstaunten Blicken war ebenso beschämend wie eine halbe Stunde zuvor ihr Auftauchen.

Für dich, Jeanne. Nur für dich.

»Nur für mich«, flüsterte sie und hastete die leere Straße entlang. »Was sagst du dazu, Régis? Hat er recht, dieser Pascal? Ich hoffe, du bist nicht böse auf mich ... oder eifersüchtig. Ach verdammt, Régis! Du bist *tot*!«

Sie zuckte unter ihren eigenen Worten zusammen.

Schweigend eilte sie weiter durch den Nieselregen. Nicht einmal an einen Schirm hatte sie gedacht, als sie zum Rathaus aufgebrochen war; sie wurde wirklich alt.

Wärest du meine Frau, Jeanne, dann würde ich wollen, dass es dir gut geht.

Gedankenverloren brachte sie das letzte Stück des Weges hinter sich. Im Torbogen kamen Tic und Tac ihr entgegen und strichen ihr um die Beine, und Jeanne blieb stehen, beugte sich zu den Katzen hinab und streichelte über ihr feuchtes Fell.

»Ja, schon gut, ihr zwei. Ich habe euch auch lieb.«

Und es stimmte, sie liebte die Katzen. Sie liebte diesen ganzen vermaledeiten, wundervollen Hof! Aber sie hasste die Verantwortung. Sie konnte einfach nicht mehr.

Aus der Küche des Wohnhauses wehte ein vertrauter Duft von frisch gebackener Apfeltarte zu ihr herüber, und Jeannes Herz zog sich schmerzhaft zusammen. Früher war sie es gewesen, die diese Tarte gebacken hatte, für ihren Mann und ihre Tochter.

Sie, die im Begriff war, alles und alle zu verraten.

Der Regen wurde stärker, und Jeanne schlang die Arme um ihren Oberkörper, als sie über den Innenhof zum Wohnhaus ging und sich darauf vorbereitete, mit unbewegter Miene ihrer Tochter gegenüberzutreten.

Camille

Aus reiner Verzweiflung backte Camille eine Apfeltarte.

Gestern hatte sie sich mit Sandrine zerstritten, und heute hatte ihr Chef aus dem Reisebüro angerufen. Es sei viel los, hatte er vorwurfsvoll gesagt, ob Camille ihren außerplanmäßigen Urlaub nicht zumindest abkürzen könne? Er habe es stets sehr geschätzt, wie zuverlässig sie sei. Deshalb wundere es ihn, dass sie ihre Kolleginnen und ihn nun so schändlich im Stich lasse ...

Während sie den Teig der Tarte ausrollte und den Rand in der Form hochzog, bemühte sich Camille, nicht an die kaum verhohlene Drohung zu denken, die in den Worten ihres Chefs gelegen hatte. Und während sie Apfelspalten in der Form verteilte und die Tarte dann in den heißen Ofen schob, versuchte sie, auch Sandrines Worte in der *Boule d'Or* zu verdrängen.

Aber im Verdrängen war Camille noch nie gut gewesen, und so wuchs, während sie die Küche sauber machte, nicht nur ihre Furcht vor der Kündigung, sondern auch ihre Reue.

Jede einzelne Sekunde ihres Streits mit Sandrine tat ihr leid.

Mehrmals hatte sie bereits versucht, Sandrine telefonisch zu erreichen, aber ohne Erfolg. Wahrscheinlich hatte die Freundin schlichtweg keine Lust, mit ihr zu sprechen, und hob deshalb nicht ab, wenn Camilles Nummer auf dem Display auftauchte. Kurz hatte Camille mit dem Gedanken gespielt, einfach noch einmal in die *Boule d'Or* zu gehen, um sich dort mit Sandrine auszusprechen. Doch die Aussicht auf eine neuerliche Szene vor den Augen neugieriger Gäste ließ sie diese Idee rasch wieder verwerfen.

Als die Tarte fertig gebacken war und Camille Aprikosenmarmelade in einem kleinen Topf erwärmte, um sie als Krönung über den Äpfeln zu verteilen, schaute eine tropfnasse Jeanne in die Küche. Sie wirkte zerstreut und schien überhaupt nicht zu bemerken, wie verführerisch es in der Küche roch. Kurz erklärte sie Camille, sie habe schon bei Pascal Varin einen Kuchen bekommen und sei deshalb nicht mehr hungrig. Nach diesen Worten verzog sie sich, um ein heißes Bad zu nehmen.

Ernüchtert goss Camille die flüssig gewordene Marmelade über die Tarte. Dann schnitt sie sich ein großes Stück ab, obwohl der Guss eigentlich erst noch abkühlen musste. Die Tarte war knusprig und süß und schmeckte genau wie in ihrer Kindheit, doch leider spendete sie Camille nicht den erhofften Trost.

Céline, dachte Camille, als ihr Teller leer und der Katzenjammer nur noch größer war. Ich rufe Céline an!

Dieser Gedanke munterte sie auf. Céline war immer gut gelaunt, und ein Gespräch mit ihr würde Camilles Stimmung ganz sicher heben. Danach würde sie mit frischem

Mut einen weiteren Versuch starten, sich mit Sandrine zu versöhnen ... und dann, irgendwie, würde schon alles wieder gut.

Camille griff nach ihrem Handy, und während sich die Verbindung aufbaute, blickte sie durch das Küchenfenster auf den nassen Hof hinaus. Der Wind rüttelte an den Scheunentoren und pfiff durch die Zweige des Birnbaums. Was Antoine bei diesem Wetter wohl tat? Bestimmt saß er wieder vor seinem Laptop, entrückt und wie im Flow.

Der Mann hatte eine entschieden seltsame Vorstellung von Urlaub und Erholung.

»Camille, meine Süße, eeeeendlich rufst du an!«, quietschte Céline. »Warum meldest du dich denn so selten? Warte einen Moment, ich suche mir ein ruhigeres Plätzchen. Hier versteht man ja sein eigenes Wort nicht!«

Camille grinste. Tatsächlich war im Hintergrund reges Stimmengewirr zu hören, jemand schrie: »Jetzt, nicht in einer Stunde, ich brauche den Artikel *jetzt*!«, und zu allem Überfluss lief laute Musik. Offensichtlich war Céline noch bei der Arbeit – in der Redaktion ihres Promi-Magazins ging es ziemlich locker zu.

»So, hier ist es besser. Schön, dass du anrufst! Geneviève und ich vermissen dich wie verrückt!«, behauptete Céline. »Außerdem wollte ich dir schon *längst* etwas erzählen!«

»Dann schieß mal los.«

Céline senkte die Stimme. »Rate mal, mit wem ich was angefangen habe.«

»Keine Ahnung, aber du wirst es mir bestimmt gleich sagen.«

»Mit – tadaaa – André!«

»André.« Camille verzog das Gesicht. »Mit *dem* André?«

»Natürlich mit *dem* André!«

Céline lachte stolz, Camille hingegen stöhnte innerlich auf. Ihre Freundin traf sich mit ihrem Ex, dem untreuen Schönling, der Frauenherzen im Vorübergehen brach.

»Äh, Céline … ganz schlechte Idee, wenn du mich fragst. Der Kerl macht auf Dauer niemanden glücklich.«

»Wer redet denn von Dauer?« Céline kicherte.

»Ach so. Na dann, viel Spaß.«

»Danke, den habe ich. Apropos Spaß, du hast wirklich was verpasst, als du nicht ins *Le Romain* gekommen bist. P.s Party danach war un-glaub-lich lustig!«

P.s Party? Camille kramte in ihrem Gedächtnis. Dunkel erinnerte sie sich, dass Geneviève sie im August zu einer von Paulettes Vernissagen eingeladen hatte. Komisch, daran hatte sie nach ihrer Absage keine Sekunde mehr gedacht.

»Auf dieser Party«, fuhr Céline fort, »bin ich übrigens mit deinem André zusammengekommen! Er ist ziemlich gut im Bett, findest du nicht?«

Camille hustete.

»Wie auch immer, nun lass uns mal von dir reden!«, rief Céline. »Geht's dir denn gut in deinem Kaff?«

Irgendwie war Camille die Lust vergangen, ihrer Pariser Freundin ihr Herz auszuschütten. »Ja, alles prima.«

»Und was *machst* du den ganzen Tag auf diesem Hof?«

»Oh, da gibt es genug zu tun! Ich muss täglich kontrollieren, wie viele Äpfel schon auf dem Boden liegen, denn die Lese steht bald an und man darf den optimalen Zeitpunkt nicht verpassen. Dann muss ich ja auch das Wohnhaus in Ordnung halten, einkaufen und kochen, dazu die freche Ziege der Nachbarn einfangen, wenn sie wieder mal ausgebrochen ist, und ...«

»Klingt ja echt spannend.« Céline lachte. »Wird Zeit, dass du heimkommst und wieder ein normales Leben führst, Süße.«

Verletzt schwieg Camille.

Wurde es Zeit, dass sie heimkam? Mit einem Mal war sie sich da nicht mehr so sicher.

Deprimiert und ohne es genießen zu können, aß Camille ein zweites Stück der Apfeltarte.

Danach rief sie Geneviève an.

»Ja?«, hauchte die Freundin ins Telefon.

»Ich bin's, Camille. Störe ich dich?«

»Nein, nein, ich bin nur ... warte kurz, ja?« Geneviève legte den Hörer weg und sagte etwas zu einem Mann, der auf ihre Worte hin unwillig brummte.

»So, da bin ich wieder. Was gibt es denn, Liebe?«

»Nichts, ich wollte dich bloß ... sag mal, wobei habe ich dich denn eigentlich unterbrochen? Bist du mit einem Kunden unterwegs?«

Als selbstständige Architektin war Geneviève oft bei Kunden und auf Baustellen, wobei es im Hintergrund eigentlich nicht nach Baustelle geklungen hatte. Eher nach ... knarzenden Bettfedern?!

»O nein! Ich störe dich doch nicht beim Sex?«

»Doch, aber das macht nichts«, sagte Geneviève. »Es ist

schön, dass du dich meldest, Camille. Ohne dich machen unsere Mädelsabende nur halb so viel Spaß! Wann kommst du denn nach Hause?«

»Nicht, solange meine Mutter noch so starke Rückenschmerzen hat.«

Und nicht, solange Antoine noch hier wohnt, fügte sie in Gedanken hinzu.

»Lass doch mal!«, wies Geneviève ihren Liebhaber unwirsch zurecht, bevor sie sich wieder an Camille wandte: »Wolltest du eigentlich etwas Bestimmtes?«

»Ich wollte nur plaudern. Das heißt...« Camille gab sich einen Ruck. »Geneviève, glaubst du, man kann alte Fehler wiedergutmachen?«

»Selbstverständlich. Warum denn nicht?«

»Weil man vielleicht keine zweite Chance verdient hat, wenn man einen Menschen – zum Beispiel eine ehemalige Freundin – sehr tief verletzt hat.«

»Wovon sprichst du eigentlich, Camille?«, fragte Geneviève streng. »Denn ich nehme an, das war keine akademische Frage.«

Camille seufzte. »Nein.«

Und dann erzählte sie Geneviève von Sandrine. Davon, was diese ihr an den Kopf geworfen hatte, und auch davon, dass Sandrine und Camille sich leider in denselben Mann verliebt hatten. Sie schloss verzagt: »Kann man unter solchen Umständen denn noch befreundet sein, Geneviève?«

»Das willst du ausgerechnet von mir wissen?« Geneviève lachte nachsichtig. »Hast du vergessen, dass ich das Konzept der Polyamorie vertrete, meine Liebe?«

»Natürlich nicht. Aber ich, ähm ... bin nicht so für dieses Konzept. Das weißt du ja.«

»Dann solltest du dich überwinden und es endlich mal ausprobieren! Ernsthaft, was spricht denn dagegen, dass du und diese Sandrine euch den heißen Pariser in aller Freundschaft teilt?«

Alles!, schrie es empört in Camille, doch sie ballte nur die Fäuste und sagte beherrscht: »Ich kann mir nicht vorstellen, dass Antoine der Typ für so etwas ist.«

»Bist du da nicht ein bisschen naiv?«, entgegnete Geneviève spitz. »Sehr viele Menschen sind der Typ ›für so etwas‹, wie du es ausdrückst.«

»Das sollte nicht abfällig klingen«, entschuldigte sich Camille. »Aber ich habe es einfach mehr mit, na ja ... exklusiven Beziehungen. Romantik, Liebe, Treue und so weiter.«

Die Freundin schwieg beleidigt.

»Mensch, Geneviève, du kennst mich doch und weißt, was ich meine!«

»Ja«, lenkte Geneviève widerwillig ein. »Aber du musst zugeben, Camille, bisher bist du mit deiner Romantik-Liebe-Treue-Strategie nicht besonders gut gefahren. Und wie es aussieht, haben deine kleinlichen Besitzansprüche nun auch noch die Freundschaft zu dieser Sandrine kaputt gemacht.«

Betroffen sagte Camille: »So war es nicht! Es ging nicht nur um Antoine ...«

»Aber auch«, unterbrach Geneviève sie. »Denk einfach darüber nach, hm? Ich predige dir schon seit Urzeiten, dass du lockerer werden musst, oder nicht?«

Das stimmte. Und Camille fühlte sich seit Urzeiten äußerst unwohl bei diesen Predigten.

»Okay.« Sie seufzte. »Danke, Geneviève. Dann lass ich dich jetzt mal, äh, weitermachen.«

»Ruf an, wenn du noch mal reden willst.«

Schon begannen die Bettfedern wieder zu knarzen, und mit einem hastigen Abschiedsgruß legte Camille auf.

Sie warf ihr Handy auf den Küchentisch, trat mit zusammengepressten Lippen ans Fenster und starrte auf den sturmgeschüttelten Birnbaum. Da hatte sie es: Sie war nicht nur eine treulose Person, die Sandrine, ihre Eltern und das ganze Dorf im Stich gelassen hatte, sondern sie war auch noch kleinlich und verklemmt und brauchte sich nicht zu wundern, wenn sie ihre Freundschaften zu anderen Frauen mit ihren Exklusivansprüchen zerstörte. Na toll.

Doch mit einem Mal regte sich Camilles Selbstachtung.

Dann war sie eben nicht so locker wie Geneviève oder Céline! Dann fuhr sie eben eine Romantik-Strategie, dann wollte sie den Mann, in den sie sich verliebt hatte, eben nicht mit anderen Frauen teilen! Na und? Jedem das Seine.

Camille hob den Kopf, und unwillkürlich fragte sie sich, ob Geneviève und Céline sich in den letzten Wochen verändert hatten – denn wenn nicht, dann war offensichtlich sie selbst eine andere geworden. Unruhig trommelte sie mit den Fingern auf den Fensterrahmen. Es fiel ihr schwer zuzugeben, dass ihre Pariser Freundinnen ihr fremd geworden waren. Doch leugnen ließ es sich leider nicht.

Eine magere Gestalt rannte durch den Regen. Lilou! Was trieb die denn bei dem Mistwetter hierher?

Eine Minute später stand das Mädchen nass und missmutig vor Camille, und diese bekam ihre Antwort: Lilou war von ihrer Mutter Valérie beauftragt worden, ein Stück Ziegenkäse vorbeizubringen, zusammen mit einem handgeschriebenen Kärtchen.

»Wenn ihr Lust habt, ein paar neue Käsesorten zu verkosten«, stand darauf, »dann kommt doch heute Abend vorbei! Ihr seid herzlich eingeladen, und Monsieur Olivier selbstverständlich auch. Wir erwarten euch um neunzehn Uhr! Alles Liebe, Valérie und Bruno.«

Camille blickte auf.

»Ich komme gern«, sagte sie freundlich zu Lilou, »und meine Mutter und Antoine bestimmt auch. Wenn nicht, rufe ich an. Richtest du deinen Eltern das bitte aus?«

Lilou nickte knapp. Das dünne Haar klebte dem Mädchen an Stirn und Schläfen und ließ ihr Gesicht noch spitzer aussehen. Ohne ein weiteres Wort drehte sie sich um, verließ die Küche und huschte davon.

Camille sah ihr nach. Lilou war definitiv merkwürdig; manchmal fand Camille sie sogar ein bisschen unheimlich.

Trotzdem freute sie sich auf den Abend bei den Greniers. Die Verkostung würde eine willkommene Ablenkung für sie sein, noch dazu eine, die ihr schon jetzt das Wasser im Mund zusammenlaufen ließ.

Außerdem würde aller Voraussicht nach Antoine dabei sein.

Camille lächelte, und voller Vorfreude griff sie nach dem dritten Stück Apfeltarte.

Lilou

Nicht, dass sie Lust auf diesen blöden Abend gehabt hätte.

Aber da ihre Eltern nun mal darauf bestanden, dass Damien und sie aus Höflichkeit dabei sein sollten, machte Lilou notgedrungen das Beste daraus. Immerhin durfte sie ein bisschen Alkohol trinken, und den brauchte sie auch. Nur so hielt sie es aus, Camille mit Antoine zu beobachten, ihr Herz ein heißer, eifersüchtiger Klumpen, ihr Verstand fieberhaft auf der Suche nach etwas, das die beiden für immer auseinandertreiben könnte.

Sein kleines Geheimnis.

Lilou spürte mit jeder Faser, dass dieses kleine Geheimnis das Potenzial in sich trug, alles zu zerstören.

Zusammen saßen sie im Salon um den alten Kamin herum. Maman und Papa hatten für ihre Nachbarn und den Pariser alles besonders schön und stilvoll herrichten wollen. Deshalb das Feuer im Kamin, für das es trotz des Regens draußen eigentlich zu warm war, deshalb die Silberplatten, auf denen der zu verkostende Käse angerichtet war, deshalb die eleganten Weingläser, die Maman nur selten aus dem Geschirrschrank holte.

Aber der Fußboden bleibt trotzdem abgenutzt, dachte Lilou abfällig, und wie immer riecht es im ganzen Haus nach Ziege!

Bauer blieb eben Bauer, da halfen auch Silberplatten und dünnwandige Gläser nichts. Lilou schämte sich. Vor allem vor dem Pariser, den sie hasste und in den sie verknallt war und der sie nicht als Bauernmädchen ansehen sollte, sondern als smarte junge Frau, der eine große Zukunft bevorstand, denn *sie* würde keine Kellnerin werden und auch keine unterbezahlte Angestellte im Reisebüro. Ganz bestimmt nicht!

Gerade sagte ihr Vater: »Wollen wir dann mal mit dem ersten Käse starten? Es ist ein Frischkäse, verfeinert mit rosa Pfeffer und Gartenkräutern.«

Wen interessierte es schon, was in dem beschissenen Käse steckte? Entweder er schmeckte, oder er schmeckte nicht! Damien schien das ähnlich zu sehen wie Lilou, denn er hing gelangweilt in seinem Sessel und sah aus, als fielen ihm jeden Moment die Augen zu.

Aber die Rosière-Frauen und auch Antoine griffen mit so ehrfürchtigen Mienen nach Baguette und Käse, dass Lilou nur genervt die Augen verdrehen konnte. Begeisterungsrufe wurden ausgestoßen, Lobeshymnen auf den doofen Käse gesungen. Heilige Scheiße. Das war ja nicht zum Aushalten.

Zu allem Übel blickten Camille und Antoine sich ungefähr alle zwei Sekunden an, und ihre Hände waren auch schon ganz unruhig.

Und je weiter der Abend voranschritt, desto schlimmer

wurde es! So aß Camille beispielsweise ein Stück Baguette, und Antoine beobachtete sie so fasziniert dabei, als habe er noch nie eine kauende Frau gesehen. Wie gebannt starrte er auf ihre vollen Lippen, und als Camille es bemerkte, leckte sie sich verlegen darüber, woraufhin er hart schluckte und ihre Blicke sich zum tausendsten Mal an diesem Abend trafen und sie beide erröteten, ganz so, als hätten sie sich gegenseitig bei etwas Verbotenem ertappt.

Widerlich war das! Lilou verknotete die Finger so fest in ihrem Schoß, dass die Knöchel weiß hervortraten.

Währenddessen riss Antoine seinen Blick endlich von Camille los und beugte sich zu Maman und Papa, um ihnen ein Kompliment für eine der Käsesorten zu machen. Dabei gab es da nun wirklich nichts zu schmeicheln, handelte es sich doch um einen stinknormalen Ziegencamembert! Aber Camille sah den Pariser so verzückt an, als habe er gerade nicht den Camembert gelobt, sondern mindestens Rousseau interpretiert. Dämliches Weib.

Um ihren stärker werdenden Fluchtimpuls zu unterdrücken, trank Lilou einen großen Schluck Wein. Dabei fragte sie sich, warum sie den beiden Turteltauben eigentlich weiter zuschaute, statt ihr Smartphone herauszuziehen und mit irgendjemandem zu chatten; wahrscheinlich hatte sie einen Hang zum Masochismus.

Bei diesem Gedanken ging es Lilou prompt noch schlechter.

Gequält musste sie mit ansehen, wie Antoine seine Hand auf Camilles legte, als diese nach einem Käsestückchen griff.

»Nicht den, probier erst den anderen. Der ist milder«, raunte er Camille zu, und die schmolz unter seiner Berührung dahin und nickte und lächelte wie ein Schaf.

Lilou hasste sie inbrünstig.

Sie trank noch einen Schluck Wein. Er war ihr bereits zu Kopf gestiegen, da sie Alkohol nicht gewohnt war, aber sie mochte die Wirkung, denn der Wein machte diesen Abend, diesen Flirt, diese flirrende Spannung zwischen Camille und Antoine ein winziges bisschen erträglicher. Lilou spürte, wie Spott und Trotz ihre verletzten Gefühle ersetzten, wie sie bereit war, sich langsam aus ihrer Deckung zu wagen. Und wenn sie noch einen oder zwei Schlucke trank, würde sie es vielleicht sogar schaffen, dem kleinen Geheimnis des Parisers auf die Spur zu kommen. Oh, sie würde den Kerl in die Zange nehmen! Würde ihn zu seinen undurchsichtigen Spielchen verhören, ihn geradeheraus fragen, ob es – zusätzlich zu Sandrine und Camille – nicht noch eine *dritte* Frau gab, zu Hause in der Stadt, womit er endgültig als Arschloch entlarvt wäre. Lilou würde ihn fragen ... sie würde ihn fragen ...

»Antoine« – ihre Zunge war schwer – »werden Sie in Paris eigentlich nicht vermisst, wenn Sie so lange in Vert-le-Coin bleiben?«

Zugegeben, das war nicht sehr subtil gewesen, und Lilou trank schnell noch ein bisschen Wein.

Doch Antoine sagte bloß freundlich: »Von dem einen oder anderen wahrscheinlich schon. Hoffe ich.«

»Von *dem* oder *der* einen oder anderen?«, bohrte Lilou nach, und ihr Blick huschte zu Camille. Die verfolgte den kleinen Wortwechsel äußerst aufmerksam. Klar, *dieses* Thema interessierte sie natürlich brennend!

»Ich habe männliche und weibliche Freunde, falls du das wissen wolltest«, antwortete Antoine glatt.

Oh, Mann, sie bekam den Typen einfach nicht zu fassen! Aber jetzt war Lilous Ehrgeiz erwacht. So leicht würde sie es ihm nicht machen!

»Die wunder-, wunderschöne Frau, von der Sie mir letztens erzählt haben« – Lilou blickte von ihm zu Camille und wieder zurück – »ist das Ihre Freundin? Jemand wie Sie hat doch bestimmt eine Freundin, Antoine. Ich kann mir nämlich echt nicht vorstellen, dass ein toller Mann wie Sie …«

Lilou biss sich auf die Zunge. Shit, das lief total in die falsche Richtung. Das hier sollte eine Bloßstellung werden, keine Liebeserklärung! Lilou kippte den Rest ihres Weins hinunter, und mit dem Mut der Verzweiflung nahm sie einen neuen Anlauf.

»Also, diese wunder-, wunder-, *wunderschöne* Frau, von der Sie mir …«

»Ja, Lilou, ich weiß, wen du meinst«, sagte Antoine und klang eine Spur gereizt.

Just in diesem Moment schrie ihre Mutter entsetzt auf.

»Ein Hypermarché, Jeanne? Direkt neben unseren beiden Höfen? Das kann doch nicht dein Ernst sein!«

Die Blicke aller Anwesenden richteten sich auf Jeanne. Sogar Damien erwachte aus dem Dämmerzustand.

»Es ist bisher nichts als eine Überlegung.« Jeanne strich sich eine graubraune Haarsträhne hinters Ohr. »Bitte, vergesst es wieder. Es ist mir herausgerutscht, weil es mich belastet, aber wie gesagt – es ist nichts als eine Überlegung.«

Camille fragte scharf: »Was denn für eine Überlegung, Maman? Worum geht es hier überhaupt?«

»Um nichts«, sagte Jeanne.

»Um einen Riesensupermarkt!«, rief Lilous Mutter, und ihre Augen funkelten so aufgebracht wie sonst nur, wenn sie Lilou eine Standpauke hielt oder sich über Damiens Faulheit aufregte. »Monsieur Balladier, dieser miese kleine Napoleon, möchte es erlauben, dass zwischen unsere schönen Höfe ein Hypermarché gebaut wird! Dann ist es aus mit der Ruhe und dem Frieden, ist dir das denn nicht klar, Jeanne?«

»Ich bin sicher, das ist überhaupt nicht erlaubt!«, mischte sich Bruno, Lilous Vater, ein. »Auch ein Möchtegern-Napoleon darf Supermärkte nicht nach Belieben auf irgendwelche Wiesen bauen lassen!«

Leise sagte Jeanne: »Die Gemeinde braucht Geld, denkt doch bitte auch einmal daran. An die Steuern! Und wäre es nicht gut für uns alle, wenn wir bequem an *einem* Ort einkaufen könnten, statt von Geschäft zu Geschäft ...«

»Du liebe Güte, Jeanne, jetzt mach aber einen Punkt!« Lilous Mutter sprang auf und warf dabei ein Glas um, das, da es eines von den dünnwandigen war, sofort zerbrach.

»Damien, kehr die Scherben auf!«, fuhr sie ihren Sohn an.

»Warum ich?«, murrte Damien und blieb sitzen.

»Hier geht es weder um Steuern für die Gemeinde noch um Bequemlichkeit, hier geht es um unsere Höfe!«, rief

Valérie, ohne sich weiter um das zerbrochene Glas zu scheren. »Was nützt es mir, kurze Wege beim Einkaufen zu haben, wenn meine Ziegen neben einem verdammten Parkplatz weiden müssen?«

»Außerdem hast du zeitlebens Vert-le-Coins Einzelhandel unterstützt!« Lilous Vater stach mit seinem Zeigefinger in Jeannes Richtung. »Du bist im Begriff, all deine Prinzipien zu verraten, Jeanne, deine und die deines verstorbenen Mannes!«

»Maman, ein Supermarkt? Meinst du das ernst?«, fragte Camille geschockt.

Antoine räusperte sich und hob die Hände. »Bitte. Lasst uns doch alle erst mal runterkommen. Offensichtlich ist ja noch gar nichts spruchreif.«

»Danke, Antoine«, flüsterte Jeanne, die unter der geballten Missbilligung ganz klein geworden war. »Hätte ich bloß nichts gesagt! Valérie, Bruno – ich dachte, ihr seid meine Freunde.«

»Freunde ruinieren einander nicht die Lebensgrundlage«, fuhr Lilous Mutter sie an. »Was meinst du, wie unser Käse schmecken wird, wenn die Ziegen in einem Nebel aus Autoabgasen stehen? Ein Käse ist immer nur so gut wie die Milch, aus der er gemacht wird, und gute Milch gibt es nicht ohne guten Boden und gute Luft!«

»Nun wird es mir aber zu bunt«, brauste Jeanne auf. »Ein Supermarkt ist keine Fabrik, er verpestet doch nicht die Luft! Ich bekomme die Chance auf eine Geldsumme, die mir auf einen Schlag einen sorglosen Lebensabend sichern würde, und was macht ihr? Denkt nur an euren Käse!«

»Ich würde vorschlagen, dass wir das jetzt abbrechen und gehen.« Antoine griff nach Camilles Hand. »Morgen, wenn sich die Gemüter beruhigt haben, könnt ihr weiter ...«

»Aber wir können doch jetzt nicht gehen«, rief Camille erregt, »hörst du denn nicht, was meine Mutter sagt, Antoine? Sie will den Hof verkaufen, unseren Hof!«

»Nur das Land! Und außerdem ist es nicht *unser* Hof«, zischte Jeanne. »Denn du bist keine Apfelbäuerin, sondern Reisekauffrau, mein liebes Kind, und zwar durch eigene Entscheidung!«

Camille sah aus, als würde sie gleich platzen. Irgendetwas schien sie mit aller Macht zu unterdrücken – Flüche, Anschuldigungen, was auch immer –, und dabei rötete sich ihr Gesicht immer mehr, und ihre goldgesprenkelten Augen sprühten Blitze.

Lilous Blick traf sich mit Damiens. Ihr Bruder grinste breit und hob den Daumen, und Lilou, betrunken vom Wein und von der Energie des allgemeinen Streits, grinste selig zurück. Was hier gerade abging, das war besser als jede Sitcom!

Da konnte sie fast vergessen, dass Antoine ihr noch eine Antwort schuldig war.

Camille

Camille drehte das Apfelbaumblatt in ihren Fingern hin und her. Sie betrachtete es konzentriert durch die Lupe, dann ließ sie es los und stapfte grimmig einige Bäume weiter.

»Wenn du Zeit hast«, hatte Jeanne beim Frühstück gesagt und ihr dabei nicht in die Augen geblickt, »könntest du heute die letzte Schädlingskontrolle durchführen. Wie gesagt: Nur wenn du Zeit hast.«

»Warum sollte ich keine Zeit haben?«, hatte Camille gereizt zurückgegeben. »Ich bin hier, um dir zu helfen. Damit die Bäume gesund und in gutem Zustand sind, wenn sie für diesen Supermarkt gefällt werden!«

Jeanne war aufgestanden und hatte ohne ein weiteres Wort die Küche verlassen, und während Camille wütend ihr Baguette aufgegessen hatte – mit Himbeermarmelade von den eigenen Sträuchern, ob auch sie dem gottverdammten Supermarkt würden weichen müssen? –, hatte sie überlegt, ob sie die Schädlingskontrolle machen oder heute einfach nichts tun sollte. Weil es sich ja sowieso nicht lohnte, diese zum Sterben verurteilten Apfelplantagen zu pflegen. Aber dann war sie doch losgezogen, unmittelbar nach dem Frühstück, und hatte sich mit Papas alter Zehnfach-Lupe an die Arbeit gemacht.

Seit vier Stunden führte sie nun schon die Kontrolle durch. Nach dem Zufallsprinzip wählte sie Äste, Blätter, Früchte aus, kontrollierte sie sorgfältig auf Schädlinge und Nützlinge. Atmete vorsichtig auf, als sich abzeichnete, dass keine Pflanzenschutzmittel nötig sein würden. Dachte an ihre Idee mit dem Bio-Cidre, die jetzt hinfällig war, weil Jeanne nicht nur keinen Cidre mehr produzieren, sondern auch keine Äpfel mehr verkaufen wollte.

Und zwischendurch fragte sie sich, wer wohl die wunderschöne Frau war, von der Lilou gesprochen hatte. Zugegeben, das Mädchen war betrunken gewesen; aber Antoine hatte nicht geleugnet, dass es diese Frau gab, und das genügte, um einen kleinen, fiesen Zweifel in Camilles Herz zu säen. Ganz egal war ihm die Frau offensichtlich nicht, sonst hätte er Lilou wohl kaum von ihr erzählt. Ausgerechnet Lilou!

Verstimmt arbeitete Camille weiter. Das Land sollte verkauft werden, Antoine hatte eine wunder-, wunderschöne Frau in Paris, und Sandrine war auch an diesem Morgen nicht ans Telefon gegangen. Es könnte wirklich besser laufen.

Zumindest half die Arbeit Camille, ihre Sorgen für einige Stunden zu vergessen. Sie ignorierte die Sonne, die nach dem Regen der letzten Tage heute wieder fast so heiß schien wie im Sommer, und sie ignorierte gegen Nachmittag ihre müder werdenden Füße. Ignorierte die bohrenden Fragen nach Antoines Leben in Paris, über das er so beharrlich schwieg, und ignorierte ihre Sehnsucht danach, ein Teil dieses Lebens zu werden. Vor allem aber ignorierte sie die Angst, dass Jeanne die Apfelbäume, an denen Camille gerade arbeitete, tatsächlich verkaufen könnte – die Apfelbäume, das Land, die Seele des Hofs.

Irgendwann nahm das Piken in ihrem Herzen jedoch überhand, und Camille setzte sich an einen Baum und ließ den Kopf auf die Knie sinken.

Nicht heulen, ermahnte sie sich, während ihr die Tränen bereits über die Wangen liefen, nicht heulen, es ist doch nicht dein Hof! War es nie. Es ist der Hof deiner Mutter, und sie kann damit machen, was sie will. Es sind nur Bäume, verdammt! Nichts weiter. Nur ein paar Bäume mit kleinen, ungenießbaren Äpfeln.

Doch noch während sie mit geschlossenen Augen im sonnenwarmen Gras kauerte, gestand sie sich ein, dass das nicht stimmte.

Die Äpfel waren nicht ungenießbar, auch wenn sie sich nicht als Tafelobst eigneten. Es waren wunderbare, erstklassige Cidre-Äpfel, Früchte, aus denen man mit etwas Experimentierfreude so viel mehr hätte machen können!

Und es waren auch nicht bloß ein paar Bäume.

Es waren die Bäume, die Äpfel, die Plantage ihrer Kindheit.

»Sieh mal, Papa, die Misteln.« Die kleine Camille lächelte und entblößte dabei ihre erste Zahnlücke. »Sie sind überall im Baum, das sieht lustig aus.«

»Ja, meine Kleine. Das sieht lustig aus.«

Aber Papa hatte gar nicht lustig dreingeschaut, er hatte mit gefurchter Stirn auf den Baum gestarrt, war um ihn herumgegangen und hatte schließlich den Kopf geschüttelt.

»Nichts zu machen. Der ist zu stark befallen. Ich werde ihn fällen müssen.«

Entgeistert fragte Camille: »Diesen Baum hier? Aber warum denn, Papa?«

»Weil die Misteln zwar hübsch aussehen, aber ganz, ganz schlecht für den Apfelbaum sind, Camille. Deshalb schneiden wir die befallenen Äste ab, und normalerweise ist es dann gut. Aber dieser Baum hier konnte sich nicht wehren, er scheint schwach zu sein, und irgendwann wird er durch die Misteln sowieso sterben. Da ist es besser, wir fällen ihn jetzt gleich.«

Camille schaute in den Baum hinauf. In die saftig grünen Blätter, die mit den kleineren hellgrünen Blättern der Mistel zu spielen schienen. In ihren Augen sah der Baum sehr stark aus und vollkommen gesund.

»Gib ihm doch noch eine Chance, Papa. Meine Lehrerin sagt immer, jeder Mensch verdient eine zweite Chance!«

Papa verkniff sich ein Grinsen. »Ach ja? Wann sagt sie das denn?«

»Wenn einer von uns Unfug gemacht hat«, erklärte Camille ernst.

»Dann ist sie sehr nett, deine Lehrerin.« Papa kniete sich hin und nahm Camilles kleine Hände in seine großen. »Aber weißt du, dieser Baum hat seine zweite Chance schon bekommen, und auch seine dritte und vierte. Wenn ich ihn jetzt nicht fälle, werden die Misteln sich durch die Vögel überall in den Apfelplantagen vermehren, und am Ende müssen wir sehr viele Bäume fällen statt nur diesen einen. Möchtest du das? Ich möchte das nämlich auf gar keinen Fall.«

Camille starrte auf den Boden und schwieg.

Sanft sagte Papa: »Jeden einzelnen dieser Bäume habe ich lieb, Camille. Natürlich nicht so lieb wie dich und Maman, aber trotzdem, sie liegen mir am Herzen. Glaub mir, es tut mir genauso weh wie dir, dass wir diesen Baum fällen müssen.«

Camille hob den Blick und sagte trotzig: »Dann lass es doch einfach bleiben!«

»Das kann ich nicht«, erwiderte Papa ruhig. »Manchmal muss man schwierige Entscheidungen treffen, um Schlimmeres zu verhindern. Das ist eben so. Wenn du mal groß bist, wirst du das verstehen.«

Ich *bin* groß!, hatte Camille damals gedacht.

Aber verstanden hatte sie Papa nicht. Und die lustigen Misteln mochte sie von diesem Tag an überhaupt nicht mehr.

Camille hob den Kopf von den Knien. Ein einziger Baum, dachte sie wehmütig. Wir haben um einen einzigen Baum getrauert, nicht nur ich, sondern auch Papa.

Ein einziger Baum, und ihr Vater hatte sich die Entscheidung so schwer gemacht, hatte dem Baum eine zweite, dritte, vierte Chance gegeben, bevor er sich dazu durchgerungen hatte, ihn zu fällen. Und jetzt wollte Jeanne *alle*

Bäume fällen lassen? All diese Bäume, von denen Papa gesagt hatte, jeder einzelne liege ihm am Herzen.

Camille stand auf. Sie zwang sich, mit der Schädlingskontrolle weiterzumachen und dabei emotionslos nachzudenken. Papas Einstellung war sentimental gewesen. Maman hatte recht, wenn sie verkaufen wollte. Sie hatte genug geschuftet in den letzten Jahrzehnten, und jetzt wurde sie alt und hatte einen geruhsamen Lebensabend verdient! Keine Arbeit mehr, dafür ausreichend Geld – es war die perfekte Lösung für Jeanne! Und auch für Camille. Denn hatte sie sich etwa nicht geärgert, als sie sich extra Urlaub nehmen musste, um ihrer Mutter zu helfen? Hatte sie etwa keine Angst, dass ihre zähneknirschende Hilfsbereitschaft sie den Job kosten könnte? Wenn Jeanne den Hof und die Apfelbäume behielt, würden solche Hilferufe in Zukunft sicher öfter ertönen – zu oft.

Doch noch während sie ihre Lupe auf ein hartes Äpfelchen richtete und sich unwillkürlich freute, dass sie nicht einen einzigen Schädling entdeckte, begriff Camille, dass es keinen Unterschied machte. Egal, wie sehr sie ihrer Mutter einen ruhigen Lebensabend gönnte, egal, wie sehr sie um ihren Job im Reisebüro bangte, egal, wie vernünftig die Entscheidung erschien, die Apfelplantagen zu verkaufen: Alles hier dem Erdboden gleichzumachen und einen Hypermarché darauf zu bauen fühlte sich grundfalsch an.

Möchtest du das, Camille? Ich möchte das nämlich auf gar keinen Fall.

»Ich auch nicht, Papa«, flüsterte Camille. »Ich möchte das auch nicht.«

Müde und niedergeschlagen kehrte Camille auf den Hof zurück. Sie hatte seit dem Morgen nichts gegessen und war trotz ihres Kummers hungrig; sie würde sich ein Stück Baguette in den Mund schieben und sich dann ans Kochen machen. Die Aussicht, mit ihrer Mutter zu Abend zu essen, war zwar nicht sehr verlockend, aber zumindest wäre auch Antoine dabei.

Sofern er nach der hässlichen Szene des letzten Abends nicht beschlossen hatte, sich zurückzuziehen. Von ihr und Jeanne, den explosiven Rosière-Frauen, die es fertigbrachten, sich vor allen anderen zu streiten ...

Beschämt trat Camille ins Wohnhaus. Sie wünschte, sie hätte sich bei Valérie und Bruno besser unter Kontrolle gehabt, hätte nichts gesagt, sondern bloß zugehört und ihre Mutter dann unter vier Augen zur Rede gestellt. Tja, Chance vertan! Immerhin waren ihre Nachbarn kaum weniger aufgebracht gewesen als sie selbst; sogar Damien und Lilou hatten sich irgendwann eingemischt und mit gezielten Provokationen den Streit noch angeheizt.

Ruhig und besonnen war nur ein Einziger geblieben: Antoine.

Seufzend ging Camille durch die Küche, um sich an der Spüle die Hände zu waschen. Ihr Blick fiel auf den Esstisch, und sie blieb stehen, um nach dem Zettel zu greifen, der dort lag. Schrieb ihre Mutter ihr jetzt schon Nachrichten, um nicht persönlich mit ihr sprechen zu müssen? Was für ein tolles Mutter-Tochter-Verhältnis. Camille verzog den Mund.

Doch der Zettel war nicht von Jeanne.

Camille,
ich habe dich gesucht, aber du warst nicht auf dem Hof. Schade, ich hätte dich gern zu einem Spaziergang eingeladen oder zu einem Kaffee im Taubenturm. Ich dachte, du hast vielleicht das Bedürfnis, mit jemandem zu reden – und dieser Jemand wäre sehr gern ich.
Wenn du mich brauchst, weißt du ja, wo du mich findest. Ansonsten: bis heute Abend.
Antoine

In Camilles Seele ging die Sonne auf.

Sie warf einen Blick auf ihre Armbanduhr. Es war leider zu spät, um noch auf Antoines Angebot einzugehen, aber allein zu wissen, dass er an sie gedacht hatte, wärmte sie. Rasch drückte sie den Zettel an ihr Herz. Dann legte sie ihn so feierlich zurück auf den Tisch, als sei er eine kleine Kostbarkeit, und als ihr bewusst wurde, dass sie sich gerade wie ein verliebter Teenager benahm, musste sie über sich selbst lachen. Vorsorglich schaute sie sich um, ob jemand sie bei ihrem albernen Tun beobachtet hatte ... und natürlich war das auch der Fall: Ein schneeweißes Köpfchen äugte neugierig durch das Küchenfenster.

»Gut, dass du nicht reden kannst«, sagte Camille grinsend zu Mouchette, bevor sie sich in ihr Schicksal ergab und die Ziege zum hundertsten Mal zurück auf ihre Weide führte.

Sandrine

Sie standen in der Küche und erledigten den Abwasch nach dem Abendessen; Sandrine spülte, Yves trocknete ab.

Selten hatte sie sich bei einer gemeinsamen Arbeit so einsam gefühlt.

»Chérie.« Ihr Mann ließ das Geschirrtuch sinken. »Wir sind verheiratet. Wir leben zusammen. Irgendwann musst du mir, verdammt noch mal, sagen, was los ist!«

»Ich möchte aber nicht darüber sprechen.« Stur spülte sie weiter. »Und außerdem kannst du dir doch selbst denken, was los ist, oder nicht?«

»Nein, das kann ich mir *nicht* denken!« Yves knallte das Tuch auf die Arbeitsplatte. »Für mich ist alles gut bis auf… aber das ist es nicht, oder? Du hast doch gesagt, es belaste dich nicht mehr. Du hast mir versichert, es sei jetzt in Ordnung. Wir haben darüber gesprochen, tage- und nächtelang!«

Ja, sie hatten darüber gesprochen. Tage- und nächtelang.

Aber das war nicht genug.

Sandrine bemerkte, wie sich jeder einzelne Muskel ihres Körpers anspannte. Es würde nie genug sein, denn ein solches Versagen, eine solche Schuld konnte nicht aufgelöst, nicht wegdiskutiert, nicht durch begütigende Worte zugedeckt werden. Es würde immer bleiben, und es würde immer zwischen ihnen stehen.

Weil Sandrine war, wie sie war.

Eine einzige Enttäuschung.

Ich kann nicht damit leben, dachte sie verzweifelt, und vielleicht sagte sie es auch laut, denn Yves antwortete eindringlich: »Aber das musst du, Sandrine! Es bleibt dir doch gar nichts anderes übrig. Komm her. Komm her, mein Schatz.«

Er fasste sie an den Schultern und drehte sie zu sich herum, und seine Hände fühlten sich durch den Stoff ihrer Bluse warm und beruhigend an. Sandrine hasste dieses Gefühl. Sie hasste es, wie sehr sie sich danach sehnte, sich in Yves' Trost fallen zu lassen, einen Trost, den sie nicht verdient hatte und der nicht von Dauer sein würde, denn Yves würde es ihr vorwerfen, würde sie verachten oder zumindest bemitleiden; wenn nicht heute, dann morgen. Irgendwann würde er es begreifen. Er würde sie mit Abscheu ansehen anstatt mit Liebe, und wie sollte sie das ertragen?

Sie wimmerte, wand sich unter seinem Blick und dem Griff seiner Hände. Doch Yves hielt sie fest.

»Schließ mich nicht mehr aus«, bat er leise. »Bitte, Liebste, schließ mich nicht aus! Es geht besser zu zweit, dafür haben wir doch geheiratet, wir haben uns doch versprochen ...«

Ungestüm unterbrach sie ihn: »Als würdest du mich nicht genauso ausschließen!«

Mit einem Ruck machte sie sich von ihm los. »Hast du mir jemals gesagt, dass es dir wehtut, Yves? Nur ein Mal, nur ein einziges Mal?«

»Natürlich habe ich das! Also, ich glaube schon ...« Er legte die Stirn in Falten. »Falls nicht, dann nur deshalb, weil es dich viel mehr mitnimmt als mich.«

Wieder griff Yves nach ihr, doch sie wich ihm aus.

»Du hättest mit mir reden müssen«, stieß sie hervor, »mehr mit mir reden, ich war immer mit alldem allein!«

»Das stimmt doch gar nicht, warum sagst du so etwas?«

»Weil du mich gar nicht mehr wahrgenommen hast in den letzten Monaten, du hast mich ignoriert, du hast ...«

»Sandrine. Ich habe dich nicht ignoriert. Du hast dich vor mir zurückgezogen!«

»Weil ich einen Mann brauche, der für mich da ist und der nicht ständig so tut, als sei alles okay!«

Frustriert hob Yves die Arme. »Scheiße, was willst du denn eigentlich von mir? Soll ich dir was vorheulen? Soll ich dich beschimpfen, weil es an dir liegt, soll ich ungerecht sein, dich fertigmachen? Erwartest du *das* von mir, Sandrine?«

Sie antwortete nicht, denn sie wusste nicht, was sie von ihm erwartete, wusste gar nichts mehr, nicht, ob er rücksichtsvoll gewesen war oder nachlässig, nicht, ob nur sie litt oder ob auch er den Kummer über ihren Verlust mit sich herumtrug. Sie fand keinen Weg mehr von ihrem wundgescheuerten Inneren zu ihrem Mann, den sie so verzweifelt liebte, obwohl sie nicht gut für ihn war, nicht gut, nicht gut, nicht gut.

Eine Ewigkeit lang blickte Yves sie nur an. Und je dichter das Schweigen zwischen ihnen wurde, desto dunkler wurde das Grau seiner Iris.

Angst stieg in Sandrine auf.

Doch erst als die Haustür hinter ihrem Mann ins Schloss fiel, erwachte sie aus ihrer Erstarrung. Jetzt hast du es also geschafft, fuhr es ihr durch den Sinn, jetzt hast du ihn vertrieben.

Denn Yves war fort. Er war gegangen, hinaus in die Nacht, und vielleicht kam er nie mehr zu ihr zurück.

Für den Bruchteil einer Sekunde dachte sie an Antoine, doch die Züge des Parisers verwandelten sich sofort in das vertraute, geliebte Gesicht ihres Mannes.

Auch dies war also kein Ausweg mehr; sie hatte sich die ganze Zeit über etwas vorgemacht.

Sandrine schlang die Arme um ihren Oberkörper und wiegte sich langsam vor und zurück.

»Lass ihn los«, wisperte sie, »lass ihn los.«

Lass los, lass los, lass alles los – Yves, das Glück, die Kinder.

Alles loslassen und zurückbleiben.

Ruhig und leer.

Jeanne

Jeanne stieg ins Auto und fuhr vorsichtig über den Marktplatz. Es war Mittag, gerade wurden die letzten Stände abgebaut. Auf dem Boden lagen Salatblätter und matschige Pfirsiche, der Fischhändler spritzte das Pflaster mit einem Wasserschlauch ab.

Wieder ein Markttag, den sie mit Ach und Krach hinter sich gebracht hatte.

Wieder ein paar Euro in der Kasse, Geld, das den Apfelhof jedoch nicht retten würde.

Und wieder das Gefühl, dass sie einfach nicht mehr wollte, egal, was Camille, Valérie oder Bruno ihr auch vorwerfen mochten.

Als sie an der Bäckerei vorbeifuhr, sah sie Pascal auf den Stufen sitzen. Aus unerfindlichen Gründen tat sein bloßer Anblick ihr gut, und als er ihr zuwinkte, hielt Jeanne an und kurbelte das Fenster herunter.

»Na, machst du ein Päuschen?«, fragte sie ihn.

Pascal nickte. »Es ist gerade niemand im Laden. Ein Viertelstündchen in der Sonne tut meinen alten Knochen gut.«

»Alte Knochen.« Sie schmunzelte. »Dir ist klar, dass du jünger bist als ich?«

»Aber nur geringfügig«, antwortete Pascal. »Wir würden trotzdem gut zusammenpassen.«

Jeanne schnappte nach Luft.

Hinter ihr hupte ein Auto.

»Hast du ... hast du vielleicht noch ein bisschen mehr Zeit als eine Viertelstunde?«, hörte sie sich fragen. »Ich könnte ein Mittagessen mit einem guten Freund gebrauchen.«

Pascals Augen leuchteten auf. Er erhob sich von den Stufen und strich sich das spärliche Haar zurück.

»Claire kann die Bäckerei für eine Stunde auch allein schmeißen. Ich sage ihr schnell Bescheid. Wollen wir uns in der *Boule d'Or* treffen?«

»Gern.« Wieder hupte der Fahrer hinter Jeanne. »Ich warte dort auf dich.«

In der *Boule d'Or* herrschte ungewöhnlich viel Betrieb. Jeanne entdeckte den Honighändler und den Mann vom Eierstand. Frauen mit prall gefüllten Tüten erholten sich vom Markttrubel, und auch die Stammgäste waren alle da.

Sie grüßte den einen und den anderen, während sie sich flüchtig fragte, warum Sandrine so verhärmt aussah und wer von den Anwesenden wohl schon von ihren Plänen wusste. Wer würde gegen den Hypermarché sein, wer dafür? Oder würde ganz Vert-le-Coin sie verurteilen, mit Ausnahme von Monsieur Balladier? Das Grübeln strengte sie an. Hoffentlich kam Pascal bald.

»Jeanne, altes Haus! Was macht der Rücken?«

»Guten Tag, Rodolphe.« Sie blieb stehen und wackelte mit der Hand. »So lala. Es wird, aber nur langsam. Wie geht es Clémentine?«

»Leider gut.« Der Alte lachte meckernd. »Ich hab ja immer gehofft, dass ich sie überlebe und noch ein paar ruhige und friedliche Jahre habe, aber daraus wird wohl nichts.«

Rodolphe meinte es nicht so, das wusste Jeanne. Er war seit Urzeiten mit Clémentine verheiratet, hatte ihr, als sie krank geworden war, sogar eine Niere gespendet. So viel Liebe, dachte Jeanne wehmütig, schamhaft verpackt in grobe Scherze.

Mit belegter Stimme sagte sie: »Grüß deine Frau bitte von mir.«

Dann wandte sie sich ab, um einen freien Tisch zu suchen, für sich und Pascal. Ob auch er manchmal wehmütig wurde, wenn er an die Liebe dachte, an seine Exfrau, an das, was ihm seit der Scheidung fehlte? Er wirkte stets so zufrieden, dieser freundliche, zuverlässige Mann mit seiner kleinen Bäckerei und seinen Büchern über Bienen. Aber wenn Pascal sie ansah, dann lag tief in seinem Blick …

Eine Hand in ihrem Rücken ließ sie zusammenfahren.

»Ich bin es doch nur.« Um Pascals Augen spielten Lachfältchen.

»Nicht ›nur‹«, sagte Jeanne, und in ihrem Magen begann es zu ziehen, ein Gefühl, von dem sie nicht geglaubt hatte, es noch einmal zu erleben.

Nicht »nur«.

Du bist Pascal.

Camille

Camille lief der Schweiß über die Schläfen. Seit Stunden arbeitete sie im Gemüsegarten, hackte den Boden zwischen Tomaten, Zucchini und Auberginen, jätete Unkraut und erntete die letzten Früchte.

Wo ihre Mutter wohl blieb? Normalerweise kehrte Jeanne an den Markttagen um die Mittagszeit auf den Hof zurück, im Gepäck diverse Leckereien von benachbarten Ständen, sodass keine von ihnen kochen musste. Camille warf einen Blick auf ihre Armbanduhr. Schon vierzehn Uhr vorbei. Jeanne schien aufgehalten worden zu sein... oder sie hatte keine Lust, ihrer Tochter unter die Augen zu treten.

Irgendwann würden sie das in den Griff bekommen müssen. Sie beide konnten sich nicht ewig aus dem Weg gehen, selbst wenn sie sich das wünschten.

Camille legte die Hacke zur Seite, um sich eine Minute auszuruhen. Sie ließ den Blick über die Pflanzen schweifen, über das Gemüse und die bunten Dahlien dazwischen, die goldgelben Sonnenblumen am Zaun und die unzähligen Apfelbäume dahinter. Und da spürte sie einen ungeheuren

Widerwillen dagegen, das alles aufzugeben, sodass sie die Fäuste ballte.

Es war schlichtweg unvorstellbar, dass hinter diesem Zaun ein Heer von Autos parken sollte; dass man von diesem Gemüsegarten aus keine üppig tragenden Apfelbäume mehr sehen sollte, sondern das riesige, hässliche Gebäude eines Mega-Supermarktes. Das durfte einfach nicht sein!

Und doch würde es so kommen.

Tic und Tac schlüpften nacheinander durch den Zaun. Mit hoch erhobenen Schwänzen stolzierten sie auf Camille zu, und zum ersten Mal seit ihrer Rückkehr strichen die beiden Katzen um sie herum, rieben ihre Köpfchen an ihr, forderten Streicheleinheiten ein. Tac kletterte sogar auf Camilles Schoß, während Tic sich neben sie setzte, den Schwanz ordentlich um die Pfoten gelegt.

»Okay. Ihr wollt es mir schwer machen, stimmt's?« Camilles Stimme klang rau. »Ihr seid ganz schön fies.«

Tic und Tac schnurrten.

»Aber euch verliere ich ja gar nicht, und auch nicht den Hof. Nur die Plantagen. Und vielleicht den Gemüsegarten.«

Und diese vollkommene Schönheit um sie herum und die Möglichkeit, dass auf dem Apfelhof je wieder Cidre hergestellt würde, und ... ach, verdammt!

»Ist das nicht seltsam?«, flüsterte sie den Katzen zu. »Vor vierzehn Jahren bin ich von hier geflohen und habe kaum einen Gedanken daran verschwendet, was ich zurückgelassen habe. Aber jetzt, wo ich es vielleicht verliere ... da zerreißt es mir das Herz. Wir Menschen sind echt blöd, was?«

Als Antwort begann Tic gelassen, sich die Pfote zu putzen. Tac sprang von Camilles Schoß herunter. Die Katzen sahen sich an, und keine fünf Sekunden später waren sie zwischen Kürbisblättern und Stachelbeersträuchern verschwunden.

Seufzend stand Camille auf und klopfte sich die Erde von den Jeans. Am besten, sie machte es wie die Katzen: gelassen bleiben und wenn es Zeit war, verschwinden.

Etwas anderes blieb ihr ja sowieso nicht übrig.

Sie räumte die Gartengeräte zusammen, dann machte sie sich auf den Weg zum Wohnhaus. Dabei erlaubte sie sich einen Abstecher in Richtung Taubenturm. Wenn Antoine da war, konnte sie sein Angebot etwas verspätet in Anspruch nehmen und mit ihm plaudern. Allerdings nicht über ihre Sorgen, sondern über Paris, über seine Lieblingsrestaurants, ihre bevorzugten Cafés. Das würde ihr helfen, sich wieder ein bisschen auf ihr altes Leben zu freuen, das sie in wenigen Wochen wieder aufnehmen würde – Stadt, Reisebüro, Dachwohnung, ihre verrückten Freundinnen. All das, was sie ja schon irgendwie vermisste.

Und vielleicht, wenn sie es geschickt anstellte, konnte sie Antoine sogar ein paar *wirkliche* Informationen über sein Leben entlocken – denn im Ernst, was war schon dabei? Warum konnte er ihr nicht sagen, was genau er beruflich machte und ob sie beide eine Chance ...

Camille stutzte. War das nicht Lilou, die da vor dem Fenster des Taubenturms stand und völlig ungeniert hineinstarrte?

»Hey, Lilou! Was machst du denn da?«

Das Mädchen fuhr herum. Mit schmalen Augen fixierte sie Camille, dann huschte sie davon, ohne ein Wort der Entschuldigung oder auch nur der Erklärung. Lilou war beinahe so schnell verschwunden wie Tic und Tac im Gemüsegarten.

Kopfschüttelnd blickte Camille ihr nach. Dann ging sie die letzten Meter zum Turm, klopfte, erwartete aber nicht, dass Antoine öffnete, denn nicht einmal Lilou würde es wagen, so unverfroren in sein Zimmer zu starren, wenn er da wäre.

Dieses seltsame Mädchen! Was sie wohl beim Taubenturm gesucht hatte?

Eine böse Vorahnung beschlich Camille, doch sie wischte sie beiseite. Noch mehr Sorgen konnte sie nun wirklich nicht gebrauchen! Mit ihrem Kummer wegen des Landverkaufs war sie absolut bedient.

Sie seufzte. Schade, dass Antoine nicht da war, sie hätte so gern mit ihm gesprochen. Trübselig stapfte Camille über die Wiese. Ob sie etwas Schönes backen sollte, um sich abzulenken und wieder in bessere Stimmung zu kommen? Etwas mit Äpfeln … nein, nichts mit Äpfeln.

Auf gar keinen Fall etwas mit Äpfeln.

Lilou

Ganz nahe dran.

Nachdem sie vorhin nur durchs Fenster gestarrt hatte (und dabei leider von Camille ertappt worden war), befand sie sich jetzt, an diesem gesegneten Abend, im Taubenturm selbst – völlig allein und ungestört! Sie war ganz nahe dran, Antoine zu überführen, das spürte Lilou mit jeder Faser ihres Herzens. Es war so weit, Lilous großer Tag war da! Sie zitterte vor Erregung.

Der Laptop stand auf dem Holztisch vor ihr. Der Pariser hatte ihn dämlicherweise nicht ausgeschaltet – er hatte wahrscheinlich nicht damit gerechnet, dass jemand durch das geöffnete Toilettenfenster einsteigen würde, während er bei den Rosière-Frauen zu Abend aß. Dieser Laptop also würde es sein, der Lilous Triumph über die Erwachsenen einleiten würde! Er *musste* es sein, denn alles, was ihre Schnüffelnase begehrte, würde sie hier finden: seine E-Mails, seine Kontakte, seine Fotos, seine Dokumente. Es müsste doch mit dem Teufel zugehen, wenn nichts Verfängliches oder Geheimes zu finden wäre!

Sie trat einen Schritt näher. Ihr Blick blieb an einem

Satz des geöffneten Dokuments hängen, und ihre Augen wurden groß wie Untertassen. Das klang ja beinahe so, als ob ... nein, ausgeschlossen!

Sie setzte sich, las weiter, während sich eine ungeheuerliche Erkenntnis in ihr formte, und ihre Finger bebten, als sie an den Anfang des Dokuments scrollte, die erste Seite überflog, die zweite, die dritte. Sie las wie im Rausch, übersprang Seiten und gelangte schließlich ans Ende des Dokuments, und mechanisch, wie betäubt, verwischte sie die Spuren ihrer Schnüffelei und rief wieder die Seite auf, an der Monsieur Olivier gearbeitet hatte.

Das konnte nicht sein.

Das konnte *ihr* doch nicht passieren! Ihr und den anderen unwichtigen Pappnasen von Vert-le-Coin. Es war zu groß für dieses Kaff, es war schlichtweg nicht möglich!

Und doch war es ganz offensichtlich wahr.

Lilou lehnte sich auf Antoines Stuhl zurück und legte den Kopf in den Nacken. Hoch über ihr wölbte sich das Dach, unter dem in früheren Zeiten weiße Vögel herumgeflattert waren. Nun waren es Gedanken, die im Turm herumschwirrten, dachte Lilou benommen, Wahrheiten und Erfindungen, von der Realität gespeiste Fantasien. Und der Grund für all dies war eine Frau ... Antoines kleines, großes, wunder-, wunderschönes Geheimnis.

Heilige Scheiße. Die arme Camille würde vor Enttäuschung über diesen Verrat tot umfallen.

Und die Frau des Postboten höchstwahrscheinlich auch.

Und sie selbst ... Lilou richtete sich auf und schüttelte ihr dünnes Haar. Nein, ihr konnte der Verrat nichts anhaben! Zumindest nicht viel. Schließlich ahnte sie schon länger, dass sich hinter Antoines rührendem Interesse an den Bewohnern Vert-le-Coins etwas verbarg, das nicht ganz so selbstlos war, wie es den Anschein hatte.

Dieser verdammte, diebische Scheißkerl!

Für den Bruchteil einer Sekunde überlegte Lilou, ob sie sich umdrehen und einfach gehen sollte, um zu vergessen, was sie gelesen hatte, und zu verschweigen, was sie – und nur sie allein – über diesen hinterlistigen Pariser wusste. Denn so wenig Lilou die beiden Weiber, die sich in ihn verliebt hatten, ins Herz geschlossen hatte, so wenig wollte sie andererseits, dass sie tot umfielen.

Doch dann sagte sich Lilou, dass Sandrine ja immer noch ihren Ehemann hatte, und Camille war viel zu robust, um aus Liebeskummer tot umzufallen. Schließlich arbeitete sie den ganzen Tag in den Apfelplantagen, fuhr Traktor und hatte sogar die freche Mouchette im Griff, die sie x-mal am Tag zurück auf den Ziegenhof führte.

Und mal ehrlich: War es nicht besser, Camille und all die anderen erfuhren die Wahrheit so schnell wie möglich? Es nutzte doch niemandem etwas, sich für den Rest von Antoines Aufenthalt in falscher Sicherheit zu wiegen! Nur um irgendwann, in einem oder zwei Jahren, schockartig die Augen geöffnet zu bekommen … denn erfahren würden sie es. Sie alle würden es erfahren, ganz Vert-le-Coin, das war so sicher wie das Amen in der Kirche.

Lilou starrte auf den Laptop. Scrollte noch einmal hinauf und hinunter, an den Anfang, in die Mitte, ans vorläufige Ende (ganz fertig geworden war Antoine noch nicht), und bei manchen Sätzen musste sie gegen ihren Willen grinsen, denn Humor immerhin hatte er, der Dieb.

Aber Verrat blieb Verrat.

Lilou stand auf und verließ den Taubenturm. Ihre Entscheidung war gefallen: Heute Abend würde sie ihren Triumph feiern, würde sich suhlen in der Vorfreude auf den großen Knall – und morgen früh dann würde sie die Schule schwänzen, um zu Camille zu gehen und die Wahrheit herauszuschreien. Oder doch erst zu Damien oder zu Sandrine oder Claude? Nein, beschloss sie, Camille musste die Erste sein, die es erfuhr!

Schließlich war sie es, die am schändlichsten hintergangen worden war.

Sandrine

Sie fürchtete sich davor, an diesem Abend die Haustür aufzuschließen.

Den ganzen Tag schon hatte sie Angst gehabt: davor, dass sie nach der Arbeit heimkommen und die Wohnung genau so leer vorfinden würde, wie sie sie am Morgen verlassen hatte. Denn den eigenen Ehemann loszulassen, das war nur in der Theorie eine gute und edle Sache.

Im wirklichen Leben war es mörderisch.

Yves war nach ihrem Streit vom Vorabend nicht wieder nach Hause gekommen. Wo er die Nacht verbracht hatte, wusste Sandrine ebenso wenig, wie sie wusste, ob sie ihn je wiedersehen würde. Vielleicht würde sie lediglich Post von seinem Anwalt bekommen, dachte sie, während der Schlüssel in ihrer Hand vor dem Schloss schwebte. Eine formelle Benachrichtigung, dass Yves Moulin beabsichtige, sich von ihr, Sandrine Moulin, scheiden zu lassen. Immerhin würde er den Brief höchstpersönlich zustellen müssen, denn er war ja der Postbote. Eine irre Hoffnung keimte in Sandrine auf. Sie könnte ihn abfangen! Könnte ihm den Brief entreißen und …

Die Haustür wurde von innen geöffnet. Yves stand vor ihr. Rau sagte er: »Du bist spät.«

Sandrine schluckte so hart, dass ihre Kehle schmerzte. »Ich ... Yves ... Yves, es tut mir so ...«

Doch sie konnte den Satz nicht beenden, denn einen Wimpernschlag später fand sie sich in einer Umarmung wieder, die ihr den Atem raubte.

»Jetzt ist Schluss, Sandrine«, raunte Yves ihr grimmig ins Ohr, während er sie so fest an sich drückte, dass es beinahe wehtat. »Wenn du mit *mir* nicht reden möchtest, dann gehst du zu einem Psychologen, und wenn ich dich höchstpersönlich dorthin schleppen muss! Ich werde nicht weiter dabei zusehen, wie du mir entgleitest, ich finde mich nicht damit ab, hörst du? Ich will dich nicht verlieren, Sandrine. Ich *werde* dich nicht verlieren! Das lasse ich einfach nicht zu!«

»Aber die Kinder«, flüsterte Sandrine erstickt, »die Kinder, von denen wir geträumt haben, unsere Familie, wir werden sie niemals haben, ich habe versagt, all diese schrecklichen Fehlgeburten... mit einer anderen, besseren Frau könntest du...«

Yves presste seine Lippen auf ihre und brachte sie damit zum Schweigen. Noch nie hatte er sie so hart und stürmisch geküsst, und als er von ihr abließ, funkelten seine Augen vor Zorn.

»Sag so etwas nie wieder!«, knurrte er. »Ich will keine andere Frau, und ich wünschte, wir hätten nie von einer Familie geträumt. Ich will keine Kinder, Sandrine, nicht, wenn sie dich kaputtmachen.«

Sie weinte. »Aber sie machen mich nicht kaputt, ich habe *sie* kaputtgemacht! Mein verfluchter Körper hat sie getötet, jedes Einzelne von ihnen, und ...«

»Schschsch.«

Yves zog sie ins Haus und schloss die Tür. Durch einen Tränenschleier sah Sandrine, dass er im Salon den Tisch gedeckt hatte, Kerzen, Blumen und Wein, und als sie sich vorstellte, wie lange er dort gesessen und auf sie gewartet haben mochte, nur weil sie sich nicht nach Hause gewagt hatte, weinte sie noch heftiger. Sie schlang die Arme um ihren Mann und durchnässte seinen Kragen, während Erinnerungen und Bilder auf sie einprasselten.

Sandrine im Krankenhaus nach der ersten Fehlgeburt.

Yves an ihrem Bett nach der zweiten Fehlgeburt.

Sie beide Hand in Hand vor dem Schaufenster mit den winzig kleinen Stramplern ... und dann die dritte Fehlgeburt.

Sie und Yves im Behandlungsraum des Spezialisten, der ihnen mit gleichgültiger Stimme eröffnete, dass Monsieur vollkommen gesund und die Qualität seiner Spermien einwandfrei sei, während Madame, leider, leider ... Wobei es natürlich nicht *völlig* ausgeschlossen sei, dass sie irgendwann einmal eine Schwangerschaft bis zum Ende ... aber wahrscheinlich, nein, wahrscheinlich sei das nicht.

Sandrines bodenlose Verzweiflung.

Ihre Weigerung, die ständigen Versuche, doch noch ein Kind zu bekommen, ihrer Gesundheit zuliebe aufzugeben.

Die vierte Fehlgeburt, und mit ihr das schreckliche Gefühl, dass sie die Seelen ihrer Kinder auf die Erde lockte, nur damit ihr Körper die kleinen Wesen grausam abstoßen und töten konnte, wieder und wieder und wieder.

Sandrine blutend, schreiend und sich krümmend auf dem Badezimmerboden bei der fünften Fehlgeburt.

Danach hatte Yves erklärt, er schlafe erst wieder mit Sandrine, wenn sie angefangen habe, die Pille zu nehmen.

Sandrine dachte an das tiefe Loch, in das sie daraufhin gefallen war. An die Verachtung für ihren nutzlosen Körper, der es nicht schaffte, ein Baby am Leben zu erhalten, an den Hass auf ihre Brüste, an denen niemals ein Säugling nuckeln würde. An die vielen, vielen Gespräche mit Yves, die ihr aber nicht halfen, weshalb Sandrine irgendwann vorgab, sich damit abgefunden zu haben: Keine weiteren Versuche, kein Baby, macht ja nichts, wir können auch zu zweit glücklich sein!

Yves' Erleichterung.

Sandrines innere Einsamkeit.

Der Frost, der sich auf ihre Seele legte, sooft sie vorgab, es sei alles in Ordnung und sie darüber hinweg.

Und ihre Verbitterung, weil Yves ihr glaubte.

Sandrine dachte an ihre Flucht in die Eifersucht, an ihren Neid auf schöne, ultra-weibliche, ultra-fruchtbar-aussehende Schauspielerinnen wie Delphine Durange. An die leise, gemeine Stimme in ihrem Hinterkopf, die ihr einflüsterte, dass Yves jemanden wie sie doch gar nicht wirklich begehren konnte! Denn eine richtige Frau war Sandrine ja nicht ... und musste Yves sie nicht insgeheim dafür hassen, dass ihr Körper seine Kinder so beharrlich abstieß? Seine Kinder, sie hatte seine Kinder umgebracht! Hatte den Tod all dieser Embryonen in Kauf genommen, indem sie Yves zu immer weiteren Versuchen gedrängt hatte. Wieder und wieder hatte sie es probieren wollen, mit zwanghafter Beharrlichkeit, und so war ihre Schuld stetig größer geworden, bis sie auf ein solch monströses Maß angewachsen war, dass Sandrine kaum mehr mit ihr hatte leben können.

Quälende Selbstanklage, die sich nicht abstellen ließ.

Kranke Gedanken, die sich in ihrem Kopf drehten wie ein niemals zur Ruhe kommendes Karussell.

»Ich gehe auch mit«, flüsterte Yves in ihr Unglück hinein. »Ich verspreche dir, ich komme mit zu diesem Psychologen. Ich tue alles, Sandrine. Wenn es dir und uns hilft.«

Sandrine hob den Kopf. Sie blickte in Yves' Augen, die glänzten wie flüssiges Silber.

»Niemand wird gern zur Therapie geschleppt. Das ist mir klar, Chérie.« Er sprach leise und hastig. »Aber ich bin die ganze Nacht durchs Dorf gelaufen und den halben Tag über die Felder und durch den Wald, während ich mir den Kopf darüber zerbrochen habe, wie wir aus dieser verdammten Krise herausfinden können, wir beide! Und glaub mir, wenn mir etwas Besseres eingefallen wäre als diese Therapie … bitte, Sandrine, bitte lass dir helfen!«

»Ja«, wisperte sie.

Tief und zitternd atmete Yves aus.

Dann küsste er sie, und diesmal war die Berührung seiner Lippen behutsam und sanft.

Es war Sandrine, die den Kuss vertiefte. Und als sie sich an Yves' Körper presste und ihrer beider Hunger erwachte, schob sie die Hand unter seinen Hosenbund, und zum ersten Mal seit sehr langer Zeit dachte sie dabei nicht an die erhofften Folgen, an die Verschmelzung von Eizelle und Spermium, das Baby, den drohenden Verlust, die Schuld.

Nur an Yves und Sandrine, Sandrine und Yves, in guten wie in schlechten Tagen.

Und knarzend kam das Karussell zum Stehen.

Camille

Müde saß Camille am Frühstückstisch.

Alles in ihr wehrte sich dagegen, dass Jeanne das Land verkaufen wollte, und je mehr Zeit verstrich, je näher der mögliche Verkaufstermin rückte, desto unruhiger wurde sie. In der vergangenen Nacht hatte sie kaum geschlafen, und wenn sie doch einmal eingedöst war, war sie von wirren Träumen heimgesucht worden.

Ihr Vater, der durch die Plantagen irrte, die Hände auf sein versagendes Herz gepresst.

Antoine, der sich vor ihren Augen in Luft auflöste, winkend und lächelnd.

Lilou, die ein altertümliches Pergament entrollte und mit dramatischer Stimme erklärte, sie habe den Bewohnern Vert-le-Coins etwas zu verkünden.

Camille griff nach ihrer Tasse. Der Kaffee darin war kalt geworden, weil sie seit einer halben Stunde bewegungslos am Tisch hockte, und so raffte sie sich auf, goss den alten Kaffee in den Ausguss und schenkte sich eine neue Tasse ein. Dann ließ sie sich wieder auf ihren Stuhl fallen und brütete vor sich hin.

Das Manoir ohne sein Land, ohne die Bäume, ohne den Duft von Apfelblüten in der Frühlingsluft ... sie konnte es sich einfach nicht vorstellen! Der Hof wäre nur mehr ein Gerippe, ein trauriger Schatten früheren Glücks. Und dann dieser Hypermarché daneben! Da wäre es fast noch besser, wenn der Hof gleich ganz abgerissen würde. Warum begriff Jeanne nicht, wie schrecklich ihr Plan war, Geld hin oder her?

Und warum drang sie, Camille, mit ihren Ansichten eigentlich niemals zu ihrer Mutter durch? Warum endete jede kleinste Meinungsverschiedenheit zwischen ihnen im Streit – und eine große Meinungsverschiedenheit wie diese nur umso mehr?

Weil es nach wie vor zwischen uns steht, flüsterte eine Stimme in Camille, das, was mich damals vom Hof getrieben und daran gehindert hat, für mehr als ein paar Tage zurückzukommen.

Dabei wusste Maman noch nicht einmal, dass Camille sie gehört hatte, jene hässlichen, bösen Worte.

Die Worte, die Camille die Augen geöffnet hatten.

Es war im Frühling vor vierzehn Jahren gewesen. Camille stand kurz vor ihrem achtzehnten Geburtstag, doch die magische Grenze zur Welt der Erwachsenen war ebenso wie die Apfelblüte nichts, was sie im Moment interessierte. Denn im Juni drohten die Abiturprüfungen, und Camille lernte in jeder freien Stunde, jeder Minute, jeder Sekunde.

Sie war nie schlecht in der Schule gewesen, aber auch nicht besonders gut, und bereits jetzt, im April, war Camille vom ständigen Lernen angespannt und erschöpft. Nachts träumte sie davon, leere Blätter abzugeben und mit Pauken und Trompeten durchzufallen; tagsüber lernte sie nach solchen Albträumen nur umso verbissener. Ihre Noten mussten exzellent sein, denn sie wollte einen der begehrten Studienplätze im Bereich der Lebensmittelwissenschaften oder der Agronomie ergattern und später noch die Agraringenieurschule besuchen, was nicht weniger anspruchsvoll war.

Und dann, wenn sie perfekt ausgebildet wäre, wollte sie nach Vert-le-Coin zurückkommen! Sie würde das frisch erworbene Wissen freigebig mit ihren Eltern teilen, würde ihnen und dem Apfelhof von Nutzen sein. Sie würde Maman und Papa alles beibringen, was sie gelernt hatte, wie ihre Eltern ja auch ihr alles beigebracht hatten, was sie konnten und wussten. Auf diese Weise würde die ganze Familie zusammenarbeiten, um den Apfelhof zu erhalten und dafür zu rüsten, auch in Zukunft gegen die Konkurrenz der großen Cidrerien bestehen zu können.

Das waren ihre hochfliegenden Pläne gewesen.

Doch die Realität hatte Camille noch vor ihrem Abitur eingeholt.

Es war das erste und einzige Mal gewesen, dass sie gelauscht hatte, und später hatte sie nie wieder etwas so bereut wie ihre damalige Entscheidung, nicht einfach weiterzugehen; die offene Tür zum Salon und die aufgeregten Stimmen ihrer Eltern nicht hinter sich zu lassen, sondern stehen zu bleiben und zuzuhören. Weil sich das Gespräch um sie, Camille, drehte.

»Ich will das nicht!«, sagte Maman. »Ich will nicht, dass

ein kleines Fräulein Naseweis uns in die Arbeit reinredet, nur weil sie studiert hat!«

»Nun sieh das Ganze doch nicht so negativ, Liebes.« Das war Papa. »Vielleicht hilft es uns ja wirklich. Man muss mit der Zeit gehen, finde ich, und dazu gehört, dass man sein Wissen ab und an auf den neuesten Stand bringt.«

»Als ob wir das nötig hätten«, sagte Maman scharf. »Wir brauchen dieses Uni-Wissen nicht, Régis! Es läuft doch alles gut, wir nagen schließlich nicht am Hungertuch, oder?«

Papa seufzte. »Das könnte aber irgendwann passieren. Die großen Cidrerien ...«

»Nun hör schon auf!«, unterbrach Maman ihn. »Wir haben es noch jedes Mal geschafft, egal, was passiert ist. Es konnte uns bisher niemand in die Knie zwingen, und das wird auch zukünftig nicht geschehen!«

»Trotzdem wäre es vielleicht sinnvoll ...«

»Nein«, sagte Maman entschieden, »nein, das wäre es nicht. Nur weil sie motiviert ist, bedeutet das noch lang nicht, dass sie hier alles übernehmen und umkrempeln darf! Es ist unser Hof, Régis, nicht ihrer. Unserer!«

Papa schwieg.

Camille auf ihrem Lauschposten hatte Tränen in den Augen.

Maman trat nach.

»Außerdem«, fuhr sie fort, »ist sie noch fast ein Kind, und das wird sie für mich auch immer bleiben. Sie ist dieser Typ, Régis; Mädchen wie sie werden nie ganz erwachsen. Wir können und dürfen ihr keine Verantwortung übergeben! In keinem Bereich.«

»Hm«, machte Papa.

»Sie kann uns helfen wie bisher, dagegen habe ich überhaupt nichts einzuwenden«, fuhr Maman fort. »Aber mehr gestehe ich ihr nicht zu. Heute nicht, morgen nicht und auch nicht in fünf Jahren.«

»Und warum hast du sie dann ermutigt?« Papa versuchte es ein letztes Mal, Camille im Boot zu behalten. »Du hast ihr Hoffnungen gemacht, oder willst du das leugnen?«

Mamans Stimme klang kühl. »Allerdings leugne ich das, und zwar entschieden. Ich habe ihr gesagt, sie solle ihre Träume verwirklichen und ihren Weg gehen. Aber ich habe ihr nie gesagt, dass dieser Weg über unseren Hof führt!«

»Das stimmt«, sagte Papa.

Und nach einer Pause: »Nun ja. Es gibt viele Höfe. Sie wird schon einen finden, wo sie das ganze Uni-Zeug anwenden kann. Es *muss* ja nicht bei uns sein, nicht wahr?«

»Nein, muss es nicht«, erwiderte Maman, und sie klang, als lächele sie dabei.

Camille unterdrückte ein Schluchzen.

Sie hatte genug gehört, mehr würde sie nicht ertragen! Wie ein geprügelter Hund schlich sie in ihr Zimmer, doch der Raum kam ihr fremd vor, als gehöre sie nicht auf diesen Hof, habe nie hierhergehört, habe sich ihre Bestimmung und die Liebe ihrer Eltern ihr Leben lang nur eingebildet.

Denn ihre Mutter, ihre eigene Mutter, wollte sie nicht mehr auf dem Hof haben! Nahm sie nicht ernst, nannte sie ein ewiges Kind, das nie erwachsen werden würde. Und ihr Vater? Der hatte nicht den Mumm gehabt, Camille anständig zu verteidigen, und somit war auch seine Zuneigung keinen Pfifferling wert.

Ihre Eltern liebten sie nicht. Sie trauten ihr nichts zu, brachten ihr weder Respekt noch Wertschätzung entgegen, aber statt das wenigstens offen zu sagen, faselte Maman etwas über Camilles »eigenen Weg« und dass sie nicht kapiert habe, dass dieser Weg nicht über den elterlichen Hof führen würde, sondern über irgendeinen anderen, einen unbekannten, einen Hof, mit dem Camille rein gar nichts verband!

Und *dafür* lernte sie gerade wie eine Verrückte?

Nahm Kopfschmerzen in Kauf, einen steifen Nacken und brennende Augen, wohl wissend, dass dies nur der Anfang war, da das Studium ihr alles abverlangen würde und noch ein bisschen mehr.

NEIN.

Riesengroß stand das Wort vor Camilles innerem Auge.

Nein, dafür lohnte es sich nicht!

Eben war sie noch erschöpft, aber voller Motivation gewesen. Nun jedoch starrte sie auf die Trümmer ihrer Zukunftspläne, ihrer Träume, ihrer Familie, und tränenblind beschloss sie, dass sie sich von dieser Sekunde an verweigern würde.

Sie würde ihr Abi irgendwie hinter sich bringen, mehr schlecht als recht, und es wäre ihr scheißegal.

Sie würde nicht studieren.

Sie würde auch nicht hierbleiben.

Stattdessen würde sie weggehen, sobald sie ihr Zeugnis in der Tasche hätte, und zwar nach ... äh ... Paris?

Ja. Paris!

In Paris würde sie ihre Vergangenheit abstreifen wie einen nach Misthaufen stinkenden Mantel. Sie würde irgendeine Ausbildung anfangen; wahrscheinlich bekäme sie in der ersten Zeit sogar einen monatlichen Zuschuss von ihren Eltern. Denn die waren bestimmt heilfroh, dass Camille nun doch nicht studieren wollte! Eine kurze, seriöse Berufsausbildung: Das war es, was Camille nun anstreben würde. Es wäre für alle Seiten besser, billiger für ihre Eltern, leichter für sie selbst, und mal ehrlich – wenn sie ihre Träume und ihren Ehrgeiz schon begraben musste, dann konnte sie ihre dumme Loyalität zu diesem Apfelhof und diesem Dorf auch gleich mit begraben! In Vert-le-Coin hielt sie jedenfalls nichts mehr.

Nur sehr knapp bestand Camille das Abitur.

Danach war allen klar, dass ein schwieriges Studium wohl doch nichts für sie gewesen wäre. Und als sie ihre Eltern mit steinerner Miene von ihren geänderten Plänen in Kenntnis setzte, schrie sie innerlich auf, als Maman und Papa ihr Schauspieltalent bemühten und Camille erklärten, wie schade es sei, dass sie nun doch nicht studieren wolle, wie wichtig es andererseits sei, seinen eigenen Weg zu finden, dass es ja nicht Agronomie sein *müsse* – und so weiter und so fort.

Schöne, scheinheilige Worte, die Camilles Herz zum Bluten brachten.

Bald nach dem Abitur reiste sie ab. Wohnte eine Zeit lang, unterstützt von ihren Eltern, in der Jugendherberge, bis sie, ebenfalls unterstützt von ihren Eltern, die winzige

Dachwohnung ergatterte. Sie bewarb sich für Ausbildungen als Bankkauffrau und Arzthelferin und landete schlussendlich im Reisebüro. Lebte sich in Paris ein, freundete sich mit Geneviève an, dann auch mit Céline, und irgendwann schloss sich die Wunde, die das belauschte Gespräch ihrer Eltern ihr geschlagen hatte. Camille fand zu ihrem fröhlichen Naturell zurück, und sie war stolz darauf, dass sie nach vorn blickte.

Doch tief in ihrem Herzen blieb die Liebe zum Hof ihrer Familie am Leben.

Sie schlief zwar, diese Liebe, aber sie schlief geduldig ... denn sie vertraute fest darauf, dass der Tag, an dem sie wieder erwachen durfte, kommen würde.

Camille stellte ihre Tasse so heftig auf dem Küchentisch ab, dass der Kaffee überschwappte.

Manchmal muss man schwierige Entscheidungen treffen, um Schlimmeres zu verhindern. Das ist eben so. Wenn du mal groß bist, wirst du das verstehen.

Das hatte ihr Vater unter dem Mistelbaum gesagt, und nun *war* Camille groß, und Papa hatte recht behalten: Sie verstand ihn. Neue Energie durchflutete sie, als sie Küche und Wohnhaus verließ und zum Taubenturm rannte, um mit Antoine zu sprechen. Denn er war es, der ihr jetzt zuhören musste, dessen Meinung sie hören wollte, jetzt sofort, auch wenn es noch früh am Morgen war! Vor ihrem inneren Auge formte sich unaufhaltsam ein Bild, das seit vierzehn Jahren zersplittert und doch nie ganz verschwunden war, das sich seit Camilles Ankunft auf dem

Hof Stück für Stück wieder zusammengesetzt hatte, ganz von allein und ohne dass es Camille auch nur bewusst gewesen wäre.

Trugbild oder Vision?

Das musste sie herausfinden, und zwar schnell! Bevor das Land verkauft und alles zu spät war.

»Antoine!«

Atemlos blieb sie vor dem Taubenturm stehen. Antoine war bereits wach, saß sogar schon mit dem Laptop in der Sonne, ein mittlerweile vertrauter Anblick, der Camilles Herz – ohnehin schon strapaziert vom Rennen über die Wiese – höherschlagen ließ. Sie brauchte ihn, diesen wunderbaren, mitfühlenden Mann, und sie brauchte auch den Apfelhof; beides, verstand sie schlagartig, war unbedingt nötig, wenn sie nicht nur leidlich zufrieden sein wollte, sondern glücklich. Denn leidlich zufrieden sein, das war nur für eine Weile okay.

Aber nicht für ein ganzes Leben.

»Ich muss mit dir reden, Antoine«, stieß sie hervor. »Hast du Zeit? Bitte!«

Sofort klappte er seinen Laptop zu, sagte: »Aber natürlich!«, und bot ihr an, sich zu ihm zu setzen. Sie plumpste auf den Stuhl, ihre Gedanken überschlugen sich, und plötzlich wusste sie nicht mehr, wo sie anfangen sollte. Wie konnte sie in verständliche Worte fassen, was sie selbst gerade erst begriffen hatte?

»Ich führe das falsche Leben«, platzte es aus ihr heraus, »ich gehöre nicht nach Paris, Antoine. Ich gehöre hierher, und ich möchte wieder Cidre herstellen wie damals mein

Vater! In Paris habe ich mich nie zugehörig gefühlt, sondern unterlegen, fehl am Platz. Hier nicht.«

Antoines Lippen verzogen sich zu einem Lächeln. »Das habe ich mir gedacht. Es passt zu dir, auf diesem Hof zu leben, es passt besser zu dir als alles andere. In einem Reisebüro hingegen...« Er schüttelte den Kopf. »Nein. Da kann ich mir dich gar nicht vorstellen! Und das will was heißen.«

Seine letzten Worte brachten Camille aus dem Konzept. *Und das will was heißen.* Fragend hob sie die Brauen.

»Wie meinst du das?«

»Mein Vorstellungsvermögen ist normalerweise recht gut«, erklärte Antoine, sah sie dabei jedoch nicht an. »Aber zurück zu dir. Du möchtest also deinen Job in Paris aufgeben? Oder hast du sogar schon gekündigt?«

»Nein. Ich bin gleich, nachdem mir das alles klargeworden ist, zu dir gekommen.«

Das war wohl ziemlich eindeutig, dachte sie und schluckte. Jetzt lag es an Antoine. Würde er den Ball zurückspielen oder höflich ignorieren?

»Das ist schön. Dein Vertrauen ehrt mich, Camille.« Er griff über den Tisch nach ihrer Hand, und in Camilles Bauch flog ein Schmetterlingsschwarm auf.

»Wenn du gleich zu mir gekommen bist«, sagte Antoine, »dann weiß deine Mutter wohl auch noch nichts?«

Camille schüttelte den Kopf. »Sie hat keine Ahnung, wie ich mich fühle. Wir gehen uns ja schon seit Tagen aus dem Weg. Diese schreckliche Idee, unser Land zu verkaufen... Jetzt sage ich schon ›unseres‹! Aber weißt du, es könnte so großartig werden auf diesem Hof, wenn man nur ein bisschen mehr Arbeit reinstecken würde, neue Wege gehen, mehr Produkte anbieten, einfach größer denken! Wir könnten nicht nur guten Cidre herstellen, sondern auch Bio-Apfelsaft verkaufen und Feinkost-Apfelessig und getrocknete Apfelringe und was weiß ich noch alles. Oh, ich würde einen ganzen Hofladen voll kriegen, wenn Maman mich nur ließe!«

»Das glaube ich dir aufs Wort.« Antoine streichelte mit dem Daumen ihren Handrücken. »Denkst du denn nur an einen Hofladen, oder würdest du auch einen Internet-Shop einrichten? Feinkostläden wären vielleicht ebenfalls eine Option. Ich kenne da ein paar sehr gute in Paris.«

Camille dachte an Madame Dubois. »Ich auch!«

»Und was hältst du von Seminaren?«, überlegte Antoine laut weiter. »Wie wäre es mit ›Vom Apfel zum Premium-Cidre‹? Oder ›Cidre-Verkostung für Anfänger‹?«

Camille musste lachen. »Als Anfänger lassen sich die meisten Leute allerdings nicht gern bezeichnen!«

»Stimmt«, sagte Antoine und grinste. »Okay, andere Idee: Du kennst dich doch gut mit den Urlaubswünschen der Menschen aus, schließlich hast du bisher im Reisebüro gearbeitet. Das könnte dir dabei helfen, passgenaue Pakete zu schnüren! Zwei Übernachtungen plus Cidre-Verkostung, zum Beispiel. Oder plus Ziegenkäse-Kochkurs. Eure Nachbarn würden da sicher gern mitmachen, auch für sie wäre das ja eine schöne Werbung!«

Camille sah ihn an. Antoines Augen glänzten vor Begeisterung, obwohl es nur um ihre und nicht um seine berufliche Zukunft ging. Er sorgte sich um sie. Er wollte, dass sie glücklich wurde.

Und allein dafür liebte sie ihn.

»Ich könnte auch ein Romantik-Paket anbieten«, sagte sie leise, und ihre Hand, die immer noch in seiner lag, prickelte. »Eine romantische Übernachtung im Taubenturm. Zuvor ein aphrodisierendes Apfelmenü bei Kerzenschein. Würde dir so etwas gefallen, Antoine?«

Schweigen senkte sich zwischen sie.

Nachdenklich sagte Antoine: »Kommt darauf an, mit wem. Mit dir, Camille?«

Er erhob sich, kam um den Tisch herum und zog sie hoch.

Atemlos stand Camille vor ihm, blickte ihm in die Augen, dann auf den Mund.

»Ja«, sagte Antoine heiser, »mit dir würde mir so etwas gefallen. Sehr sogar. Nur ... so weit sind wir noch nicht, oder?«

»Noch nicht«, flüsterte Camille. »Aber ich finde, ein Kuss wäre schon mal ein ziemlich guter Anfang!«

Und das fand Antoine auch.

Ihr Kopf an Antoines Schulter.
Sonne auf ihren Lidern.
Unbändiges Glück im Herzen.
Konnte es nicht einfach für immer so bleiben?
Camille seufzte. Konnte es natürlich nicht! Vor ihr lag die dringend nötige Aussprache mit ihrer Mutter, und Camille fürchtete, dass diese nicht positiv verlaufen würde.

»Maman wird meine Wünsche genauso zur Kenntnis nehmen wie früher«, sagte sie düster zu Antoine. »Nämlich gar nicht.«

Er küsste sie aufs Haar. »Unsinn. Deine Mutter ist eine vernünftige Frau. Bestimmt freut sie sich sogar darüber, dass du den Hof übernehmen willst.«

»*Wir können und dürfen ihr keine Verantwortung übergeben! In keinem Bereich.* Das hat sie damals gesagt, Antoine, kurz bevor ich nach Paris geflohen bin.« Die ganze Bitterkeit stieg erneut in Camille auf, als sie jene Worte ihrer Mutter wiederholte, die sie nie hatte vergessen können. »Vielleicht verkauft sie ja doch lieber das Land, als zusehen zu müssen, wie ihre unfähige Tochter alles zugrunde wirtschaftet.«

Antoine blickte ihr eindringlich in die Augen. »Du bist nicht unfähig! Und der Teufel soll mich holen, wenn deine Mutter das nicht weiß!«

»Dann viel Spaß auf deiner Reise in die Hölle.«

»Komm schon. Wo ist dein Optimismus geblieben?« Er strich ihr zärtlich mit dem Zeigefinger über die Wange. »Du wirst die beste Apfelbäuerin sein, die man sich nur denken kann, und die geschäftstüchtigste und attraktivste noch dazu. Diesem Hof konnte doch gar nichts Besseres passieren als deine Rückkehr!«

Camilles Lippen verzogen sich zu einem Lächeln. Es war unmöglich, in Antoines Gegenwart Trübsal zu blasen. »Dir ist klar, dass das schon beinahe eine Liebeserklärung war, oder?«

»Nicht beinahe.« Sein Blick versank in ihrem. »Das war eine Liebeserklärung!«

Sie küssten sich, und für eine Weile war Camille vollauf mit der Erkenntnis beschäftigt, dass dieser zweite Kuss sogar noch phänomenaler war als der erste, obwohl auch der bereits umwerfend gut gewesen war. Wenn das so weiterging, freute sie sich ganz entschieden auf die Zukunft!

»Ich sollte das jetzt durchziehen«, hauchte sie an seinem Mund. »Ich sollte gehen und mit meiner Mutter reden.«

Antoine hielt sie fest, als wolle er sie beschützen, doch er sagte: »Das solltest du. Und danach kommst du zurück, und wir feiern!«

Camille schluckte. »Wenn es denn was zu feiern gibt.«

»Das wird es.« Widerstrebend ließ Antoine sie los. »Und jetzt geh, bevor dich der Mut verlässt.«

Jeanne

Das Telefon wog schwer in ihrer Hand. Eine Ziffer noch, die letzte, dann wäre die Nummer des Rathauses komplett. Jeanne würde die näselnde Stimme von Monsieur Balladiers Sekretärin hören, sie würde verbunden werden und dann …

»Maman, wir müssen reden.«

Ertappt zuckte Jeanne zusammen, was einen scharfen Schmerz durch ihren geplagten Rücken schießen ließ. Rasch legte sie das Telefon auf den Tisch und verbarg ihre Scham über das, was sie vor wenigen Sekunden fast getan hätte, hinter Ärger.

»Was platzt du denn so plötzlich herein, Camille? Habe ich dir nicht beigebracht, dass man anklopft, bevor man ein Zimmer betritt?«

Sie sah, dass ihre Tochter sich augenblicklich versteifte. »Ich bin hier zu Hause, Maman. Zu Hause braucht man nicht jedes Mal anzuklopfen, wenn man ein Zimmer betritt. Außerdem ist das jetzt auch ganz egal. Wir müssen einiges klären, und ich …« Camille stockte.

Dann hob sie das Kinn und blickte Jeanne fest in die Augen. »Und ich möchte dir einen Vorschlag machen.«

Da Jeanne sowieso schon bereute, ihre Tochter wieder einmal ungerechtfertigt angefahren zu haben, nickte sie. »Du hast recht, ma puce, lass uns endlich reden. Aber in der Küche, dann kann ich eine Tasse Tee dabei trinken.«

Sie verließ das kleine, unordentliche Büro, und Camille folgte ihr. »Maman?«

»Ja, ma puce?«

»Es wäre schön, wenn du mich nicht mehr so nennen würdest. Ich bin kein kleiner Floh mehr. Schau mich doch an!«

Sie hatten die Küche erreicht, Jeanne setzte Teewasser auf, und dann gehorchte sie und drehte sich zu Camille um. Da stand sie, ihre große, schöne Tochter, die wahrlich kein kleiner Floh mehr war, deren Arme gebräunt waren von der Arbeit in den Apfelplantagen und deren Gesicht... Jeanne blinzelte.

Warum *strahlte* das Kind so?

»Camille«, rief sie alarmiert, »bist du etwa schwanger?«

»Du lieber Himmel, nein.« Ihre Tochter lachte. »Wie kommst du denn darauf?«

»Nun, du siehst so glücklich aus, obwohl dein Blick ernst ist, aber dieses innere Leuchten...«

»Ähm, nein, Maman, ich bin nicht schwanger. Meine Güte, du machst mich ganz verlegen!« Die Wangen gerötet, nahm Camille den Wassertopf vom Herd, goss zwei Tassen Tee auf und trug sie zum Tisch.

»Ihr jungen Leute«, sagte Jeanne und setzte sich, »ihr seid doch wegen gar nichts mehr verlegen! Und bestimmt nicht wegen des Wörtchens ›schwanger‹.«

»Ich bin nicht schwanger, und ich wollte über etwas ganz anderes mit dir sprechen! Herrje, wir reden ständig aneinander vorbei, ist dir das eigentlich schon mal aufgefallen?«
Stille.
»Ja.« Jeanne hatte plötzlich einen Kloß im Hals. »Schon oft, ma p ... Camille. Und ich finde das sehr, sehr schade.«
Ihre Tochter bekam einen merkwürdigen Blick. »Findest du das wirklich?«
»Natürlich.« Warum zweifelte das Kind nur daran? »Früher war das schließlich ganz anders, erinnerst du dich nicht? Als du noch eine Jugendliche warst, als du noch geplant hattest hierzubleiben, als du noch nicht nach Paris gehen wolltest und ...«
»Das ertrage ich nicht, Maman!«
Camille explodierte, schlug mit beiden Händen auf den Tisch, dass die Teetassen wackelten, und Jeanne zog den Kopf ein, erschrocken und völlig perplex.
»Diese verfluchte Verlogenheit, ich halte das nicht mehr aus! Du hast mich doch damals aus dem Haus getrieben, du warst es doch, die mich nicht mehr hier haben wollte! *Es ist unser Hof, nicht ihrer, unserer!* Das hast du zu Papa gesagt, und du warst fest entschlossen, mir niemals Verantwortung zu übertragen, niemals in meinem Leben! Ich habe gelauscht, weißt du? Ich habe jedes verdammte Wort gehört.«
Jeanne starrte ihre Tochter an. Was redete das Kind denn da?
»Ja, ich habe alles gehört«, fuhr Camille fort, und obwohl sie ungeheuer wütend war, lief ihr eine Träne über die Wange. »Ich habe gehört, dass du über mich gesagt hast,

ich würde nie erwachsen werden. Ich sei ein ewiges Kind, und später, da wäre ich ein Fräulein Naseweis von der Uni, das dir und Papa nur reinreden wolle und ...«

Um Himmels willen.

Jeanne schlug die Hand auf den Mund, spürte ihre Finger zittern. Wie unendlich verletzt musste Camille gewesen sein, und wie sehr hatten sie und Régis sich schuldig gemacht! Zwar ohne es zu wollen, aber dennoch.

Das ist es also, dachte Jeanne fassungslos, das ist es, was so viele Jahre zwischen uns stand. Kein Wunder, dass Camille nie das Bedürfnis hatte, Régis und mich wiederzusehen.

»Mein liebes Kind«, sagte sie und ihre Stimme brach, was ihr – Teufel noch mal! – noch nie passiert war.

Sie holte tief Luft und riss sich zusammen. »Es ging doch nicht um dich bei diesem Gespräch! Über dich hätte ich doch nie ... o Gott, Camille, wie konntest du nur glauben, dass ich so etwas über *dich* gesagt hätte?!«

»Es ... es ging gar nicht um mich?« Camille war blass geworden, ihre Stimme ein kaum vernehmbares Flüstern. »Aber ... um wen denn dann?«

Alter Schmerz.

Er war längst vergeben, die Wunde geschlossen und vernarbt. Trotzdem hätte Jeanne sich gewünscht, nie mehr darüber sprechen zu müssen.

Aber da war Camille, tief verletzt von Worten, die niemals ihr gegolten hatten, und Jeanne wusste, dass sie ihrer Tochter die Wahrheit schuldig war – selbst um den Preis, Camilles Vater von seinem Thron herabstoßen zu müssen.

»Erinnerst du dich«, fragte sie leise, »an Aurore?«

»Aurore. Aurore... die Erntehelferin? Diese Schwarzhaarige?«

»Genau die.«

»Sandrine war mal schrecklich sauer, weil Yves mit ihr... ach, egal. Was war denn mit Aurore?«

»Nun.« Jeanne rührte mit dem Teebeutel in ihrer Tasse. »Du weißt, dass sie uns viele Jahre geholfen hat, erst als Schülerin, dann als Studentin. Sie mochte unseren Hof, und sie... sie mochte... deinen Vater.«

Camilles Augen wurden schmal. »Was soll das heißen, sie mochte ihn? Sie war nur fünf Jahre älter als ich! Du willst doch nicht allen Ernstes behaupten, dass Papa und Aurore... o scheiße, willst du *das* sagen?!«

»Fluch nicht, Camille.«

»Maman!«

Jeanne seufzte und senkte den Blick. »Sie hatten nichts miteinander. Jedenfalls nicht, dass ich wüsste. Aber Aurore hat deinem Vater schöne Augen gemacht, und er... ach, Camille. Ich habe keine Ahnung, wo es geendet hätte, wenn sie wirklich angefangen hätte, regelmäßig bei uns zu arbeiten, das ganze Jahr über. Dein Vater... er ging damals auf die fünfzig zu und ist nicht besonders gut damit zurechtgekommen. Es war eine schwierige Zeit, Camille. Der Hof hatte ein paar Jahre lang rote Zahlen geschrieben, und Papa hat sich Sorgen gemacht, wie wir dir dein Studium finanzieren sollen. Ich war eigentlich immer zuversichtlich, dass wir das schaffen, wir hatten bis dahin schließlich alles geschafft, aber dein Vater war in einer regelrechten Vertrauenskrise! Er hat sich selbst nichts mehr zugetraut, hat an allem gezweifelt – an sich, an seiner Arbeitsweise, an uns als Ehepaar.«

»An euch?« Camille blickte sie ungläubig an. »Ihr habt euch doch so sehr geliebt ... ihr wart in Vert-le-Coin schon fast legendär!«

»Ja, wir haben uns geliebt. Natürlich haben wir das. Aber wahre Liebe bedeutet nicht, niemals in eine Krise zu geraten, Camille. Sondern es bedeutet, sie zu meistern.«

Es tat weh, darüber zu sprechen, so weh. Bist du hier, Régis?, dachte Jeanne verzweifelt. Dann gib mir Kraft. Tu es für unsere Tochter – gib mir Kraft!

Camille fragte leise: »Und was heißt das, ihr hattet eine Krise?«

Etwas rieselte durch Jeanne. Es war prickelnd wie Strom und belebend wie reine Energie. Jeanne blinzelte. Das Gespräch mit Antoine fiel ihr wieder ein, damals auf der Landstraße. Er hatte recht gehabt! Sie brauchte Régis, in diesem Moment brauchte sie ihn wirklich – und er war da.

»Dein Vater hat mich betrogen«, sagte sie ruhig zu ihrer Tochter. »Nicht mit Aurore, sondern mit einer Fremden, einer jungen Frau, die er auf einer Landwirtschaftsmesse kennengelernt hat. Es war nur eine Nacht, und er hat mir davon erzählt. Er hat es sehr bereut, das musst du mir glauben, Camille. Aber mein Vertrauen in ihn war trotzdem zerrüttet, zumindest für ein paar Jahre.« Sie lächelte schief. »Irgendwann wurde es wieder besser. Der Betrug hat sich ja nicht wiederholt, und so bin ich mit der Zeit darüber hinweggekommen.«

Camille war blass geworden. »Ich kann das nicht glauben, Maman! Papa und eine junge Frau ... das muss schrecklich für dich gewesen sein, und ich habe überhaupt nichts davon gemerkt! Ich bin eine furchtbare Tochter.«

»Ach was. Du warst ein Teenager und mit dir selbst beschäftigt, und das war in Ordnung so.«

»Ich habe dich lieb, Maman«, sagte Camille leise. »Ich glaube, das habe ich dir nie gesagt.«

»Doch, keine Sorge. Ist allerdings sehr lang her.«

Jeanne lachte. Régis schien sie immer noch mit himmlischer Energie zu versorgen, denn mit jedem Wort, das sie und Camille wechselten, mit jedem Zupfen an dem Schleier, der über jenen Tagen gelegen hatte, fühlte Jeanne sich besser, kräftiger, erlöst.

»Letztendlich haben wir es hingekriegt, Camille. Ich habe deinem Vater verziehen und nach einigen Jahren auch wieder vertraut, und er hat seine Krise überwunden. Vielleicht haben wir uns danach sogar noch mehr geliebt als zuvor.« Sie stockte, als sie Camilles unglücklichen Blick bemerkte. »Hätte ich es dir besser nicht erzählen sollen?«

»Doch, natürlich«, sagte Camille. Sie rieb sich müde über das Gesicht. »Ich muss mich nur erst an den Gedanken gewöhnen. Dass Papa dich einfach betrogen hat, statt sich seinen Problemen zu stellen. Dass er den leichten Weg gegangen ist statt den richtigen und dass du, Maman, nicht immer stark und überlegen warst, obwohl du auf mich so gewirkt hast. Es ist eine eigenartige Vorstellung für mich, dass du traurig und verletzt warst und um deine Ehe kämpfen musstest. Ausgerechnet du!«

Jeanne zuckte die Schultern. »Ich bin ein Mensch wie alle anderen, oder nicht?«

»Ja«, sagte Camille, »das bist du wohl. Eigentlich ganz beruhigend.«

Ihre Blicke trafen sich, und plötzlich lachte Camille, und Jeanne stimmte mit ein. Sie lachten und lachten, und Camille bekam wieder Farbe in die Wangen, und dann tranken sie ihren Tee, und während zwischen ihnen eine ganz neue, zarte Verbundenheit wuchs, wurde Jeanne von Dankbarkeit überflutet.

Dankbarkeit, weil jenes dumme, folgenschwere Missverständnis nicht das letzte Wort gehabt hatte, genauso wenig wie Régis' Betrug.

Denn das Leben konnte dunkel und gemein sein, keine Frage. Aber es gewährte auch zweite Chancen, immer wieder, und diese Erkenntnis machte Jeanne so glücklich, dass sie hätte singen mögen.

Da fragte Camille: »Und was war nun mit Aurore?«

Jeannes Hochgefühl bekam einen kleinen Dämpfer.

»Ach, die.« Sie stand auf. »Eigentlich war mit der gar nichts. Noch einen Tee?«

Camille nickte, und während Jeanne erneut Wasser aufsetzte, erzählte sie ihrer Tochter auch noch den unrühmlichen Rest. Dass sie wegen des Betruges misstrauisch und unsicher und nicht dazu imstande gewesen war, souverän über Aurores Schwärmerei für Régis hinwegzusehen. Aurore war jung, schön und intelligent, und da sie von den Schwierigkeiten gewusst hatte, in denen der Hof steckte – Régis hatte für Jeannes Geschmack viel zu viel mit Aurore geredet –, hatte sie angeboten, nach ihrem Studium nicht mehr nur während der Lese, sondern das ganze Jahr über mitzuarbeiten. Sie verlangte wenig Gehalt, versprach höchstes Engagement und wäre wahrscheinlich tatsächlich eine Bereicherung gewesen.

»Aber ich hatte das sichere Gefühl, dass ich mir das Unglück ins Haus hole«, schloss Jeanne.

Mit dem frisch aufgebrühten Tee kehrte sie an den Küchentisch zurück. »Eigentlich mochte ich Aurore, so von Frau zu Frau. Ich war freundlich zu ihr und habe sie ermutigt, ihren Weg zu gehen. Ich wollte sie nur nicht hier bei uns haben, um keinen Preis – aber meine Eifersucht wollte ich natürlich auch nicht zugeben, dafür war ich viel zu stolz! Zumal ich wusste, dass die Eifersucht unbegründet war. Dein Vater hat Aurore niemals so angesehen wie sie ihn.«

»Na, immerhin.« Camille nahm ihr mit grimmiger Miene eine der Teetassen ab. »Allerdings hätte Papa sich auch denken können, dass du Aurore nach seinem Betrug nicht auf dem Hof haben willst! Ganz schön unsensibel, wenn du mich fragst.«

»Da muss ich ihn verteidigen, Camille. Im Nachhinein glaube ich, dass das Thema ›andere Frauen‹ für ihn durch war. Er hat unsere Ehe ein einziges Mal riskiert, und er hat es bitter bereut; wahrscheinlich hätte ich mir eine Delphine Durange ins Haus holen können, und es wäre trotzdem nichts passiert.« Jeannes Rücken schmerzte, als sie sich wieder auf den Stuhl sinken ließ. »Aber das sage ich jetzt. Damals war die Verletzung noch zu frisch, als dass ich das Ganze so abgeklärt hätte sehen können.«

»Hm.«

Ihre Tochter nippte, die Stirn gerunzelt, am Tee. Jeanne sah, dass es in ihr arbeitete, und es drängte sie danach, die Sache in die Hand zu nehmen, wie sie immer alles in die Hand genommen hatte: Sie wollte Camille trösten, ihr erklären, wie sie mit dieser neuen Sicht auf ihren Vater umzugehen habe, ihr nahelegen, Régis zu vergeben, weil Jeanne selbst ihm schließlich ebenfalls vergeben hatte. Wir waren doch wieder glücklich!, wollte sie ihrer Tochter zurufen. Aber etwas hielt sie zurück.

Sie ist erwachsen, wisperte eine Stimme in ihr, so fern wie ein Traum. Unsere Tochter braucht keine Anweisungen mehr. Sie braucht dein Vertrauen.

»Maman?«, fragte Camille leise. »Hättet ihr... hättest du... hättest du dich gefreut, wenn ich studiert hätte und zurückgekommen wäre? Wenn ich meine Ideen eingebracht und den Hof verändert hätte, so, wie ich es mir damals vorgenommen hatte? Oder hätte dich das geärgert? Es war... ist... immerhin dein Hof.«

»Es war nie nur mein Hof!«, widersprach Jeanne heftig. »Es war der Hof von Régis' Familie und dann von unserer Familie, und zu der gehörst seit zweiunddreißig Jahren auch du, ma pu... Camille.«

»Aber warum blockst du dann jeden meiner Vorschläge ab?« Ihre Tochter sah sie unverwandt an. Ganz ruhig saß sie da, und nur das Lodern in ihren Augen verriet, wie aufgewühlt sie war. »Egal, was ich sage, du findest alles doof. Zu viel Arbeit, zu viel Innovation, zu viel Risiko...«

»Ja, zu viel *für mich*! Herrje, verstehst du denn nicht?«

Jeanne beugte sich vor, und ihr Rücken feuerte einen qualvollen Warnschuss ab, doch darauf konnte sie in diesem Moment keine Rücksicht nehmen. Sie spürte, dass es ihre Tochter zurückzog auf den Hof, in die Landwirtschaft, nach Vert-le-Coin, und nichts war jetzt wichtiger, als ihr begreiflich zu machen, dass sie willkommen war. Mehr noch, dass sie seit Jahren herbeigesehnt wurde.

Verfluchtes Missverständnis, verfluchte Aurore – obwohl die ja eigentlich gar nichts dafür konnte. Was für ein Durcheinander!

»Ich bin müde, Camille«, sagte Jeanne eindringlich, »ich. Aber du nicht! Du hast tolle Ideen, und ich hätte überhaupt nichts dagegen, wenn sie umgesetzt würden... nur eben nicht von mir! Ich möchte mich zurückziehen, möchte nur noch wenig arbeiten, die Verantwortung abgeben. Das ist es, wovon ich träume. Nicht von Bio-Äpfeln oder von einem erneuten Einstieg in die Cidre-Produktion, sondern von Ruhe. Endlich einmal ausschlafen, Camille! In der Sonne sitzen und ein Glas Wein trinken oder reisen, o ja, wochenlang verreisen! Das möchte ich. Das brauche ich! Und ich fürchte, mein dummer Bandscheibenvorfall wollte mir genau das sagen.«

Mutter und Tochter blickten sich über den Küchentisch hinweg an.

»Ich finde ja eigentlich« – Camille schluckte – »Paris wird total überbewertet.«

»Finde ich auch.« Jeanne ließ ihre Tochter nicht aus den Augen. »Aber du bist glücklich in deinem Leben dort. Oder nicht?«

»Hier«, antwortete Camille, »wäre ich glücklicher.«

In Jeanne jauchzte es auf, und tief in ihrer Seele griffen Régis und sie sich an den Händen und vollführten ein Freudentänzchen.

Um nicht vollends die Fassung zu verlieren, räusperte sie sich und sagte streng: »Na, dann krempel mal die Ärmel hoch. Es gibt viel zu tun!«

Camille nickte.

»Schrecklich viel«, sagte sie, und ihre Lippen verzogen sich zu dem breitesten Lächeln, das Jeanne je an ihr gesehen hatte.

Camille

Camille eilte durch den schmalen Durchgang zwischen Wohnhaus und Cidrerie. Sie wollte auf dem schnellsten Weg zum Taubenturm, denn sie musste Antoine sofort alles erzählen. Camille konnte es noch gar nicht recht glauben: Sie würde wieder hier leben! Würde auf Bio umstellen, würde Cidre herstellen, vielleicht sogar mit Antoine an ihrer Seite ...

»Warte mal.«

Die leise Stimme riss Camille aus ihren Träumereien. Unwillig blieb sie stehen und wandte den Kopf.

Da stand Lilou, an die Rückwand der Cidrerie gelehnt, und starrte sie an.

»Ich habe gerade keine Zeit, Lilou.« Camille wies ungeduldig über die Wiese. »Ich muss zu Antoine.«

»Zu dem Dieb aus Paris?«, sagte Lilou. »Das würde ich mir an deiner Stelle gut überlegen.«

Camille blinzelte.

»Es bricht mir das Herz«, sagte Lilou mit Grabesstimme, »aber ich muss dir etwas über Antoine erzählen, das dich sehr interessieren dürfte.«

Lieber Himmel, das Mädchen hatte wirklich einen Hang zum Dramatischen! Unschlüssig blickte Camille von Lilou zum Taubenturm und wieder zurück. Das Mädchen war ihr unheimlich, und sie verspürte keinerlei Lust, einer verschlagenen kleinen Kröte wie ihr zuzuhören.

Aber etwas an Lilous Blick ließ sie verharren wie festgenagelt, und ihr Verstand stürzte sich auf ein Wort.

»Warum«, fragte Camille langsam, »nennst du Antoine einen Dieb?«

»Weil er uns gestohlen hat, Camille. Uns alle. Und ich möchte nicht, dass der Scheißkerl damit durchkommt. Kennst du den Namen Robert Dujardin?«

»Nein.«

»Das ist sein Pseudonym. Ich habe ihn gegoogelt, nachdem ich den Namen über dem Dokument entdeckt hatte. Und ich muss dir leider sagen, Camille, der Typ ist in seiner Branche eine ziemlich große Nummer!«

Feiern, dachte Camille, als sie wie betäubt zum Taubenturm stolperte. Wir wollten feiern, wenn ich zu ihm zurückkomme. Ob er auch das verwenden würde für sein beschissenes ... Tränen schossen ihr in die Augen. Nein, sie würde Lilou noch nicht glauben, würde Antoine noch nicht verurteilen. Nicht, bevor er selbst es zugegeben hatte.

Sie klopfte, und ohne Antoines Antwort abzuwarten, betrat sie den Turm.

»Camille, na endlich! Wie ist es gelaufen?«

Antoine sprang vom Stuhl auf, kam zu ihr und zog sie zärtlich in seine Arme.

Als sie schwieg, schob er sie ein Stück von sich weg und blickte ihr prüfend ins Gesicht.

»Oje, du bist ganz bleich. War das Gespräch so schlimm?«

Stocksteif stand sie da. Sie ertrug es kaum, seine Hände auf ihren Schultern zu spüren, und noch weniger, in seine besorgt blickenden Augen zu schauen. Er war so mitfühlend, dieser Antoine, so lieb und verständnisvoll; ein nachdenklicher, fürsorglicher Mann, der dabei auch noch gut aussah.

Und er war eine Mogelpackung.

Tonlos fragte sie: »Was, sagtest du, bist du von Beruf? Verkäufer?«

Nun wurde auch er blass.

Vorsichtig erwiderte er: »Nicht direkt. Etwas... in der Art.«

Mit einem Ruck machte sie sich von ihm los. »Du verkaufst *uns*. Mich, meine Mutter, unsere Nachbarn, Sandrine... du verkaufst ganz Vert-le-Coin! Ist es nicht so? Komm schon, gib es wenigstens zu, Antoine! Oder sollte ich lieber Robert zu dir sagen?«

Er schluckte hart. Steif wandte er sich von ihr ab, ging zum Tisch und setzte sich vor seinen Laptop. Wie in Zeitlupe klappte er ihn zu.

Dann hob er den Blick. »Ich verkaufe nicht euch, Camille. Ich verkaufe Geschichten. Das ist etwas anderes.«

»Es ist also wahr.« Ihre Unterlippe zitterte. »Du bist...«

»...Drehbuchautor.« Antoine seufzte tief. »Ja, Camille, das bin ich.«

Ihre letzte, schwache Hoffnung fiel in sich zusammen.

Lilou hatte nicht gelogen, nichts erfunden. Sie hatte nur die Wahrheit aufgedeckt.

Und damit Camilles Herz gebrochen.

Mit hängenden Schultern stand sie an der Tür, schaute durch den Raum zu Antoine. Sein Blick sprach Bände, enthüllte ein rabenschwarzes Gewissen, Zerknirschung, die Angst, sie zu verlieren. Oder hatte er bloß Angst davor, dass sie ihn rauswerfen und er sein verfluchtes Drehbuch ohne lebende Figurenvorlagen fertig schreiben musste? Gallig verzog Camille das Gesicht.

»Setz dich zu mir«, bat Antoine leise. »Bitte. Lass es mich dir erklären.«

Sie schüttelte den Kopf.

Er stand auf und kam wieder zu Camille, blieb dicht vor ihr stehen, hob die Hand und wollte ihr Haar berühren, ließ sie aber wieder sinken. So unsicher hatte sie ihn noch nie gesehen, und es verschaffte ihr eine grimmige Befriedigung.

»Ich verkaufe nicht euch«, begann Antoine stockend, »sondern eine Geschichte.«

Kühl unterbrach Camille ihn: »Das sagtest du bereits. Und ich wüsste nicht, wo da der Unterschied liegt. Lilou hat uns alle erkannt, jeden Einzelnen von uns! Du benutzt unsere Persönlichkeiten, unsere Biografien, unser Dorf, du hast unsere Charaktere und Probleme für dein Drehbuch einfach gestohlen, und ob du uns andere Namen gibst und Kleinigkeiten veränderst, das ist völlig egal, es fällt nicht ins Gewicht. Deine Geschichte – das sind *wir*! Und indem du uns ausgehorcht und benutzt hast, hast du uns alle verraten, Antoine.«

»Ich habe euch nicht ausgehorcht, ich habe doch bloß ... verdammt, wie soll ich es dir nur erklären?«

Unglücklich raufte er sich die Haare, und Camille dachte spöttisch: absolut filmreif!, während sie gleichzeitig von dem völlig unpassenden Verlangen überfallen wurde, Antoine in die Arme zu nehmen und zu trösten, ihre Lippen auf seine zu drücken und ihm zuzuflüstern, dass alles gut würde.

Sie ballte die Fäuste und starrte zu Boden, musterte angestrengt die Holzdielen. Vielleicht sollte sie Antoine einfach stehen lassen und gehen. Er hatte es nicht verdient, dass sie seinen Ausreden zuhörte.

»Ihr habt mich inspiriert, Camille«, fuhr er fort, »ihr habt meine Kreativität wieder geweckt, das gebe ich zu. Und ja, meine Figuren ähneln euch ein wenig. Aber das sieht man nur, wenn man es weiß oder wenn man euch sehr genau kennt! Oder euch ständig beobachtet wie Lilou, die allen in diesem Dorf nachspioniert – und mir offensichtlich auch.«

»Du bist hier der Spion, Antoine«, sagte Camille kalt.

»In gewisser Weise«, gab er zu. »Aber wie gesagt, niemand hätte das je erfahren, wenn Lilou nicht ...«

Camille riss den Kopf hoch, ihre Augen sprühten Funken. »Jetzt schieb nicht alles auf Lilou!«

»Immerhin schaust du mich jetzt an.« Er hielt ihren Blick fest, und sie verachtete sich dafür, dass sie wider jede Vernunft Hoffnung schöpfte, dass er sie überzeugen würde, wovon auch immer; Hauptsache, sie konnte ihn wieder lieben.

Seine Hände griffen nach ihr, umfassten ihre geballten Fäuste.

Leise und eindringlich sagte er: »Ich hatte eine Schreibblockade, zum ersten Mal in meinem Leben, und ich wusste überhaupt nicht, wie ich damit umgehen sollte. Ich war völlig leer, Camille, saß stundenlang vor dem Computer, ohne ein einziges Wort schreiben oder auch nur etwas Vernünftiges denken zu können. Meine Agentin hat mir zu Entspannungsübungen geraten, aber die haben nicht geholfen, genauso wenig wie lange Spaziergänge durch den Park, Kneipentouren mit meinen Freunden oder einsame Fernsehnächte. Aber ich musste diese Blockade überwinden, verstehst du, ich musste einfach – meine gesamte Karriere hing davon ab! Denn das Drehbuch, um das es geht und das mich so sehr unter Druck setzt, wird von niemand Geringerem verlangt als von der Durange, und *die* zu enttäuschen, Camille, ist beruflicher Selbstmord!«

Ungläubig fragte Camille: »Von der Durange?«

Antoine nickte. »Von Delphine, ja. Sie kennt mich, denn ich bin schon lang im Geschäft. Delphine Durange ... sie ist ein verwöhntes Gör, nichts weiter. Aber wegen ihres Ruhmes und ihrer Schönheit kann sie es sich leider leisten, alle nach ihrer Pfeife tanzen zu lassen. Wenn Delphine einen bestimmten Regisseur will, dann bekommt sie ihn, und wenn sie für ihren nächsten Film einen bestimmten Drehbuchautor möchte, dann bekommt sie eben auch den. Das dachten zumindest alle – der Produzent, meine Agentin, die gesamte Branche! Delphine wollte mich, und ich hatte gefälligst geschmeichelt zu sein, obwohl klar war, dass ich nur wenige Wochen Zeit haben würde. Aber für mich ... Es hat sich nicht angefühlt wie eine Auszeichnung, verstehst du? Sondern wie eine zentnerschwere Last. Ich wusste genau, von diesem Drehbuch hängt meine berufliche Zukunft ab: Wenn ich etwas Tolles abliefern würde, das Delphine begeistert, dann würde ich einen immensen Karrieresprung machen. Wenn ich aber scheitern würde, dann wäre es das gewesen! Denn das Filmgeschäft mag glamourös wirken auf diejenigen, die es nicht kennen. Aber glaub mir, Camille, in erster Linie ist es schnelllebig und brutal.«

Camille schwieg.

»Irgendwann habe ich es nicht mehr ausgehalten. Ich konnte nicht schreiben, aber auch nicht mehr abschalten, tagsüber nicht zur Ruhe kommen und nachts nicht mehr schlafen.« Antoine wirkte verlegen. Offensichtlich fiel es ihm schwer, seine persönliche Krise so offen vor Camille auszubreiten. Doch tapfer fuhr er fort: »Ich habe meiner Agentin gesagt, dass ich eine Auszeit brauche, so unpassend der Zeitpunkt auch sei, und sie hat es akzeptiert, unter der Bedingung, dass ich mit dem Drehbuch anfange, sobald es mir auch nur ein kleines bisschen besser geht. Tja, und das habe ich getan – denn hier bei euch ging es mir tatsächlich besser. Du, dieser Hof, das Dorf und seine Menschen ... ihr habt mich aus meinem Loch geholt und etwas in mir aufgebrochen. Vert-le-Coin hat mich belebt und inspiriert, und so habe ich es geschafft, endlich dieses verfluchte Drehbuch zu schreiben.«

Camille fragte: »Die mysteriöse Anruferin, die ich für

deine Exfrau gehalten habe, diese Gabrielle. Das war also deine Agentin?«

»Richtig. Wir stehen ständig in Kontakt, denn Delphine wird langsam ungeduldig, und es ist meine arme Agentin, die Delphines geballte Quengelei abbekommt.«

Seine arme Agentin war Camille herzlich egal. Er hatte sie verraten, und Camille wusste nicht, wie sie ihm diesen Vertrauensbruch verzeihen sollte. Denn wenn ihre Beziehung schon mit Lug und Trug anfing, wie würde sie dann weitergehen?

Nicht schon wieder ein Reinfall, dachte Camille niedergeschlagen.

Sie hatte wirklich geglaubt, Antoine sei anders.

»Zeig es mir«, forderte sie rau. »Dein Drehbuch, ich will es sehen.«

Antoine presste die Lippen aufeinander. Doch er nickte, und sie folgte ihm zu seinem Laptop.

Fünf Minuten später wünschte sie, sie hätte es nicht gelesen. Denn diese paar Minuten hatten gereicht, um ihr zu beweisen, dass Antoine keine halben Sachen gemacht hatte.

Alle, aber auch alle waren da: der windige Pizzabäcker, den Camille unschwer als Claude Formon von der *Boule d'Or* erkannte. Die traurige junge Ehefrau, die bei Antoine zwar brünett war, aber eindeutig auf Sandrines Geschichte basierte. Das pubertierende, unscheinbare Nachbarmädchen. Der träge Versager mit dem umwerfenden Aussehen. Die Liste ließ sich endlos fortsetzen – und im Mittelpunkt dieses dörflichen Filmuniversums stand *sie*.

Sie, die hübsche Apfelbäuerin mit dem ungeklärten Mutter-Tochter-Verhältnis. Denn sie, Camille, war die Vorlage für Delphine Duranges nächste Hauptrolle, und sie war bis ins kleinste Detail beschrieben worden.

Keine Frage, Antoine hatte sie durchaus schmeichelhaft gezeichnet. Eigentlich hatte er jede seiner Figuren liebevoll charakterisiert; sie erschienen Camille positiver als in der Wirklichkeit. Dennoch fühlte es sich an wie ein Schlag in die Magengrube, sich in diesem Drehbuch wiederzufinden, denn auch wenn er sie positiv gezeichnet, ihnen andere Frisuren und neue Namen gegeben hatte: Er hatte sie alle schamlos benutzt. Lilou hatte recht gehabt. Antoine war ein Dieb.

Sie saß auf dem Stuhl und starrte auf den Laptop.

Unbehaglich sagte Antoine: »Es ist noch nicht fertig. Der Schluss fehlt, und ich wollte das Ganze auch noch überarbeiten. Ich hätte dich weiter verändert, bevor ich es abgebe, sodass man dich nicht mehr erkannt hätte, Camille. Dass die Hauptfigur dir stärker ähnelt als die anderen Figuren ihren Vorbildern, das liegt daran, dass die Apfelbäuerin für den Film am wichtigsten ist und ich mich deshalb besonders in sie einfühlen musste. Bitte glaub mir, Camille, ich hätte ...«

»Ich glaube dir gar nichts mehr«, unterbrach sie ihn traurig.

Sie stand auf und sah ihm in die Augen. »Weißt du, was? Es wundert mich überhaupt nicht, dass deine Ehe gescheitert ist. Du stellst deine Arbeit über alles, über Anstand, über Freundschaft – und über die Liebe. Hättest du mir eigentlich je reinen Wein eingeschenkt? Oder hättest du einfach darauf vertraut, dass ich den nächsten Durange-Film bestimmt nicht sehen würde, weil es in Vert-le-Coin kein Kino gibt?«

»Camille...«

»Leb wohl.«

Das Letzte, was sie sah, war sein Blick. Reue stand darin und verzweifelte Liebe, und kurz wurde Camille unsicher.

Doch dann dachte sie an das, was sie für Antoine war – eine Klischee-Apfelbäuerin, eine Drehbuch-Vorlage, eine irreale Camille-Delphine –, und sie verließ den Taubenturm und ging mit festen Schritten über die Wiese.

Hierher gehörte sie, auf diesen Hof, und sie würde wieder Cidre herstellen. Hier würde sie leben und arbeiten, hier würde sie glücklich werden. Glücklich, o ja, sehr glücklich, verdammt glücklich, auch ohne Antoine!

Camille blieb stehen, schlug die Hände vors Gesicht und weinte.

Jeanne

Was für ein Vormittag! Jeanne lachte glücklich auf. Nicht einmal ihr Rücken tat noch weh; als wüssten ihre alten Bandscheiben, dass an einem solchen Freudentag jeglicher Schmerz fehl am Platz war. Die Apfelplantagen mussten nicht verkauft werden, der Hof blieb in der Familie, und Jeanne würde durch Camilles Rückkehr entlastet werden – wenn das kein Grund für Jubel war!

Jemand räusperte sich pikiert, und Jeanne wandte den Kopf. Eine alte Dame blickte empört zu ihr herüber. Rasch setzte Jeanne eine ernste Miene auf. Es stimmte schon, Fröhlichkeit war auf einem Friedhof wirklich unpassend.

Oder doch nicht? Jeanne hatte das sichere Gefühl, dass Régis gerade ebenso heiter gestimmt war wie sie selbst, und so erhob sie sich von der Bank und trat an sein Grab.

»Danke für vorhin«, sagte sie leise. »Bei allem, was wir zusammen durchgemacht haben, und obwohl du so früh gegangen bist: Du bist und bleibst mein Liebster, Régis.«

Sie ging um das Grab herum und legte zärtlich die Hand auf Régis' Grabstein. Trotz der warmen Frühherbstsonne fühlte er sich kalt an.

»Gibst du mir deinen Segen?«, flüsterte sie und streichelte den harten Stein. »Bist du einverstanden mit ... mit Pascal?«

Sie erwartete keine Antwort, trotzdem redete sie hastig weiter. »Ich mag ihn, weißt du. Ich glaube, wir könnten gut füreinander sein. Es ist Zeit, dass ich aus meiner Einsamkeit herausfinde, ich habe ja hoffentlich noch ein paar Jährchen vor mir, und jetzt, wo unsere Tochter zurückkommt ... ach, Régis. Hier stehe ich und rechtfertige mich vor einem Toten! Ist das nicht dämlich?«

Régis schwieg.

Natürlich schwieg er.

Doch in Jeannes Herz breitete sich eine Liebe aus, die so groß und umfassend war, dass sie ihr den Atem raubte: Régis' Liebe zu ihr, ihre Liebe zu ihm und ihrer beider Liebe zu Camille. Die Liebe zum Leben, zu dem, wie es gewesen war, und zu dem, wie es noch werden konnte. Schließlich die Liebe zu Pascal, ihrem treuen, alten Freund, der unverhofft zu mehr geworden war und der mit ihr zusammen alt werden wollte.

Noch älter, dachte Jeanne und musste lachen, weil sie sich in diesem Moment unglaublich jung fühlte, und bevor sie wegen ihrer Heiterkeit ein weiteres Mal von der Dame gerügt werden konnte, verließ sie den Friedhof.

Ihr Platz war unter den Lebenden.

Wie von selbst trugen ihre Füße sie zur Bäckerei.

Sandrine

Dieser Besuch war längst überfällig. Sandrine verstand sich selbst nicht mehr: Wie hatte sie sich bloß mit Camille zerstreiten können – wegen eines anderen Mannes als Yves?

Sie lächelte in sich hinein, als sie an den Abschiedskuss dachte, den ihr Mann ihr heute Morgen gegeben hatte. So erotisch geküsst hatten sie beide sich nicht mehr seit... okay, seit gestern Abend.

Wie schön das Leben sein konnte, wenn der Panzer, den man um sein Herz trug, Risse bekommen hatte.

Sandrine lief durch den Torbogen des Apfelhofs. Sie sah Camille sofort: In der warmen Nachmittagssonne saß die Freundin am Tisch unter dem Birnbaum. Sie hatte die Beine angezogen und die Arme darum geschlungen, ihren Kopf auf die Knie sinken lassen. Ging es ihr nicht gut?

»Hallo, Camille.« Unbehaglich blieb Sandrine vor der Freundin stehen.

»Oh. Du bist es«, sagte Camille und wischte sich ertappt über die tränenfeuchten Wangen. »Was machst du denn hier?«

»Ich wollte mich entschuldigen.« Sandrine trat von einem

Fuß auf den anderen. Sich zu setzen wagte sie nicht. »Für das, was ich in der *Boule d'Or* zu dir gesagt habe. Ich bin ... ich war ... o Mann, einfach blöd!«

»Ich auch«, flüsterte Camille. »Ich war noch viel blöder als du, und zwar in jeder Hinsicht.«

In Verbindung mit Camilles rot verweinten Augen klang das ziemlich beunruhigend, und spontan trat Sandrine näher, beugte sich zu Camille hinab und umarmte sie. So viele Geheimnisse hatten sie früher miteinander geteilt, so viele Freuden und Kümmernisse – es sollte nicht vorbei sein. Sandrine hatte Yves wiedergefunden, und sie wusste nun, dass sie auch Camille kein zweites Mal verlieren wollte.

»Du kannst ihn haben«, flüsterte sie Camille zu, »ich will ihn ja gar nicht, und selbst wenn ich ihn wollte ... es war so dumm von mir, wegen Antoine mit dir zu streiten! Antoine und du, ihr gehört zusammen. Das sieht doch ein Blinder!«

Camille schluchzte auf.

Da verstand Sandrine.

»Ich fürchte«, sagte sie ernst und richtete sich wieder auf, »dies ist ein Notfall. Wo bewahrt ihr euren Alkohol auf?«

Wenig später hatten sie jede ein Glas Cidre vor sich stehen. Traurig nippte Camille an dem goldgelben Getränk. Den Grund ihres Kummers schien sie Sandrine noch nicht offenbaren zu wollen, aber sie war immerhin bereit zuzuhören, und so überwand sich Sandrine und erzählte von den vielen Fehlgeburten und ihrem Gefühl, keine richtige Frau zu sein. Von der Aussprache und Versöhnung mit

Yves und davon, dass sie den ersten Termin beim Therapeuten bereits vereinbart hatte, weil sie fest entschlossen war, die Trauer über ihre Unfruchtbarkeit endlich aufzuarbeiten.

»Es war falsch von mir, mich in diese Schwärmerei für Antoine zu flüchten«, schloss sie verlegen. »Es tut mir aufrichtig leid, und ich wünsche euch beiden alles Glück der Welt. Das heißt, wenn du ihn noch willst. Habt ihr ... habt ihr euch gestritten?«

Camille schwenkte den Cidre in ihrem Glas. Sie hatte bisher kaum etwas getrunken, nur genippt und zugehört und vor sich hin gestarrt. Es schien ihr wirklich schlecht zu gehen.

»Antoine«, sagte Camille düster, »ist Vergangenheit.«

Und dann rückte sie mit einer Geschichte heraus, bei der Sandrine der Unterkiefer herunterklappte.

»Er ist Drehbuchautor? Und er hat uns alle für den nächsten Film der Durange verwendet?!« Sandrine stöhnte auf. »Deshalb hat er sich also für meine Eheprobleme interessiert ... nicht zu fassen! Und das mit euch, das war ...?«

»Inspiration«, sagte Camille bitter. »Nichts als Inspiration.«

Darauf wusste Sandrine nichts zu sagen. Wie tröstete man jemanden, der so hinterhältig benutzt worden war?

»Dabei war ich mir so sicher, dass zwischen uns etwas ist. Etwas ganz Besonderes, etwas Tiefes, das von Dauer sein könnte.« Camille schloss die Augen. »Tja. Wie es aussieht, habe ich mich gründlich getäuscht.«

»Äh, Camille ...«

»Nein, lass nur. Da gibt es nichts schönzureden, es ist, wie es ist: Er ist ein mieses, verlogenes, gemeines ...«

»Hallo, Antoine«, sagte Sandrine laut, und Camille riss die Augen auf.

»Entschuldigt die Störung.« Antoine sah blass aus, wirkte jedoch entschlossen. »Ich werde morgen früh abreisen, doch zuvor möchte ich euch beiden etwas sagen. Vor allem dir, Camille.«

Camille antwortete nicht. Sie presste die Lippen aufeinander und tötete Antoine mit ihren Blicken. Dann wandte sie den Kopf ab.

»Na denn«, sagte Sandrine ungnädig. Schließlich hatte er auch sie verraten. »Rück raus.«

Antoine nickte ihr dankbar zu.

Als fürchte er, dass Camille ihn jederzeit verjagen könne, begann er ohne Umschweife: »Ihr fühlt euch hintergangen und benutzt, und dazu habt ihr jedes Recht der Welt. Ich entschuldige mich hiermit in aller Form dafür, dass ich euch – euch allen in Vert-le-Coin – nicht von vornherein reinen Wein eingeschenkt habe. Ich habe geschwiegen, weil ich eure Unbefangenheit und Natürlichkeit mir gegenüber nicht zerstören wollte, aber ich habe falsch gehandelt, das sehe ich nun ein. Dennoch ...«

Er stockte, und Sandrine beobachtete, wie er Camilles Blick suchte. Die beiden sahen sich an, ihre Augen saugten sich förmlich aneinander fest, und in dieser Sekunde wusste Sandrine, dass ihre Freundin sich nicht geirrt hatte: Sie liebten sich, diese beiden, die einander so unglücklich anstarrten.

»Weiter«, sagte Sandrine aufmunternd, bevor Antoine und Camille noch zu Salzsäulen wurden. »Dennoch?«

Antoine atmete tief durch. »Dennoch habe ich euch nichts vorgespielt, keiner und keinem von euch. Ihr alle, auf diesem Hof, in diesem Dorf, interessiert mich sehr. Nicht mich als Drehbuchautor, sondern mich als Mensch! Ich fühle mich wohl in Vert-le-Coin, und ich habe die Gespräche mit euch« – sein Blick flog entschuldigend zu Sandrine – »niemals nur aus beruflichen Gründen geführt. Ich habe mich von euch inspirieren lassen, ja, von euren Persönlichkeiten und auch von euren Erlebnissen. Aber das war nicht das Einzige, und ich habe niemandem etwas vorgespielt, das ich nicht gefühlt habe, weder Sympathie noch Freundschaft noch – Liebe.«

Camille verschränkte die Arme vor der Brust.

»Hmhm«, brummte Sandrine.

Eigentlich glaubte sie Antoine, und in gewisser Weise verstand sie ihn sogar: Der Mann war nun mal Drehbuchautor, von irgendwoher musste er seine Inspiration ja beziehen! Und trotzdem: So lange ihre Freundin ihm nicht vergab, würde Sandrine das aus reiner Loyalität auch nicht tun.

»Mein Beruf«, fuhr Antoine leise fort, »basiert auf meiner Fantasie, und die braucht ab und an Unterstützung durch die Wirklichkeit. Das kann ich nicht ändern. Aber ich möchte auch nicht leugnen, dass ich es diesmal mit der Unterstützung übertrieben habe, und ich verstehe es voll und ganz, wenn du das als Verrat ansiehst.«

Er sprach nun nur noch zu Camille. Nichts anderes

schien mehr für ihn zu existieren als sie, die vor ihm unter dem Birnbaum saß und schwieg, obwohl in ihren Augen ein Feuersturm tobte.

»Du hast mir vorgeworfen, ich würde die Arbeit über die Liebe stellen, und vielleicht hat das in der Vergangenheit auch gestimmt. In meiner Ehe war es mit Sicherheit so. Aber ich ... ich bin lernfähig, Camille.«

Sandrine kaute auf ihrer Unterlippe. Das hier war definitiv nicht mehr für ihre Ohren bestimmt, aber einfach so aufstehen und gehen wollte sie auch nicht.

»Du bist mir wichtig geworden, Camille, du und das, was aus uns beiden werden könnte. Und damit du mir das glaubst, werde ich dieses vermaledeite Drehbuch löschen, wenn du sagst, dass es dir dann besser geht. Scheiß auf den Film! Wenn du mir verzeihen kannst, dann ... dann wird es schon irgendwie weitergehen, auch ohne die Durange! Wenn du mir nur eine zweite Chance gibst, Camille.«

Das fand Sandrine äußerst romantisch, und gerührt seufzte sie auf.

Ihre Freundin jedoch schwieg weiterhin eisern, und so sah Sandrine sich genötigt zu fragen: »Nur mal angenommen, Camille verzeiht dir nicht. Wie geht es dann weiter?«

Antoine zuckte zusammen. »Dann reise ich morgen früh ab.«

»Und das Drehbuch?«, hakte Sandrine nach.

»Damit verfahre ich so, wie ihr es wünscht. Darauf gebe ich euch mein Wort.«

»Das klingt fair«, sagte Sandrine.

Er war doch kein so schlechter Kerl, dieser Antoine.

Aber ob Camille das auch so sah? Bisher war sie ihm jedenfalls noch keinen Millimeter entgegengekommen.

»Lass sie eine Nacht darüber schlafen, Antoine«, sagte Sandrine, die sich allmählich vorkam wie eine Eheberaterin. »Camille braucht Zeit, um nachzudenken. Geh zurück in den Taubenturm, deine Antwort bekommst du morgen. Na los, geh schon!«

Antoine zog irritiert die Brauen zusammen.

Doch dann nickte er und ging, und beide Frauen sahen ihm nach.

»Meine Güte, Sandrine«, brach Camille ihr Schweigen. »Ich wusste gar nicht, dass du so energisch sein kannst!«

»Ich bin eben eine Frau voller Überraschungen«, antwortete Sandrine. »Aber vor allem bin ich deine Freundin. Bin ich doch, oder?«

»Ja«, sagte Camille, »das bist du.«

Und endlich lächelte sie.

Camille

Nachdem Sandrine gegangen war, kehrte Camille mit Gläsern und Cidre ins Wohnhaus zurück. Die Flasche war noch fast voll, sie hatten kaum etwas getrunken, und das war auch gut so, denn Camille hatte das dringende Bedürfnis, lang und intensiv zu grübeln. Ihr Kopf schien zu bersten vor sich überschlagenden Gedanken, ihr Herz lief über von widerstreitenden Gefühlen. Unruhig ging sie in die Küche und stellte den Cidre in den Kühlschrank. Ein Blick auf die Uhr zeigte ihr, dass es eigentlich Zeit fürs Abendessen wäre, und flüchtig fragte sie sich, wo Jeanne abgeblieben war. Nicht, dass Camille Hunger gehabt hätte, dafür war ihr die Aufregung viel zu sehr auf den Magen geschlagen. Aber Jeanne?

Sie hörte den Anrufbeantworter ab. Ihre Mutter hatte eine Nachricht hinterlassen: Sie sei bei Pascal, dem Bäcker, und käme wahrscheinlich erst morgen früh wieder nach Hause.

Ihre Mutter und Pascal Varin?

Offensichtlich war nicht nur Sandrine, sondern auch Jeanne eine Frau voller Überraschungen.

Doch Camille gönnte ihrer Mutter ihr neues Glück. Wenn schon sie selbst Pech in der Liebe hatte, dann sollte es wenigstens Jeanne gut gehen!

Hast du denn Pech in der Liebe?, flüsterte eine Stimme in ihr. Antoine hat dich in gewisser Weise verraten, das schon. Doch er bereut es, und er hat sich dir ausführlich erklärt. Du bist ihm wichtig, sehr wichtig sogar! Zählt das denn gar nichts?

Camille strich sich über die Stirn, hinter der es zu pochen begann. Kopfschmerzen kündigten sich an, so heftig wie sonst nur im Reisebüro, und die Erinnerung an ihr Leben in Paris überfiel sie mit Wucht. Sie war so froh, dass sie diesen Apfelhof übernehmen durfte, statt bald wieder von morgens bis abends Flüge heraussuchen und Hotels anpreisen zu müssen!

Aber es war nicht nur die Arbeit im Reisebüro, die nicht mehr zu Camille passte, nie zu ihr gepasst hatte. Es war ebenso ihr unstetes Liebesleben.

Ich will das nicht mehr, dachte sie voller Sehnsucht. Ich will Antoine!

Ihn und nur ihn wollte sie an ihrer Seite wissen, wenn sie sich in ihrem neuen, alten Leben auf dem Apfelhof verwurzelte.

Konnte, sollte, durfte sie ihm verzeihen?

War sie hartherzig und stur, wenn sie es nicht tat?

Oder dämlich, wenn sie es tat?

Der Kopfschmerz wurde stärker, und Camille legte sich im Salon aufs Sofa. Draußen wurde es langsam dunkel, und während sich die Schatten des Abends über sie senkten, rang Camille mit sich und der Entscheidung, die sie treffen musste – heute noch, denn morgen wäre Antoine fort. Er würde sein Drehbuch vernichten und abreisen, und dann wäre es ein für allemal vorbei.

Sie schloss die Augen, lag still im dämmerigen Salon.

Dachte an Papa, der Maman beschützt und geliebt und betrogen hatte. An Jeannes Verunsicherung, Régis' tiefe Reue. An Vertrauen und Verrat, Schuld und Vergebung, zerbrochene Ideale und zweite Chancen, und plötzlich kamen ihr die Worte ihrer Mutter in den Sinn.

Wahre Liebe bedeutet nicht, niemals in eine Krise zu geraten, Camille, sondern es bedeutet, sie zu meistern.

Das Pochen hinter ihrer Stirn ebbte ab.

Camille setzte sich auf.

Sie erhob sich vom Sofa und ging durch den Salon, und als sie das Haus verließ, begann sie zu rennen. Sie sah Antoine im Dunkeln auf der Terrasse sitzen, ein zusammengesunkener Schatten vor dem Taubenturm, der sich rasch erhob, als er sie über die Wiese kommen hörte. Und dann stand sie keuchend vor ihm und stieß ihm den Zeigefinger gegen die Brust.

»Ich weiß nicht, ob das, was zwischen uns ist, wahre Liebe ist«, brachte sie schwer atmend hervor. »Doch ich bin bereit, es herauszufinden, denn ich möchte, verdammt noch mal, mit dir zusammen sein! Aber ich warne dich, Antoine: Wenn du mich noch ein einziges Mal hintergehst, dann hetze ich dir, ohne zu zögern, Mouchette auf den Hals! Und die hat Hörner.«

Antoine lächelte, seine Augen waren feucht.

Vorsichtig breitete er die Arme aus, und Camille schmiegte sich hinein. Langsam kam sie zur Ruhe, während Antoine sie umfasste und an sich drückte und zart, fast ehrfürchtig begann, sie auf das Haar zu küssen, auf die Stirn, die Wange.

»Sag mir noch eines«, wisperte Camille, als er beinahe ihren Mund erreicht hatte. »Wie hätte dein Drehbuch um diese Apfelbäuerin eigentlich geendet?«

»Ihr Geliebter küsst sie«, flüsterte Antoine an ihren Lippen, »und dann fällt der Vorhang.«

»Wie diskret«, murmelte Camille. Unwillkürlich musste sie grinsen. »Ich glaube, ich bin ganz froh, dass wir hier *nicht* im Film sind.«

Antoine lachte leise.

Wie als Antwort schob er die Hände unter ihren Pullover.

Und da zog Camille ihn in den Taubenturm.

Anderthalb
Jahre später

Camille

»Guten Morgen, meine Schöne«, raunte Antoine. »Du musst leider aufstehen. Wir haben Besuch, und den werde ich allein nicht los.«

»Besuch?« Verschlafen hob Camille den Kopf. Wer, zur Hölle, besuchte sie in aller Herrgottsfrühe in ihrem Schlafzimmer?

»Mähähä«, meckerte Mouchette.

Stöhnend ließ Camille den Kopf zurück aufs Kissen fallen. »Diese Ziege wird immer dreister. Wie hat sie es bloß geschafft, hier reinzukommen? Demnächst verfolgt sie uns noch bis ins Bad!«

Antoine grinste breit. »Ich liebe diesen Hof.«

»Ach.« Camille lugte zu ihm hoch. »Und ich dachte, du liebst mich?«

»Dich liebe ich noch mehr.«

Camille lächelte zufrieden. Antoine stand vor dem Bett, nur mit Boxershorts bekleidet, und der Anblick seines fast nackten Körpers gefiel ihr ausnehmend gut. Sie streckte die Hände nach ihm aus.

»Komm zu mir. Lassen wir die Ziege Ziege sein.«

Antoine kratzte sich am Hinterkopf. »Aber sollten wir sie nicht...?«

»Ich bringe sie nachher zurück. Schau, sie macht es sich schon bequem!« Camille wies auf Mouchette, die sich gerade neben dem Bett zu Boden fallen ließ. »Vielleicht denkt sie ja, sie sei ein Hund.«

»Solange sie stubenrein ist...«, murmelte Antoine skeptisch, und Camille lachte.

»Einmal Pariser, immer Pariser, was?«

»Also, ich finde, ich habe mich schon ziemlich gut ans Landleben gewöhnt.« Antoine warf einen letzten misstrauischen Blick auf Mouchette, dann kam er zurück ins Bett.

Er zog Camille in seine Arme, und sie seufzte wohlig. Dann ließ Antoine seine Hände tiefer gleiten, und Camille seufzte noch wohliger, und für die nächste Stunde war die Ziege, die auf ihrem Plätzchen neben dem Bett wie selbstverständlich eingeschlafen war, vergessen.

Während Antoine duschte, brachte Camille die widerstrebende Mouchette zurück auf die Weide.

Sie winkte der Ziege zu. »Bis bald. Spätestens am Nachmittag bist du ja sowieso wieder bei uns.«

Mouchette meckerte zustimmend, und Camille wandte sich ab und ging zwischen den knospenden Apfelbäumen in Richtung Cidrerie. Es war noch kühl an diesem Morgen im März, und am liebsten wäre sie schnurstracks wieder ins Haus und zu Antoine unter die heiße Dusche geschlüpft. Doch das hätte nur zu weiteren süßen Verzögerungen geführt, und Antoine musste sein aktuelles Drehbuch fertig schreiben. Er hatte zu arbeiten ... und sie auch. Dieser Gedanke zauberte ein Lächeln auf ihr Gesicht, und sie öffnete die Tür der Cidrerie und betrat die ehemaligen Stallungen, die nun, wie zu Zeiten ihres Vaters, wieder als Cidre-Keller dienten.

Camille ließ den Blick über die lange Reihe der Edelstahltanks schweifen, in denen ihr erster selbst gepresster Cidre lagerte, und vor Glück wurde ihr schwindelig. Der Weg, der hinter ihr lag, war nicht leicht gewesen. Aber er hatte sich absolut gelohnt!

Mein Cidre, dachte Camille und lachte vor Freude auf. Mein eigener Cidre.

Ich habe es geschafft.

Langsam ging sie durch den dämmerigen Keller. In diesen Tagen stand eine aufregende Arbeit an: Camille würde die ersten Flaschen abfüllen, eine gehoben liebliche Sorte und eine trockene, und sie war furchtbar gespannt, ob ihr Cidre so schmecken würde, wie sie es bei der Assemblage, der Zusammenstellung und Mischung der Äpfel, beabsichtigt hatte. Natürlich, der Cidre würde auch in der Flasche noch reifen. Er würde sich in den nächsten Monaten weiter verändern, würde alkoholischer und trockener werden, denn Camille filterte ihn bewusst nicht steril, anders als die großen Produzenten ihre Massenware. Trotzdem, das wusste Camille, würde sie gleich nach der Abfüllung erkennen, ob sie ihre Ziele erreicht hatte. Würden ihre Cidre-Sorten das gesamte Aromenspektrum der Rosière'schen Äpfel abdecken? Wären sie nicht nur lecker, sondern ein Geschmackserlebnis – spannend und komplex?

Sie hoffte es aus ganzem Herzen. Und wenn sie ihr ehrgeiziges Ziel dieses Jahr noch verfehlt hätte, dann würde sie eben weiter experimentieren! Schließlich gab es nicht nur die eine, allein seligmachende Art, Cidre herzustellen, sondern viele Arten: Man konnte statt der frischen Äpfel auch den Saft der verschiedenen Sorten miteinander mischen. Man konnte dies während der Fermentation tun. Oder erst danach. Man konnte das Mischungsverhältnis der Apfelsorten verändern, man konnte die Gärzeit verlängern ... ach, es gab so viele Möglichkeiten! Und dass sie in der Zukunft alle würde ausprobieren dürfen, brachte Camilles Augen zum Leuchten.

Unwillkürlich dachte sie an ihren Vater, an jenen Tag in der Cidrerie, an dem sie gemeinsam der Apfelmusik gelauscht hatten. Forscherin wolle sie werden, hatte Camille damals zu Papa gesagt. Und nun war sie tatsächlich eine geworden ... auch wenn sie statt wilder Tiere die beste Art erforschte, Cidre herzustellen. Aber war das schlechter? Nicht für mich, dachte Camille, und ein prickelndes Hochgefühl durchrieselte sie. Denn das hier, dieser Hof, diese Arbeit, dieses Leben – das bin ich.

Und plötzlich wusste sie, dass sie ein Fest veranstalten wollte. Ein Apfelblütenfest, an dem ihr erster Cidre verkostet und zu dem sie alle einladen würde, die zu ihrem Leben gehörten, aus Vert-le-Coin und aus Paris.

Von dieser Idee musste sie gleich Antoine erzählen!

Sie lächelte bei der Vorstellung, wie die beiden Welten, in denen sie und Antoine sich bewegten, auf dieser Feier verschmelzen würden. Céline und Geneviève würden sich das Fest bestimmt nicht entgehen lassen, ebenso wenig wie Antoines Freunde und Madame Dubois, die alte Dame mit dem Feinkostladen, die mittlerweile zu Camilles Geschäftspartnerin geworden war. Die *Epicerie fine du Dixième*, die Qualität und Regionalität schon immer zu schätzen gewusst hatte, verkaufte nämlich nun Apfelessig und eingelegtes Gemüse vom Hof der Rosières, und das mit großem Erfolg.

Die Konfitüren und Gelees aus Brombeeren, Himbeeren und Johannisbeeren boten Camille und Jeanne hingegen nach wie vor auf dem Markt in Vert-le-Coin an. Sobald ihr Cidre sich etabliert hatte, wollte Camille auch einen eigenen Hofladen einrichten. In diesem könnten dann nicht nur Cidre-Liebhaber einkaufen, sondern auch ihre Übernachtungsgäste; denn der Taubenturm erfreute sich unter den erschöpften Parisern zunehmender Beliebtheit. Camille war sich nicht sicher, ob das an ihren eigenen PR-Maßnahmen lag oder doch eher an Antoines gutem Namen in der Filmbranche. Jedenfalls waren es auffällig oft Kreative, die sich zum Auftanken auf den Apfelhof zurückzogen.

Auch Antoine selbst verbrachte den größten Teil des Jahres bei Camille. Zwar hatte er seine Wohnung in Paris – anders als Camille ihr Wohnklo im fünften Stockwerk unterm Dach – nicht aufgegeben, denn sowohl Antoine als auch Camille fanden es schön, eine Bleibe zu haben, wenn die Sehnsucht nach der Stadt sie überkam.

Aber das passierte seltener als erwartet, und da Antoine zum Arbeiten nichts als seinen Laptop brauchte, war er zum Dauergast bei den Rosières geworden. Er revanchierte sich, indem er überall dort mit anpackte, wo etwas mehr Muskelkraft vonnöten war. Außerdem hatte er nach und nach sämtliche Zimmer des Apfelhofs renoviert. »Unseren schreibenden Hausmeister« nannte Camilles Mutter ihn mit liebevollem Spott.

Camille schüttelte grinsend den Kopf.

Sie war froh, dass sich die Probleme zwischen ihr und Jeanne in Grenzen hielten. Nachdem Jeanne anfangs ein wenig Mühe gehabt hatte, Camilles Entscheidungen wirklich zu respektieren, hatte sie sich im Laufe des ersten Winters doch daran gewöhnt. Und je mehr Zeit Jeanne mit Pascal verbrachte, desto mehr schien sie ihre neue Rolle als Hof-Rentnerin zu akzeptieren und sogar zu genießen. Nicht selten verbrachte sie mehrere Tage am Stück bei Pascal, und Camille war das ganz recht. Ihr gefiel es, auf dem Hof mit Antoine allein zu sein. Nun ja, fast allein. Mouchette hatte Camille nämlich fest in ihr Ziegenherz geschlossen, und sie fand ihre menschliche große Liebe immer und überall, ob Camille das passte oder nicht.

Was wohl die Gäste ihres Apfelblütenfestes dazu sagen würden, wenn ihnen eine freche Ziege am Rocksaum knabberte?

»Hier bist du.« Antoine trat neben sie. Sein Haar, noch feucht vom Duschen, ringelte sich im Nacken. »Ich habe dich gesucht.«

»Du vermisst mich wohl schon?«

»Immer.«

»Ich dachte, du musst arbeiten.«

»Muss ich auch, aber zuerst brauche ich ein bisschen Inspiration.« Er nahm ihr Gesicht zwischen beide Hände und küsste sie. Dann sagte er: »Weißt du, was ich mir überlegt habe? Wir könnten ein Fest veranstalten! Ein Apfel...«

»Nee, oder?« Camille lachte. »Das Apfelblütenfest war *meine* Idee, du Dieb!«

Manchmal war es ihr beinahe unheimlich, wie ähnlich ihrer beider Gedanken waren. Sie fragte sich, ob das Verstehen, das zwischen Antoine und ihr herrschte, wohl auf Seelenverwandtschaft zurückzuführen war. Doch obwohl der Romantikerin in ihr diese Theorie sehr gefiel, musste Camille zugeben, dass Antoines gute Menschenkenntnis und sein ausgeprägtes Einfühlungsvermögen die wahrscheinlichere Erklärung waren.

Denn Antoines Interesse an den Bewohnern Vert-le-Coins – und allen voran natürlich an ihr – war nach Fertigstellung seines Apfelhof-Drehbuchs keineswegs erloschen. Wissbegierig, offen und empathisch zu sein, das gehörte zu seinem Wesen, und Camille wusste gar nicht mehr, wie sie es früher ausgehalten hatte, mit ihren Sorgen, Gedanken und Plänen stets allein zu bleiben. Was für ein Geschenk sie doch war, die Liebe!

Was für ein Geschenk *er* doch war.

Camille verschränkte die Hände in Antoines Nacken, und sie erlaubte es sich, für einige Momente in seinen grau-grünen Augen zu versinken.

Dann sagte Antoine: »Wir sollten dieses Apfelblütenfest zu einem richtigen Event machen. Dein erster Cidre, Camille! Ich finde, der hat es redlich verdient, dass über ihn berichtet wird. Und du hast das auch verdient.«

Sie hob die Brauen. »Dass über ihn berichtet wird? Wo denn? Ich bin als Cidre-Produzentin doch noch völlig unbekannt. Wie sollen wir es denn schaffen, dass irgendjemand ausgerechnet über meinen ...«

Sie riss die Augen auf, als sie begriff.

»Antoine! Du meinst doch nicht etwa ...«

»Doch.« Mit heiterer Gelassenheit lächelte er sie an. »Genau das meine ich.«

Jeanne

Der Hof versank in einem Meer aus Apfelblüten.

Es war Samstagnachmittag, und Jeanne kniete im Gemüsegarten. Sie säte Sommerkopfsalate, Möhren und Mangold, und selbst jetzt noch, anderthalb Jahre nach ihrem Bandscheibenvorfall, war sie dankbar, dies ohne Schmerzen tun zu können. Jeanne lächelte still in sich hinein. Sie hatte die Warnung verstanden und ihr Leben verändert, mit tatkräftiger Hilfe ihrer großen, wunderbaren Tochter... und mithilfe Pascals. Denn wann immer Jeanne in alte Muster zurückfiel, alles regeln und bestimmen wollte und sich bei der Arbeit auf dem Hof überforderte, war es Pascal, der sie zuverlässig bremste.

Und er hatte ja recht: Camille hatte Paris nicht den Rücken gekehrt, damit Jeanne sie nun herumkommandierte. Sie managte den Hof auch sehr gut allein! Oder beinahe allein, denn zwei, drei Stunden pro Tag half Jeanne schon noch mit. Ihr Luxus bestand erklärtermaßen nicht darin, gar nichts mehr zu tun – sondern schlichtweg aufhören zu können, wenn es ihr zu viel wurde.

Zum Beispiel jetzt, dachte sie und richtete sich auf. Der

halbe Gemüsegarten war bestellt, und sie fand, dass sie für den Rest des Tages guten Gewissens faul sein durfte. Herrlich! Gut gelaunt trat sie an den Zaun und beschattete die Augen mit der Hand.

»Pascal«, rief sie laut, »ich bin fertig! Hättest du Lust auf ein Scrabble?«

Keine Minute später tauchte er zwischen den Apfelbäumen auf. Er trug seine Imkerkleidung – den weißen Schutzanzug, den Imkerhut und darüber einen Schutzschleier –, denn er war bei seinen Bienenvölkern gewesen. Schon seit letztem Frühjahr standen die Bienenstöcke zwischen den Apfelbäumen der Rosières, und Pascal ging ganz in seinem neuen Hobby auf. Den Bäumen brachten die vielen Bienen, die die Blüten bestäubten, natürlich ebenfalls Nutzen, und so war es eine klassische Win-win-Situation, die allenfalls den winzigen Schönheitsfehler hatte, dass Pascal ab und zu gestochen wurde. Doch er trug die roten, leicht geschwollenen Male mit Würde und sogar Stolz.

»Ich soll dich also beim Scrabble schlagen?« Pascal nahm den Imkerhut ab und beugte sich über den Zaun, um Jeanne zu küssen. »Nichts lieber als das!«

»Du hast da was falsch verstanden«, sagte Jeanne mit gespielter Strenge. »Ich schlage dich!«

Er lächelte sie an. »Das werden wir ja sehen.«

Ganz ohne ihr Zutun hatte Pascal beschlossen, seine Bäckerei nur noch an vier Tagen in der Woche zu öffnen. Von Samstag bis Montag musste Vert-le-Coin nun ohne Baguettes auskommen, doch als Ausgleich backte Pascal jeden Freitag sein »Wochenend-Spezialbrot«, das extra lang frisch und knusprig blieb.

Nicht alle Dörfler waren von dieser Lösung begeistert. Aber Pascal pflegte zu sagen, dass sein Leben lang genug aus Broten und Törtchen bestanden hatte und dass er nicht die Absicht habe, seine Jeanne aus Zeitmangel wieder zu verlieren, wo es doch so viele Jahre gedauert hatte, bis sie ihn auch als Mann wahrgenommen hatte. Das verstanden die meisten – und der ungnädige Rest, der die Liebe für sentimentalen Unfug hielt, war Pascal egal.

Er stützte sich mit den Händen auf den Zaun. »Ich soll dir übrigens von Claire ausrichten, dass sie die Einladung zu eurem Cidre-Fest gern annimmt. Sie lässt anfragen, ob sie Chouchou mitbringen darf.«

Pascals junge Angestellte kam also auch! Das freute Jeanne. Wenn es mit den Zusagen so weiterging, würde das Cidre-Fest ein echtes gesellschaftliches Großereignis werden, zumindest nach den Maßstäben von Vert-le-Coin.

»Wenn Chouchou keine Angst vor Katzen hat? Tic und Tac können zu kleinen Hunden nämlich ziemlich garstig sein«, sagte Jeanne.

»Ich werde Claire vorwarnen.«

In einträchtigem Schweigen gingen sie am Zaun entlang, jeder auf seiner Seite, bis sie das niedrige Holztor erreichten und Pascal zu Jeanne in den Gemüsegarten trat. Hand in Hand schlenderten sie zwischen den Beeten hindurch. Sie beeilten sich nicht, um zu ihrem Scrabble zu kommen; sie hatten ja Zeit.

Sie hatten alle Zeit der Welt.

Sandrine

Sandrine drehte Yves den Rücken zu und hob ihr Haar, damit er ihre Halskette schließen konnte.

»Wer wohl der geheimnisvolle Überraschungsgast ist?«, fragte sie, während er an dem kleinen Verschluss herumfummelte.

»Sicher irgendein Cidre-Experte«, mutmaßte Yves. »Oder Camilles Freundin? Diese Céline. Sie schreibt doch über Promis und Galas und so, ich könnte mir vorstellen, dass sie Camilles Fest in ihr Heft bringt. Immerhin ist Vert-le-Coin bald berühmt!«

»Und alles nur wegen Antoine.«

»Und wegen der Durange.«

»Ja«, gab Sandrine friedlich zu, »vor allem wohl wegen der Durange.«

Die Kette war geschlossen, und Yves küsste Sandrine auf den Nacken. Sie schmiegte ihren Rücken an die Brust ihres Mannes, und ihre Eifersucht auf die Durange kam ihr wie ein ferner Albtraum vor. Sanft legte Yves seine Arme um Sandrine, und für eine Weile standen sie einfach nur da, versunken in eine Zärtlichkeit, die sie einhüllte wie ein Kokon.

Sie dachte an die Entscheidung, die sie beide getroffen hatten, nachdem Sandrine aus ihrer Depression herausgefunden und ihre Therapie abgeschlossen hatte.

Sie würden ein Baby bekommen.

»Glaubst du, es ist richtig, Yves?«, fragte sie leise.

»Absolut«, murmelte er in ihr Haar. »Wir werden großartige Eltern sein, Chérie.«

Zweifelnd sagte Sandrine: »Dein Selbstbewusstsein in Ehren, aber eine Adoption ist kein Kinderspiel. Andere Eltern können sich eine ganze Schwangerschaft lang auf ihr Baby vorbereiten. Wir hingegen können den Anruf morgen bekommen oder auch erst in zwei Jahren! Mir werden die mütterlichen Hormone fehlen, und vielleicht werden wir nie ...«

»Hey. Wir lieben uns, und wir halten zusammen, und deshalb werden wir das alles hinkriegen. Okay?«

»Okay.« Ihr Herz war bei seinen Worten wieder leicht geworden, und sie musste lächeln. »Du bist toll, weißt du das?«

Als Antwort drehte er sie in seinen Armen um und küsste sie, und prompt bekam Sandrine Lust auf mehr.

Doch in einer halben Stunde würde Camilles Fest losgehen, und Sandrine war noch nicht geschminkt, Yves noch nicht rasiert.

So leid es ihr auch tat – die ehelichen Freuden würden bis nach dem Fest warten müssen!

Wenig später schritten sie in Seidenkleid und Anzug auf den Apfelhof zu. Der Frühlingsabend war lau und schön, gerade erst dämmerte es, und durch den Rundbogen des Torhauses ertönten Stimmengewirr und Gelächter.

Yves wies erstaunt auf die vielen Autos mit Pariser Kennzeichen, die entlang des Schotterweges parkten.

»Ich wusste gar nicht, dass so viele Freunde von Antoine kommen.«

»Das wundert mich auch«, antwortete Sandrine. Eigentlich hatte sie gedacht, der Zweck des Festes bestehe darin, dass Freunde und Bekannte mit Camilles erstem, selbst hergestelltem Bio-Cidre anstoßen durften. Offensichtlich hatte sie sich geirrt; dieses Fest schien ein paar Dimensionen größer auszufallen.

»Na ja, so können wir uns gleich mal an den Rummel gewöhnen.« Yves grinste. »Wenn erst die Dreharbeiten anfangen, wird es hier jeden Tag so zugehen.«

»Aber nur für kurze Zeit! Antoine hat doch gesagt, die meisten Szenen würden im Studio gedreht.«

»Hat er das? Ich kann mich nicht mehr genau erinnern. Es war so ein turbulenter Abend, und er ist ja auch schon anderthalb Jahre her.«

»War das eine Aufregung!« Sandrine lachte leise, als sie an jene Stunden in der *Boule d'Or* zurückdachte.

Claude hatte den Umsatz seines Lebens gemacht.

Das halbe Dorf hatte sich in sein Bistro gedrängt. Man war zusammengekommen, um über die unerhörten Neuigkeiten zu diskutieren, die der Pariser ihnen allen offiziell gestanden hatte, und um darüber abzustimmen, ob Vertle-Coin und seine Menschen filmisch verewigt werden durften. Camille sprach als Erste.

»Sofern Antoine uns alle so verändert, dass ein Fremder uns nicht auf den ersten Blick erkennen würde«, sagte sie mit fester Stimme, »braucht er meinetwegen das Manuskript nicht zu löschen. Er wäre dazu bereit, und für mich persönlich ist es das, was zählt. Aber ich kann nur für mich sprechen« – sie schaute ernst in die Runde –, »und weder ich noch Antoine haben das Recht, für euch zu entscheiden, ob Vert-le-Coin zum Drehort werden soll. Deshalb haben Antoine und ich beschlossen, euch hier, in der *Boule d'Or*, im Herzen Vert-le-Coins, darüber abstimmen zu lassen.«

»In der *Boule d'Or*, im Herzen Vert-le-Coins«, wiederholte Claude ergriffen. »Ist das schön!«

Mit einem Zipfel seiner Schürze wischte er sich eine Träne aus dem Augenwinkel. »Also, ich bin dafür. Für den Ruhm der *Boule d'Or*!«

»Ich bin ebenfalls dafür«, stimmte Valérie Grenier ein, und ihr Mann Bruno stieß begeistert seine mächtige Faust in die Luft. »Ich auch. Für den Ruhm unseres Ziegenhofs!«

»Ruhe, bitte! Ruhe!«, rief Monsieur Balladier, der Bürgermeister, und damit man ihn besser sehen konnte, stieg er kurzerhand auf seinen Stuhl.

»Für den Ruhm dieses bedeutenden Ortes«, rief er erregt, »für den Ruhm Vert-le-Coins!«

Aber eine solch große, bedeutende Entscheidung konnte nicht einmal der kleine Napoleon ohne sein Wahlvolk treffen, und deshalb stieg Monsieur Balladier wieder von seinem Stuhl herunter, und es folgte eine hitzige Diskussion über das Für und Wider, die Voraussetzungen und die Folgen, die Risiken und die Chancen dieses Filmprojekts.

Erst weit nach Mitternacht war sich Vert-le-Coin einig geworden. Ein erschöpfter Antoine stimmte allen Bedingungen zu – unter anderem bestand Lilou darauf, aufgrund ihrer wenig schmeichelhaften Rolle aus dem Drehbuch herausgestrichen zu werden –, und Claude gab für das gesamte Bistro eine Runde Calvados aus.

Camilles Mutter und Monsieur Balladier stießen feierlich auf das Abstimmungsergebnis an.

»Ein Film, meine liebe Madame Rosière«, sagte der Bürgermeister, »ein Film ist noch viel besser als ein langweiliger Supermarkt! Das ist groß, Madame Rosière, o ja, das ist groß. Das ist so *groß*!«

Sandrine hatte sich das Lachen verkniffen und eine weitere Runde Calvados verteilt.

Bis in die frühen Morgenstunden hinein hatte das Dorf gefeiert. Erst als irgendjemand sagte: »Da schreit mein Hahn, hört ihr? Das ist meiner! Kommt der auch in den Film, Monsieur Olivier?«, hatte Claude sie alle hinauskomplimentiert.

In den darauffolgenden Wochen und Monaten hatte sich die Aufregung dann wieder gelegt. Denn die Mühlen des Filmgeschäfts mahlten langsam: Bevor es losgehen konnte, mussten Antoines Drehbuch fertiggestellt, Verträge ausgehandelt, Schauspieler für die Nebenrollen gecastet werden. Aus einer Laune heraus hatte die Durange einen anderen Film vorgezogen, sodass sich der Beginn der Dreharbeiten um etliche Monate verschob. Und als dann alle in den Startlöchern saßen, bekam der Regisseur die Grippe.

Jetzt aber sollte es tatsächlich losgehen, erst im Studio und dann – sobald der Sommer Einzug gehalten hatte – in Vert-le-Coin. Das Dorf und der Apfelhof wurden allerdings nur für ein paar Außenaufnahmen gebraucht, sodass der Trubel sich in Grenzen halten und nicht vor Juni einsetzen würde.

Das zumindest hatte Sandrine gedacht.

Doch als sie und Yves durch den Torbogen in den Innenhof gingen, wurde ihr klar, dass Vert-le-Coins Zukunft als ruhmreiche Filmkulisse bereits begonnen hatte, und zwar genau heute, an diesem Abend, an diesem Ort. Denn unter dem mit Lampions geschmückten Birnbaum, inmitten einer Schar von Presseleuten, gut gekleideten Parisern, weniger gut gekleideten Dörflern und glotzenden Kindern stand wie eine Königin …

»Nicht möglich«, hauchte Sandrine.

»Das nenne ich mal eine echte Überraschung«, sagte Yves.

Delphine Durange war umwerfend schön.

Sie trug eine Latzhose und ein kariertes Hemd, was man in Paris wohl für bäuerlich hielt, und ihr langes weizenblondes Haar war zu einer komplizierten Krone geflochten. Wahrlich eine Königin, dachte Sandrine, und für den Bruchteil einer Sekunde flammte die alte Unsicherheit wieder in ihr auf.

Doch dann spürte sie Yves' warme Hand, die nach ihrer griff, und sie schaffte es zu fragen: »Findest du Delphine in ihren Filmen hübscher oder in Wirklichkeit?«

»Keine Ahnung. Das ist mir, ehrlich gesagt, auch ziemlich egal. Aber weißt du, woran ich gerade denken muss?« Die grauen Augen ihres Mannes funkelten. »An unseren ersten Kuss. In einem Gemüsegarten, der immer noch existiert ...«

»... und in dem wir jetzt ziemlich sicher allein wären«, ergänzte Sandrine. Sie lächelte. »Worauf warten wir?«

Lilou

Lilou drückte sich gegen die Scheunenwand, missgelaunt und aufgeregt zugleich. Selten hatte sie sich so hässlich gefühlt wie heute, und das, obwohl sie sich extra einen neuen Rock gekauft hatte. Aber Röcke standen ihr nicht, sie hatte zu magere Beine, daran hatte sich in den letzten anderthalb Jahren leider überhaupt nichts geändert. Frustriert ballte sie die Fäuste. Nicht mal ein Getränk hatte sie ergattert, an dem sie sich jetzt hätte festhalten können! Denn als sie auf dem Hof eingetroffen war, zusammen mit ihren Eltern und Damien, hatte sie sofort *sie* erblickt – und die Flucht in den Schatten dieser Wand angetreten.

Delphine Durange war zu strahlend, als dass Lilou es in ihrer Nähe ausgehalten hätte, zu selbstbewusst, um sich im Vergleich zu ihr nicht wie ein armseliges Würstchen zu fühlen, zu umschwärmt, um die eigene Einsamkeit nicht zu spüren wie tausend Nadelstiche. Mit brennenden Augen starrte Lilou auf die Leinwandschönheit, die wie eine Erscheinung in diesem Innenhof stand, herbeigezaubert von Antoine, der mit seinem verfluchten Drehbuch den Glamour von Paris nach Vert-le-Coin brachte.

Nicht, dass Lilou etwas gegen Paris gehabt hätte. Im Gegenteil, sobald sie im Sommer ihr Abi in der Tasche hätte, würde sie dorthin abhauen, genau so, wie sie es sich seit Jahren erträumte. Die Sache hatte nur einen Haken: Obwohl sie exzellente Noten vorweisen konnte, hatte Lilou keinen blassen Schimmer, was sie in Paris anfangen sollte.

Was sie *überhaupt* mit ihrem Leben anfangen sollte.

Wie sollte sie jemals in der Metropole Fuß fassen, wenn man an jeden einzelnen der guten Jobs, Praktika oder Volontariate nur mit Beziehungen kam? Antoine, okay, den hätte Lilou fragen können. Aber ein Minimum an Stolz war ihr doch noch geblieben, und sie hätte sich eher die Zunge abgebissen, als diesen Kerl um einen Gefallen zu bitten.

Sollte sie also studieren?

Aber was?

Heilige Scheiße, sie war auf dem besten Weg, wie ihr Bruder zu werden. Lilou brach der kalte Schweiß aus. Mit seinen zwanzig Jahren saß Damien nach wie vor auf dem elterlichen Ziegenhof fest, und sie, Lilou, würde ihm nur allzu bald Gesellschaft leisten. Wenn ihr nicht endlich einfiel, was und wie sie in Paris…

»Du bist also die kleine Kröte, die Antoine hat auffliegen lassen«, sagte jemand amüsiert.

Lilou fuhr zusammen, ihr Kopf ruckte zur Seite. Neben ihr an der Wand lehnte, aufgetaucht aus dem Nichts, eine Frau mit platinblondem Pixie-Cut.

»Lilou, richtig?«, fragte die Frau und reichte ihr ein Glas Cidre. »Ich bin Céline, eine Freundin von Camille.«

Misstrauisch schwieg Lilou. Die Frau hatte sie »kleine Kröte« genannt! Da war Lilou wohl kaum verpflichtet, freundlich mit ihr zu plaudern.

»Wie hast du's angestellt?«, fragte Céline. »Es hatte doch kein Mensch Verdacht geschöpft. Nur du, Lilou. Warum?«

»Gegenfrage«, brummte Lilou. »Warum wollen Sie das wissen?«

Céline legte den Kopf schief.

»Weil«, sagte sie, »ich in leitender Stellung bei einem ziemlich bekannten Magazin arbeite und wir immer auf der Suche nach Talenten sind. Das heißt, nein, ich muss mich verbessern: nicht nach Talenten, die gibt's wie Sand am Meer. Wir sind auf der Suche nach Ausnahmetalenten. Menschen, die ein Näschen für das Verborgene haben und nicht allzu viele Skrupel, dieses Verborgene ans Licht zu zerren.«

Lilou starrte die Frau an, und tausend Lichter flammten in ihr auf. Paris, eine Zukunft, eine steile Karriere – alles schien mit einem Mal zum Greifen nahe.

»Im Sommer mache ich das Abi«, sagte sie heiser. »Danach könnte ich bei Ihnen anfangen.«

Céline lachte. »So schnell geht es dann doch nicht, Kleine. Du solltest was studieren, ohne Abschluss wirst du nicht weit kommen. Aber ein Praktikum kann ich dir anbieten, und vielleicht, wenn du pfiffig genug bist... na, mal sehen!« Sie zwinkerte Lilou zu.

Und Lilou grinste und zwinkerte zurück, und die Lichter in ihr strahlten und leuchteten um die Wette, erhellten dieses blöde Fest, das eigentlich doch ziemlich gut war, erhellten den Hof und das Leben und überhaupt alles, und schnell hob Lilou das Cidre-Glas an die Lippen, um nicht aufzujauchzen wie ein Kind.

Währenddessen hielt Delphine Durange unter dem Birnbaum weiter Hof. Fotografen, Journalisten und Bewunderer beiderlei Geschlechts umschwirrten die Schauspielerin, drängelten sich um den besten Platz in ihrer Nähe, bettelten um ein Lächeln, ein Wort. Alle um sie herum bewunderten sie, beteten sie an, und die Durange funkelte in der konzentrierten Aufmerksamkeit, die ganz allein ihr galt, wie ein Diamant.

»Diese Durange ist ganz schön eitel«, schnaubte Céline. »Für meinen Geschmack genießt sie ihren Ruhm ein bisschen zu sehr.«

Doch Lilou lächelte nur, denn die Durange konnte ihr nun nichts mehr anhaben. Hochmut kam vor dem Fall... und wie herrlich tief dieser Fall sein würde! Lilou sah die schockierenden Schlagzeilen schon vor sich – ihre allererste Enthüllungs-Story, verfasst als kleine Praktikantin. Noch war sie ein Niemand, doch schon bald würden Journalisten in ganz Frankreich ihren Namen kennen!

Schließlich hatte jeder Mensch irgendetwas zu verbergen.

Und die Durange würde da keine Ausnahme sein.

Camille

Das Apfelblütenfest war in vollem Gang. Mit glänzenden Augen und erhitzten Wangen eilte Camille von Gast zu Gast. Alle waren sie gekommen, ihre Freunde aus Vert-le-Coin und die aus Paris, dazu Madame Dubois samt ihrer Enkelin, die eine hippe Cidre-Bar im Marais betrieb. Auch Antoines Bekannte aus der Filmbranche waren da, Schauspieler, Maskenbildnerinnen und seine Agentin Gabrielle – und natürlich, alles überstrahlend, die göttliche Delphine Durange, die dem eher rustikalen Ambiente gnädig ihren Glanz und Glitzer lieh.

Anfangs hatten sie in dem von Lampions beleuchteten Innenhof gefeiert, doch der Aprilabend war rasch zu kühl geworden, und die Gäste hatten sich in einen der ehemaligen Ställe zurückgezogen, den Camille, Antoine und Jeanne mit langen Tischen, Bänken und unzähligen Kerzen ausgestattet hatten. Für das leibliche Wohl der Gesellschaft hatten Pascal und die Greniers gesorgt, und das Büfett quoll über von den verschiedensten Käsespezialitäten, knusprigen Broten und tausendundeinem raffinierten Törtchen als Dessert.

Der Star des Abends aber waren weder Pascals Törtchen noch Delphine Durange, sondern Camilles Cidre! Jeder außer den Kindern – die hatten Apfelsaft bekommen – sprach ihm begeistert zu, und Camille sah rundum in zufriedene Gesichter. Sogar Lilou, die sich anfangs noch im Schatten einer Scheune herumgedrückt hatte, schlenderte nun außergewöhnlich gut gelaunt durch die Menge.

»Wie schmeckt dir der Trockene? Magst du ihn?«, erkundigte sich Camille bei Geneviève.

Die Freundin war mit allen drei Liebhabern angereist und hatte sich für die Nacht gleich den Taubenturm reserviert. Im Augenblick interessierten Genevièves Männer sich allerdings wenig für sie. Das Trio hatte Geneviève sitzen lassen und scharwenzelte um die Durange herum.

Doch Geneviève schien das kaum zu interessieren. Ihre Augen labten sich an Damien, der nicht weit von ihr auf einer Bank hockte.

»Wundervoll«, sagte sie gedankenverloren. »Diese überaus sinnliche Frucht ... dieses verheißungsvolle Prickeln ... o ja, der macht neugierig auf mehr!«

Camille lachte.

»Schon gut, träum weiter. Aber probiere auch mal den anderen Cidre, ja? Der ist auch sehr, äh ... sinnlich.«

Sie überließ Geneviève ihren Fantasien und widmete sich Sandrine und Yves. Mit ihnen ließ es sich besser plaudern, und Camille fühlte ein tiefes Glück, als ihr bewusst wurde, wie sehr sie wieder hierhergehörte.

»Auf uns!«, rief sie ausgelassen und hob ihr Glas.

»Auf dich«, sagte Sandrine.

»Auf deinen Cidre«, sagte Yves.

»Auf den da«, sagte Antoines Agentin. Sie drängelte sich neben Camille und wies auf Damien.

»Camille, mein Goldschatz, sagst du mir bitte *auf der Stelle*, wer das ist?«

Auch nach anderthalb Jahren mit Antoine hatte Camille sich noch nicht so ganz an den Umgangston der Branche gewöhnt. Sie kannte Gabrielle eigentlich nur vom Telefon, hatte sie erst ein-, zweimal kurz gesehen, warum also nannte die Frau sie »mein Goldschatz«?

Na, egal.

»Das ist der Sohn unserer Nachbarn«, erklärte sie. »Er heißt Damien Grenier.«

Gabrielle tippte mit einem Fingernagel aufgeregt gegen ihr Glas. »Und was macht er beruflich, dieser Damien?«

»Er ist, na ja ... arbeitssuchend.«

»Nicht mehr lang, mein Schatz. Nicht mehr lang!« Gabrielle zückte ihr Handy und verschickte aufgeregt eine Sprachnachricht. »Evelyne, hier Gabrielle. Ich habe jemanden für dich entdeckt. Ich sage dir: sen-sa-tio-nell!«

Sie steckte das Handy wieder weg und stöckelte zu Damien hinüber. Camille, Sandrine und Yves spitzten die Ohren.

»... gleich aufgefallen!« hörte Camille die Agentin durch das Stimmengewirr sagen, gefolgt von: »Modelagentur meiner Freundin«, »exklusive Designerunterwäsche« und »große, internationale Kampagne«.

Damiens Unterkiefer klappte herunter.

Er erhob sich, fuhr sich zitternd durch die schwarzen

Locken und rang um Worte, während Gabrielle ihn von oben bis unten taxierte, schließlich zufrieden nickte und dem stotternden Damien die Wange tätschelte.

»Was sagt er?«, fragte Sandrine gespannt. »Ich verstehe ihn nicht!«

»Er stammelt etwas von einer Fügung des Schicksals...«, sagte Yves.

»... und dass der Job als Unterwäsche-Model das höhere Ziel sei, nach dem er sein ganzes Leben lang gestrebt habe!«, ergänzte Camille.

»Tja. Dann macht unser niedlicher Hohlkopf wohl doch noch seinen Weg«, sagte Sandrine trocken.

»Gönnen wir es ihm!« Yves grinste, und zu dritt stießen sie wieder an, diesmal auf Damien.

Camille spürte, wie der Cidre ihr zu Kopf stieg.

Doch wer sich mit Cidre betrank, der verstand ihn nicht; daran hatte ihr Vater geglaubt, und daran glaubte auch Camille. Deshalb stellte sie ihr Glas mit leisem Bedauern auf dem nächstbesten Tisch ab, und weil Sandrine und Yves sich sowieso gerade küssten, beschloss sie, sich auf die Suche nach Antoine zu machen.

Langsam ging sie durch den ehemaligen Stall, der an diesem Abend zum Festsaal geworden war. Überall wurde geplaudert und gegessen. Das Licht der Kerzen brach sich funkelnd in den Gläsern und ließ den Cidre darin orangegolden aufglühen. Irgendwo brandete Lachen auf, Fotoapparate blitzten, ein Journalist machte sich eifrig Notizen. Schon jetzt war klar, dass Antoines Plan aufs Schönste aufgegangen war: Dank der Anwesenheit der Durange würden in den nächsten Tagen etliche Medien über dieses Fest berichten, und damit auch über den Apfelhof und seinen Cidre. Ob die Berichterstattung positiv oder negativ ausfallen würde, stand zwar in den Sternen. Aber es lag Wohlwollen in der Luft, und Camille entschied, jede Sorge wegen morgen über Bord zu werfen. Heute wurde einfach nur gefeiert!

Sie entdeckte Antoines dunklen Haarschopf am anderen Ende des Raumes, und im gleichen Augenblick entdeckte er sie. Über die Menge der Gäste hinweg lächelten sie einander zu.

»Nachtisch?«, formten seine Lippen, während er ein Petit Four mit Johannisbeergelee hochhob.

Das musste er sie nicht zweimal fragen! Lautlos antwortete Camille: »Na klar!«

Sie kämpfte sich zu ihm durch, nahm hier ein Kompliment für den Cidre an, schüttelte dort eine Hand. Plötzlich jedoch entstand Unruhe um Antoine herum. Mehrere Gäste wichen zur Seite, eine Frau quiekte erschrocken auf, eine andere prustete belustigt los. Und als Camille näher kam und den Grund für die jähe Aufregung sah, musste auch sie lachen.

Denn während er auf sie gewartet hatte, hatte Antoine die Hand mit dem Törtchen unvorsichtigerweise sinken lassen.

Und es hatte sich herausgestellt: Auch Mouchette liebte Petits Fours mit Johannisbeergelee.

Rezepte aus Vert-le-Coin

Jeannes Hühnerbrüste »Pays d'Auge« mit Cidre und Calvados

Für vier Portionen braucht man:

4 EL Butter
2 EL Olivenöl
4 Hühnerbrüste
2 Zwiebeln
½–1 EL Thymian (nach Geschmack)
Salz (nach Geschmack)
1 TL Zucker
0,2 l trockenen Cidre
2 Äpfel
4 EL Calvados
4 EL Crème fraîche
Pfeffer, ggf. noch etwas Salz und Thymian

Und so geht's:

– In einer großen Pfanne 1 EL der Butter sowie das Olivenöl erhitzen. Die Hühnerbrüste darin bei starker Hitze auf allen Seiten goldbraun anbraten (das dauert ca. zehn Minuten).
– Währenddessen die Zwiebeln in dünne Ringe schneiden.
– 2 EL der Butter in einem Schmortopf zergehen lassen, darin die Zwiebeln unter Rühren glasig braten.

- Thymian, Salz und Zucker zugeben und das Ganze bei mittlerer Hitze noch ca. zwei Minuten weiterbraten.
- Dann die Hühnerbrüste zu den Zwiebeln in den Schmortopf geben. Den Cidre zugießen und zum Kochen bringen. Gut einkochen lassen.
- Mit einem halben Liter Wasser aufgießen, wieder zum Kochen bringen und dann die Hitze reduzieren. Zugedeckt ca. eine halbe Stunde lang schmoren lassen.
- Während die Hühnerbrüste schmoren, die Äpfel schälen und ohne Kerngehäuse in dicke Scheiben schneiden.
- Den letzten EL Butter in der Pfanne erhitzen und die Apfelscheiben auf jeder Seite ca. zwei Minuten lang goldgelb braten. Dann die Pfanne vom Herd nehmen.
- Wenn die Hühnerbrüste gar sind, die Apfelscheiben in den Schmortopf geben.
- Den Calvados in einem kleinen Topf erhitzen, anzünden und sofort über das Huhn gießen, dabei den Topf rütteln, bis die Flammen erloschen sind.
- Die Crème fraîche unterrühren und mit Pfeffer und ggf. noch ein wenig Salz und Thymian abschmecken.
- Mit Reis oder frischem Baguette servieren.

Jeannes Seezunge normannischer Art

Für vier Portionen braucht man:

etwas Öl
4 Seezungenfilets (gesäubert, ohne Haut)

Salz, Pfeffer
4 EL trockenen Cidre
Saft von 1 Zitrone
2 EL Butter
2 EL gehackten Dill
½ l Fischbrühe
5 EL eiskalte Butter
100 g Garnelen (gekocht und geschält)
eventuell 4 Dillzweiglein zum Garnieren

Und so geht's:

- Den Backofen vorheizen (Ober-/Unterhitze 220 Grad, Umluft 200 Grad).
- Vier Blätter Alufolie mit Öl bestreichen. Jeweils ein Seezungenfilet darauf legen, salzen und pfeffern.
- Über jedes Filet einen Esslöffel Cidre gießen. Dann mit Zitronensaft beträufeln und Butter sowie Dill auf den Filets verteilen.
- Die Alufolie zu kleinen Päckchen verschließen. Für zwanzig Minuten in den vorgeheizten Ofen geben.
- In der Zwischenzeit die Fischbrühe in einem Topf bei starker Hitze auf ein Drittel einkochen lassen.
- Dann die Hitze reduzieren und die eiskalte Butter einrühren, sodass die Soße schön sämig wird. Mit Salz und Pfeffer abschmecken.
- Die Alupäckchen aus dem Ofen holen und die Seezungenfilets vorsichtig auf vorgewärmte Teller gleiten lassen. Warm stellen.

- Die Garflüssigkeit aus den Alufolien durch ein feines Sieb in den Soßentopf gießen. Die Soße noch einmal kurz erhitzen, dann die Garnelen unterrühren und den Topf gleich vom Herd nehmen.
- Die Garnelensoße über den Seezungenfilets verteilen und eventuell mit je einem Dillzweig garnieren.
- Dazu passt weißer Reis.

Camilles abenteuerliche Tagliatelle mit Cidre und Curry

Für 4 Portionen braucht man:

2 Zwiebeln
2 Äpfel
1 EL Olivenöl
½–1 EL Currypulver (nach Geschmack)
½ l trockenen Cidre
500 g Tagliatelle
2 Becher Sahne
Salz und Pfeffer (nach Geschmack)

Und so geht's:

- Zwiebeln und Äpfel in Würfelchen schneiden.
- Olivenöl erhitzen, Würfel darin anbraten.
- Mit Currypulver bestäuben, dann den Cidre zugeben. Aufkochen lassen.

- Hitze reduzieren und ca. fünfzehn Minuten sanft köcheln lassen.
- Währenddessen die Tagliatelle nach Packungsanweisung kochen.
- Fünf Minuten vor Ende der Garzeit die Sahne zu Zwiebeln und Äpfeln geben.
- Mit Curry, Salz und Pfeffer abschmecken.
- Mit den Tagliatelle vermengen und heiß servieren.

Tipp: Für eine vegane Variante die Sahne durch eine Dose Kokosmilch ersetzen.

Camilles Crumble mit Brombeeren und Äpfeln

Für 4 Portionen braucht man:

3–4 Äpfel
100 g Butter
½ TL Zimt
200 g Zucker
100 g Brombeeren
100 g Mehl
Puderzucker zum Bestreuen
Zitronenmelisse oder Pfefferminze zum Garnieren

Und so geht's:

- Den Backofen vorheizen (Ober-/Unterhitze 200 Grad, Umluft 180 Grad).
- Die Äpfel schälen und in nicht zu große Stücke schneiden.
- Die Hälfte der Butter in einer Pfanne erhitzen. Apfelstücke, Zimt und 150 g Zucker zugeben und unter ständigem Rühren die Äpfel weich werden lassen.
- Dann die Pfanne vom Herd nehmen und die Brombeeren zugeben.
- Die restliche Butter mit Mehl und 50 g Zucker mit den Fingern zu Streuseln verarbeiten.
- Die Apfel-Brombeer-Mischung in eine ofenfeste Form füllen, die Streusel darüberstreuen und in den vorgeheizten Ofen schieben. So lange backen, bis der Crumble goldbraun ist und blubbert.
- Den Crumble mit Puderzucker bestäuben und mit Zitronenmelisse oder Pfefferminzblättchen garnieren. Warm oder abgekühlt servieren.

Camilles duftende Apfeltarte

Für eine Tarte-Form (24 cm) braucht man:

150 g Butter
250 g Mehl
1 EL Zucker

1 Prise Salz
1 Ei
800 g Äpfel (säuerliche Sorte)
400 g Aprikosenmarmelade
wenig Puderzucker

Und so geht's:

- Butter in kleine Würfel schneiden.
- Mehl, Zucker, Salz, Butterwürfelchen und Ei schnell miteinander verkneten, zu einer Kugel formen und abgedeckt für eine halbe Stunde in den Kühlschrank stellen.
- Inzwischen die Äpfel schälen, halbieren und das Kerngehäuse entfernen. In schmale Spalten schneiden.
- Den Ofen vorheizen (am besten Ober-/Unterhitze verwenden, 225 Grad).
- Den Teig auf einer bemehlten Arbeitsfläche ausrollen und in die Tarte-Form geben. Einen Rand hochziehen. Den Teig mehrmals mit einer Gabel einstechen.
- Die Apfelspalten fächerförmig auf den Teig legen. Im vorgeheizten Ofen ca. fünfundzwanzig Minuten backen.
- Die Aprikosenmarmelade in einem Topf erwärmen und über der fertig gebackenen Tarte verteilen. Nicht gleich essen – anders als Camille! –, sondern erst erkalten lassen, damit die Marmelade wieder fester wird.
- Mit Puderzucker bestreuen... schnuppern... genießen!

Pascals Petits Fours mit Johannisbeergelee

Für eine rechteckige Backform von 20 x 30 cm Größe (ergibt 40 Petits Fours) braucht man:

3 Eigelb
170 g Zucker
3 Eiweiß
1 Prise Salz
75 g Mehl
75 g Speisestärke
1 TL Backpulver
abgeriebene Schale von ½ Zitrone
250 g Johannisbeergelee
250 g weiße Kuvertüre
40 kleine rote Marzipanblumen

Und so geht's:

- Den Boden der Backform mit Backpapier auslegen und den Ofen vorheizen (am besten Ober-/Unterhitze verwenden, 200 Grad).
- Die Eigelbe mit 150 g Zucker und 3 EL warmem Wasser zu einer Creme aufschlagen. Die Eiweiße mit dem Salz steif schlagen und auf die Creme häufen. Mehl, Speisestärke und Backpulver mischen und darübersieben. Die Zitronenschale dazugeben und alles mit einem Rührlöffel vorsichtig vermischen.
- Den Teig in der Backform glatt streichen und im vor-

geheizten Ofen auf der untersten Schiene in ca. fünfunddreißig Minuten backen. Danach mit einem Messer aus der Form lösen, stürzen und das Backpapier abziehen. Mehrere Stunden oder über Nacht auf einem Kuchengitter ruhen lassen.
- Dann den Boden mit einem langen Messer einmal quer durchschneiden. Den unteren Boden mit dem Johannisbeergelee bestreichen. Den oberen Boden auflegen und vorsichtig andrücken.
- Alles in vierzig kleine Rechtecke schneiden.
- Die weiße Kuvertüre im Wasserbad schmelzen. Gleichmäßig über die Petits Fours verteilen und glatt streichen, auch an den Seiten.
- Zum Schluss auf jedes Petit Four eine Marzipanblume setzen.
- Dem oder der Liebsten servieren und dabei aufpassen, dass keine hungrige Ziege in der Nähe ist.

Guten Appetit!

Meinen herzlichsten Dank an ...

... meine Agentin Petra Hermanns: weil du mein Fels in der beruflichen Brandung bist und so *ganz* anders als Gabrielle – Gott sei Dank! Dieses Buch, liebe Petra, ist für dich.

... Dr. Barbara Heinzius vom Goldmann Verlag: weil unsere Zusammenarbeit mit jedem weiteren Roman noch schöner und vertrauensvoller wird.

... meine Lektorin Ilse Wagner: weil dieses Lektorat die reinste Freude war.

... meine verstorbene französische Großmutter: weil ich bei dir das Landleben in der Normandie kennenlernen durfte, und weil du, Mauricette, ein wunderbares Vorbild dafür warst, wie man in Würde und Anmut altert (und mit einer guten Portion Humor!).

... und schließlich DANKE an meinen Mann: weil die besten Seiten meiner Papierhelden alle von dir gestohlen sind. Du bist meine Inspiration.

Autorin

Julie Leuze, geboren 1974, studierte Politikwissenschaften und Neuere Geschichte in Konstanz und Tübingen, bevor sie sich dem Journalismus zuwandte. Mittlerweile widmet sie sich ganz dem Schreiben von Romanen für Erwachsene und Jugendliche. Julie Leuze lebt mit ihrem Mann und drei Kindern in Stuttgart.

Julie Leuze im Goldmann Verlag:

Der Duft von Apfeltarte. Roman
Ein Garten voller Sommerkräuter. Roman
(🖿 beide auch als E-Book erhältlich)

Sturm über Rosefield Hall. Roman
Der Ruf des Kookaburra. Roman
Der Duft von Hibiskus. Roman
(🖿 als E-Book erhältlich)